U0097217

中國語言文字研究輯刊

八　編

許錟輝　主編

第 7 冊

古楚語詞彙研究（下）

譚步雲　著

花木蘭文化出版社

國家圖書館出版品預行編目資料

古楚語詞彙研究（下）／譚步雲 著 -- 初版 -- 新北市：花木蘭文化出版社，2015〔民 104〕

目 4+206 面：21×29.7 公分

（中國語言文字研究輯刊 八編；第 7 冊）

ISBN 978-986-322-978-0（精裝）

1. 方言學　2. 詞彙學

802.08　　　　　　　　　　　　　　103026714

ISBN-978-986-322-978-0

9 789863 229780

中國語言文字研究輯刊

八　編　　第七　冊　　　　ISBN：978-986-322-978-0

古楚語詞彙研究（下）

作　　　者　譚步雲

主　　　編　許錟輝

總　編　輯　杜潔祥

副總編輯　楊嘉樂

編　　　輯　許郁翎

出　　　版　花木蘭文化出版社

社　　　長　高小娟

聯絡地址　235 新北市中和區中安街七二號十三樓

　　　　　　電話：02-2923-1455／傳眞：02-2923-1452

網　　　址　http://www.huamulan.tw 信箱 hml 810518@gmail.com

印　　　刷　普羅文化出版廣告事業

初　　　版　2015 年 3 月

定　　　價　八編 17 冊（精裝）　台幣 42,000 元

古楚語詞彙研究（下）

譚步雲　著

目次

下　冊

五畫（凡128）

1. 玉部（王同）（15）

王丁司敗

【名】楚國官稱。「爲左尹屬官，參與司法工作。」（石泉：1996：41頁）
例：

「～遏」（《包》128、141）

王士

【術】楚國官稱。「當是楚國中央的臣僚，抑或即楚王的侍衛之官。」（石泉：1996：41頁）例：

「～之遂（後）邦（邸）賞閒之」（《包》152）／「邦足命燮（葬）～，足燮（葬）～之宅，……政五連之邑於燮（葬）～，不以告僕。」（《包》155）

王父

【名】對先父的尊稱。相當於西周金文之「皇考」。例：

「有繁（祟），見新（親）～殤。」（《包》222）／「攻（工）尹之杠執事人暊塱（趣）、鑒（衛）妝爲子左尹坨塱（趣）禱新（親）～司馬子音戠牛，饋之。」（《包》224）／「……禱之於五世～……」（《秦》99・10）／「～」（《秦》1・2）／「五世～……」（《秦》13・5）／「賽禱之於五世～王母……」（《秦》99・11）

案：王父，或以爲即《爾雅・釋親》之「父之考」（祖父）（荊沙鐵路考古隊：1991a：57頁）。不大準確。據《秦》99・10等所云；「……禱之於五世～王母訓至新（親）父母……」，可知「王父」乃對先祖之泛稱，相當於西周金文之「皇考」（例如：《魯伯余盨》、《白頵父鼎》、《頌簋》等）。但兩者還是有點差別，「皇考」比較明確地指故去的「父親」（「皇祖」文例的存在充分地證明了這一點），而「王父」則相對泛一些。無論如何，「王父」與「祖父」無涉則是可以肯定的（楚語自有「祖」之稱謂）。筆者曾論及《爾雅》之「王父」乃

「主父」之誤，請參閱〔註 59〕。後世仍有「王父」的稱謂，例如漢木牘云：「王父母范王父母，……」〔註 60〕祇是「王父王母」緊縮爲「王父母」了。

王母

【名】對先母的尊稱。相當於西周金文之「皇母」。例：

「……禱之於五祿（世）王父～訓至新（親）父母……」（《秦》99・10）／「賽禱之於五祿（世）王父～。」（《秦》99・11）／「一～保三殹兒。」（《郭・語叢四》27）

案：「王」「皇」二字音同義近，則「王母」即「皇母」應可相信。值得注意的是，如同「王父王母」一樣，金文中也常常「皇考皇母」并舉（如《頌簋銘》、《魯伯余盨銘》等便是）。這使人聯想到它們之間的源流關係。☞本章「王父」。

王孫

【名】蟋蟀。

案：杭世駿引《詩》陸璣疏云：「蟋蟀，楚人謂之王孫。幽人謂之趣織。」（《續方言》卷下葉八）《方言》作「虰孫」。☞本章「虰孫」。

王孫喿／王孫桌

【專】邵固之祖先，祭祀的對象。例：

「罷禱～豕豕。」（《望》1・119）

「王孫喿」或作「王孫桌」。例：

「己未之日賽禱～。」（《望》1・89）

案：《望》1・89 可與 156、84、93、88 拼合：「辛未之日，野齋，以亓（其）故〔敓（敠）〕之。醔佗占之日吉。痀以黃靁習之，同聖王、悊王，既賽禱，己未之日賽禱王孫桌。」（即《楚匯・望一》72）據此，則可知「王孫喿／王孫桌」地位次於「東邱公／東㕥公／東石公」，甚至不如「晉（巫）」、「銁（行）」（《望》1・119）。

玉尹

〔註 59〕 譚步雲《盉氏諸器「▼」字考釋》，載《容庚先生百年誕辰紀念文集》（古文字專號），廣東人民出版社，1998 年 4 月第 1 版。

〔註 60〕 南京博物館《江蘇盱眙東陽漢墓》，載《考古》1979 年 5 期。

【術】掌治玉之官。例：

　　　　「荊人卞和得玉璞而獻之荊厲王，使～相之，曰：『石也。』」

　　（劉向《新序》卷五）

案：吳永章有考（1982）。

玉敏（令）

　　【術】楚國官稱。「可能是玉器製作部門的官員。」（石泉：1996：93 頁）

例：

　　　　　　「～步」（《包》25）

玉延

　　【名】薯蕷（或作署豫、諸署、薯薯）。

案：程先甲據《太平御覽》九百八十九引吳氏本草云：「署豫，一名諸署，秦、楚

　　名玉延；齊、越名山羊；鄭、趙名薯羊。」（《廣續方言》卷三）

玉婁

　　【術】楚國官稱。「疑是玉令輔佐，為玉器製作部門的官員。」（石泉：1996：

94 頁）例：

　　　　　　「～𤦲」（《包》25）

珞尹

　　【術】楚國官稱。「職掌未詳。」（石泉：1996：321 頁）例：

　　　　　　「～䣄」（《包》167）

理

　　【術】「廷理」的簡稱。例：

　　　　「楚昭王有士曰石奢，其為人也，公而好直。王使為～。」（《韓

　　　詩外傳》卷二）

案：☞本章「廷理」。

琛彖（家）

　　【術】卜具。例：

　　　　「盬吉以～為左尹舵貞」（《包》226）／「盬吉以～為左尹舵貞」

（《包》236）

琴

【名】墓冢。

案：杭世駿引《水經注》云：楚人謂冢爲琴。「六安縣都陂中有大冢，民傳曰『公琴者』，即皋陶冢也。」（《續方言》卷下葉三）

環列之尹

【術】宮衛之官（杜預注）。例：

「且掌～。」（《左傳・文元》）

案：吳永章有考（1982）。清人或作「環列尹」，例如閻鎮珩《六典通考》、張玉書《佩文韵府》等。

2. 瓜部（1）

瓢

【術】蠡；勺。《方言》：「蠡，陳、楚、宋、魏之間或謂之簞；或謂之櫟；或謂之瓢。」（卷五／《說文》：「瓢，蠡也。从瓠省票聲」（卷七瓜部）例：

「剖之以爲～，則瓠落無所容。」（《莊子・內篇・逍遙遊》）／
「此四者，無異於磔犬流豕操～而乞者。」（《莊子・雜篇・盜跖》）

3. 瓦部（2）

題

【名】甌；小甌。《方言》：「甌，陳、魏、宋、楚之間謂之題。自關而西謂之甌。其大者謂之甌。」（卷五）

㼴

【名】罃；長頸瓶。《方言》：「罃，陳魏宋楚之間曰甀；或曰瓬。燕之東、北朝鮮、洌水之間謂之瓨。齊之東北、海岱之間謂之儋。周、洛、韓、鄭之間謂之甀；或謂之罃。」（卷五）典籍或以「臾」通作。例：

「語曰：『流丸止於甌～，流言止於智者。』」（《荀子・大略》）

4. 甘部（2）

嘗

【術】鬼神名，同「祟」。例：

「禜～甲戌」（《望》1·113）／「邅禱大夫之私～。」（《望》1·

119）

案：☞本章「祟」。

窨（蜜）

【名】「窨」是「蜜」的楚方言形體，蜂蜜。《說文》：「蠠，蠭甘飴也，一曰螟子。从䖵鼏聲。蜜，蠠或从宓。」（卷十三䖵部）例：

「～一硈（缶）」「～某（梅）一坽（缶）」（《包》255）／「～飴（飴）二筲（籠）」（《包》257）

5. 用部（1）

甬

【名】傭人；奴婢。《方言》：「臧、甬、侮、獲，奴婢賤稱也。荊、淮、海岱、雜齊之間罵奴曰臧；罵婢曰獲。齊之北鄙、燕之北郊凡民男而婿婢謂之臧；女而婦奴謂之獲；亡奴謂之臧；亡婢謂之獲。皆異方罵奴婢之醜稱也。自關而東，陳、魏、宋、楚之間保庸謂之甬。秦晉之間罵奴婢曰侮。」（卷三）

6. 田部（8）

申椒

【名】植物名，香木之類。例：

「雜～與菌桂兮，豈維紉夫蕙茝。」「蘇糞壤以充幃兮，謂～其

不芳。」（《楚辭·離騷》）

案：陳士林以爲彝語同源詞，即「花椒」（1984：13頁）。

甹

【名】情甀用氣。《說文》：「甹，甀詞也。从丂从由。或曰：甹，俠也。三輔謂輕財者爲甹。」（卷五丂部）

案：劉賾所考（1930：157頁）。

畚

【名】缶。《說文》：「畚，東楚名缶曰畚。」（卷十二畚部）

案：程先甲引《說文》云：「東楚名缶日甾。」(《廣續方言》卷二)

當

【名】同「黨」，知；知道。《方言》：「黨、曉、哲，知也。楚謂之黨；或曰曉。齊、宋之閒謂之哲。」(卷一) 例：

「覽察草木其猶未得兮，豈珵美之能～。」(《楚辭·離騷》)／

「因歸鳥而致辭兮，羌迅高而難～。」(《楚辭·思美人》)

案：或以爲「黨」即楚地典籍之「當」字(劉曉南：1994)。錢繹疑是「懂」字之聲轉。☞本章「黨」。

畛挈

【形】澤濁。例：

「玄眇之中，精搖靡覽，棄其～，斟其淑靜。」(《淮南子·要略》)

案：杭世駿引《淮南子·要略》許愼注云：「楚人以澤濁爲畛挈。」(《續方言》卷上葉八)。今本許愼注「棄其畛挈」云：「楚人謂澤濁爲畛挈也。」(《淮南鴻烈解·要略》)

畚

【名】農具之一種，作翻土用。《方言》「臿，燕之東北、朝鮮、洌水之間謂之斛。宋、魏之間謂之鏵；或謂之鍏。江、淮、南楚之間謂之臿。沅、湘之間謂之畚。趙、魏之間謂之喿。東齊謂之梩。」(卷五) 例：

「陳～挶具綆缶。」(《左傳·襄九》)

案：杜預注：「畚音本，草器也。」

聐屄之月／聐屄

【名】楚月名，相當於秦正月。例：

「～」(《包》162)／「～乙未之日，鹽吉以保豪爲左尹舵貞，自～以商～，出內(入)事王，津(盡)釆(卒)歲躬身尚(當)母(毋)有咎。」(《包》197)／「～乙未之日，石被裳以訓罌爲左尹舵貞，自～以商～，津(盡)釆(卒)歲躬身尚(當)母(毋)有咎。」(《包》199)／「～己卯之日，鹽吉以琛豪爲左尹舵貞，出

內（入）寺（侍）王，自～以商集歲之～，津（盡）集歲躬身尙（當）母（毋）有咎。」（《包》226）／「～己卯之日，陳乙以共命爲左尹佗貞，出內（入）步王，自～以商集歲之～，津（盡）集歲躬身尙（當）母（毋）有咎。」（《包》226）／「～己卯之日，五生以丞悳爲左尹佗貞，出內（入）步王，自～以商集歲之～，津（盡）集歲躬身尙（當）母（毋）有咎。」（《包》232）／「～，己巳之日」（《新蔡》甲三·51）／「～悳（賽）禱……」（《新蔡》零：248）

或略作「刢尻」。例：

「占之日：吉，～戲（且）見王」（《包》208）／「自～以……」（《望》1·32）／「〔自〕～以……」（《望》1·33）

案：「刢尻」或作「刑夷／刑屎／刑尸」，或作「荊尸」。☞「刑夷／刑屎／刑尸」、「荊尸」。

疃

　　【名】踐踏之致殘壞者。《說文》：「疃，禽獸所踐處也。《詩》曰：『町疃鹿場。』从田童聲。」（卷十三田部）

案：劉賾所考（1930：164頁）。

7. 疌部（1）

疌

　　【形】舉步維艱。《說文》：「疌，礙不行也。从叀，引而止之也。叀者，如叀馬之鼻，从此與牽同意。」（卷四叀部）

案：劉賾所考（1930：152頁）。

8. 疒部（12）

疲

　　【形】凶惡。《方言》：「鉗、疲、憋，惡也。南楚凡人殘罵謂之鉗；又謂之疲。」（卷十）

疠（病）

　　「疠」是「病」的楚方言形體。在楚地出土文獻中有以下幾個用法：

1. 【名】疾病。例：

「既有〜，〜心疾，少懋，不內（納）飤（食）。」（《包》221）／「甲寅之日，〜良癟（瘥），有繫（祟）。」（《包》218）／「庚辛有間，〜遬（趚）癟（瘥）。」（《包》220）／「占之，恒貞吉。〜遰癟（瘥）。」（《包》243）

2. 【動】患病；患……病。例：

「〜腹疾，以少懋，尚（當）毋有咎。」（《包》207）／「既有〜＝心疾，少懋，不內（納）飤（食）。」（《包》221）

3. 【形】毛病；弊端。例：

「貴（得）與貟（亡）孰（孰）〜？」（《郭·老子甲》36）

4. 【動】通作「妨」，害；妨害。例：

「歔飤田，〜於債。骨價之。」（《包》152）／「畢得厛爲右弁於莫囂之軍，死，〜尚（上）。」（《包》158）／「疾弁（變），〜茭。」（《包》245）／「占之，恒貞吉。〜，有瘑（孼）。以其故敓（敓）之。」（《包》247）／「以其有瘇，〜走燹，尚（當）毋死。」（《包》249）／「野以其有〜之。」（《秦》99·3）／「野以其有〜之。」（《秦》99·5）

案：或謂「讀如妨」（湖北省荊沙鐵路考古隊：1991a：50 頁）。或釋之爲「病」[註61]。由於《郭·老子甲》「貴（得）與貟（亡）孰（孰）疠？」傳世本正作「得與亡孰病」（《老子》四十四章）可見把「疠」釋爲「病」是很正確的。作「妨」，則是通假的用法。

痛瘌

【動】下藥毒害。《說文》：「瘌，楚人謂藥毒曰痛瘌，从疒刺聲。」（卷七疒部）

按：杭世駿引《說文》云：「楚人謂藥毒曰痛瘌。朝鮮謂藥毒曰瘱」（《續方言》卷上葉五）

[註61] 參周鳳五《包山楚簡考釋》，中國古文字學研討會論文，1992 年 10 月，南京。步雲案：不知是否即氏著《包山楚簡文字初考》（載《王叔岷先生八十壽慶論文集》361〜378 頁，（臺北）大安出版社，1993 年 6 月）。筆者未見。

瘌

　　【形】用藥引致痛苦。【名】因用藥而引發的痛楚。《方言》：「凡飲藥、傅藥而毒，南楚之外謂之瘌。北燕、朝鮮之間謂之癆。東齊、海岱之間謂之眠；或謂之眩。自關而西謂之毒。瘌，痛也。」（卷三）

案：劉賾有考（1930：147 頁）。

瘼

　　【古】【形】病。【動】使病。《方言》：「瘼、癁，病也。東齊海岱之間曰瘼，或曰癁。秦曰瘎。」（卷三）例：

　　　　「亂離～矣，奚其適歸。」（《毛詩・小雅・四月》）／「菀彼桑

　　柔，其下侯旬。捋采其劉，～此下民。」（《毛詩・大雅・桑柔》）

案：戴震云：「《詩・小雅》：『亂離瘼矣。』毛傳：『瘼，病也。』《爾雅》：『瘼，病也。』」（《方言疏證》卷三）。嚴學宭所考，以爲湘西苗語詞（1997：402頁）。

瘳

　　【古】【形】痊愈。《方言》：「差、間、知，愈也。南楚病愈者謂之差；或謂之間；或謂之知。知，通語也。或謂之慧；或謂之憭；或謂之瘳；或謂之蠲；或謂之除。」（卷三）《說文》：「瘳，疾愈也。」（卷七疒部）例：

　　　　「韓宣子逆客私焉，曰：『寡君寢疾，於今三月矣。並走羣望，

　　有加而無～。今夢黃熊入於寢門，其何厲鬼也？』」（《左傳・昭七》）

　　／「回嘗聞之夫子曰：『治國去之，亂國就之。醫門多疾，願以所

　　聞思其則庶幾，其國有～乎？』」（《莊子・內篇・人間世》）／「出

　　而謂列子曰：『幸矣，子之先生遇我也！有～矣！全然有生矣！吾

　　見其杜權矣。』」（《莊子・內篇・應帝王》）

療

　　【動】醫治。《方言》：「愮、療，治也。江、湘郊會謂醫治之曰愮。愮又憂也。或曰療。」（卷十）《說文》：「癆，治也。療，或从尞。」（卷七疒部）例：

　　　　「不可救～。」（《左傳・襄二十六》）

癬

【動】聲音嘶啞。《方言》：「痸、嗌，噎也。楚曰痸。秦、晉或曰嗌；又曰噎。」（卷六）《說文》：「痸，散聲。」（卷七疒部）

痨

【形】以毒藥飲人。《方言》：「凡飲藥、傅藥而毒，南楚之外謂之瘌。北燕、朝鮮之間謂之痨。東齊、海岱之間謂之眠；或謂之眩。自關而西謂之毒。瘌，痛也。」（卷三）《說文》：「痨，朝鮮謂藥毒曰痨。从疒勞聲。」（卷七疒部）

案：劉賾所考（1930：166頁）。

瘥（瘥）

「瘥」是「瘥」的楚方言形體。在楚地出土文獻中，「瘥」有以下用法：

1. 【專】人名。例：

「陰侯之正差（佐）猷（胡）～受期」（《包》51）／「登公黁之州人苟～」（《包》58）／「鄭君之州加公周～」（《包》189）

2. 【形】痊愈。《說文》：「瘥，瘉也。从疒差聲。」（卷七疒部）例：

「甲寅之日，疠（病）良～，又（有）繁（祟），狄（太）見琥，以其古（故）繁（戠）之。」（《包》218）／「舊不～，尚（當）遬（趎）～，母（毋）又（有）奈（祟）。」（《包》236）／「既腹心疾，以步（上）慨，不甘飲（食），尚（當）遬（趎）～，母（毋）又（有）奈（祟）。」（《包》239）／「既腹心疾，以走（上）慨，不甘飲（食），舊不～，尚（當）遬（趎）～，母（毋）又（有）奈（祟）。占之，恒貞：吉。疠（病）遞～。以其古（故）敀（戠）之。」（《包》242～243）／「既腹心疾，以走（上）慨，不甘飲（食），尚（當）遬（趎）～，母（毋）又（有）奈（祟）。」（《包》245）／「既腹心疾，以走（上）慨，不甘飲（食），舊不～，尚（當）遬（趎）～，母（毋）又（有）奈（祟）。」（《包》247）

案：《方言》作「差」。☞本章「差」。

癩／癩（孽）

可能是「孽」的楚方言形體。在楚地出土文獻中，「癩／癩」有以下用法：

1. 【名】妖孽；灾孽。例：

「亘（貞）：吉，疠（病），又（有）～，以示（其）古（故）敚（敗）之。」（《包》247）／「無咎，少有～。」（《天・卜》）／「疾，有～。」（《天・卜》）／「夜中有～。」（《天・卜》）／「……瘥，有～……」（《望》1・65）／「……有～，遲瘥……」（《望》1・62）／「……癩（瘥），又（有）～。」（《新蔡》甲一：24）

2. 【動】造孽；遭孽。例：

「恒貞吉，無咎。疾罷～罷也。至九月又（有）良閒。」（《新蔡》甲一：22）／「占之：吉，不～。」（《新蔡》甲三：192＋199～1）／「……～，以示（其）古（故）敚（敗）〔之〕。」（《新蔡》乙二：41）／「〔占〕之：吉，不～。」（《新蔡》零184）

「癅」或省「人」作「癉」，而其意義、用法不變。例：

「酒（將）爲～於後……」（《新蔡》甲二：32）／「……恒貞無咎，疾罷～罷也。」（《新蔡》甲三：284）／「無咎，疾迲（遲）瘟（瘥），又（有）～。」（《新蔡》乙三：39）／「……～，以示（其）古（故）敚（敗）之。」（《新蔡》乙三：61）／「亘（貞）：吉，疾卞（變），又（有）～，遰瘷（瘥）。以示（其）古（故）繁（敗）之。」（《包》239～240）

案：☞本文第六章十，僭、癅／癉。

癠

【古】【形】短小；矮小。《方言》：「玼、䫀，短也。江湘之會謂之玼。凡物生而不長大亦謂之鮆；又曰癠。桂林之中謂短䫀。䫀，通語也。東陽之間謂之府。」（卷十）例：

「親～，色容不盛，此孝子之疏節也。」（《禮記・玉藻》）

9. 癶部（3）

登徒

【術】楚官稱。例：

「郢之～直使送之，不欲行。見孟嘗君門人公孫戍曰：『臣，郢之～也，直送象牀。象牀之直千金，傷此若髮漂，賣妻子不足償

之。足下能使僕無行，先人有寶劍，願得獻之。』」（《戰國策·齊
策三》）

案：或以爲文獻的「登徒」即出土文獻的「跰徒」（湯秉正：1981；裘錫圭、李家
浩：1989）。

登徒子

【術】楚官稱。「登徒」的派生詞形。例：

「大夫、～侍於楚王，短宋玉曰：」（宋玉《登徒子好色賦》）

案：李善注：「大夫，官也。登徒，姓也。子者，男子之通稱。《戰國策》曰：孟
嘗君至楚，楚獻象牀，登徒送之。」（《文選》卷十九）李善的注可能是不準確
的。「大夫」、「登徒子」都是官稱。

發尹

【術】楚國官稱。「似爲左尹屬員，負責司法事務。」（石泉：1996：123
頁）例：

「～利」（《包》128、141）／「所詛於～利」（《包》171）

10. 白部（4）

白朝

【專】神鬼名。例：

「賽禱～戠牁（犆），樂之。」（《天·卜》）／「見於～。」（《天·
卜》）／「禱～戠牛、牁（犆）。」（《天·卜》）

白靁／白䨓／白靇

【術】卜具。例：

「～」（《天·卜》九例）

「白靁」或作「白䨓」。例：

「～」（《天·卜》四例）

又作「白靇」。例：

「～」（《新蔡》乙三：20、零：370）

皀

【名】穀的香味，引申爲鬱烈之香。《說文》：「皀，穀之馨香也。象嘉穀在裏中之形，匕所以扱之。或說：皀一粒也。凡皀之屬皆从皀。又讀若香。」（卷五皀部）

案：劉賾所考（1930：170頁）。

皁

　　【名】馬槽。《方言》：「櫪，梁、宋、齊、楚、北燕之間或謂之榴；或謂之皁。」（卷五）例：

　　　　「連之以羈縶，編之以～棧，馬之死者十二三矣。」（《莊子‧
　　馬蹄》）

11. 皮部（1）

皯

　　【形】臉上黑氣；面目黧黑。《說文》：「皯，面黑氣也。从皮干聲。」（卷三皮部）例：

　　　　「黃帝卽位十有五年，喜天下戴己，養正命，娛耳目，供鼻
　　口，焦然肌色～黣，昏然五情爽惑。又十有五年，憂天下之不治，
　　竭聰明，進智力，營百姓，焦然肌色～黣，昏然五情爽惑。」（《列
　　子‧黃帝》）

案：劉賾所考（1930：149頁）

12. 皿部（10）

盌

　　【名】盂。《方言》：「盂，宋、楚、魏之間或謂之盌。盌謂之盂；或謂之銚、銳。盌謂之櫂。盂謂之柯。海岱東齊北燕之間或謂之盆。」（卷五）《說文》：「盌，小盂也。从皿夗聲。」（卷五皿部）

案：或以爲壯族、傣族等少數民族語詞（嚴學宭：1997：400頁）。在楚地出土文
　　獻中，「碗」作「盌」。☞本章「盌」。

盞（琖）

　　【古】【名】楚器名。《說文》：「琖，玉爵也。夏曰盞，殷曰斝，周曰爵。从玉戔聲。或从皿。」（卷一玉部新附）例：

> 「大廥之饋～」（《大廥敦銘》）／「貯于敳之行～」（《貯于敳盞銘》）／「二鉈（匜），卵～」（《望》2・46）／「二合～」（《望》2・54）

案：在楚地的出土文獻中，「瑳」作「盞」。若《說文》新附不誤，則「盞」爲來自前代的古語詞，而其意義或有引申變化。或謂「楚地所出東周器之自名爲『盞』者，多與敦形近，疑合盞即指器蓋相合作圓球形的敦。」（湖北省文物考古研究所、北京大學中文系：1995：129頁）

盞盂

【名】楚形器。「從形態特徵可稱爲盆體敦。」（劉彬徽：1995：309頁）。

例：

> 「王子申作嘉嬭～」（《王子申盞盂銘》）／「愿兒自作鑄其～」（《愿兒盞銘》）

「盞盂」或簡稱爲「盂」。例：

> 「楚王酓審之～」（《楚王酓審盞銘》）

監

【術】楚國官稱。「統治者派往各地或各部門的監察官。」（石泉：1996：332頁）例：

> 「佪（偲）命曰：獻與楚君～王孫袖。」（《王孫袖戈銘》）

監馬尹

【術】楚國官稱，同「宮廄尹」。或以爲「職守與軍事有關。」（石泉：1996：332頁）例：

> 「使～大心逆吳公子。」（《左傳・昭三十》）

案：吳永章有詳考（1982）。

監食者

【術】楚國官稱。「監察楚王膳食之官。」（石泉：1996：332頁）例：

> 「王曰：『我食寒菹而得蛭，念譴之而不行其罪乎，是法廢而威不立也；譴而行其誅，則庖宰～法皆當死，心又弗忍也。故吾恐蛭之見也，遂吞之。』」（漢・賈誼《新書・春秋》。事亦見漢・王充《論衡》卷第六《福虛篇》，唯文字稍異）

盪鼎／盪鼎

【名】盪鼎，楚式食器，用以烹煮肉食，也兼作燒水之用（劉彬徽：1995：131頁）。例：

「彭公之孫無所自乍（作）～」（《彭公之孫無所鼎銘》）

「盪鼎」或作「盪鼎」（劉彬徽：1995：131頁）。例：

「楚叔之孫佣之～。」（《楚叔之孫佣盪鼎銘》）

案：「盪鼎／盪鼎」或作「湯鼎」。「盪」當是「湯」的繁構，而「盪」則可能是「盪」的楚方言形體。☞本章「湯鼎」。

登鼎

【名】一種楚式鼎，食器。例：

「二～鼎」（《包》265）

案：或自名爲「𪔊」（劉彬徽：1995：122頁）。

盬

【古】【名】鹽池。《說文》：「盬，河東鹽池，袤五十一里，廣七里，周百十六里。从鹽省，古聲。」（卷十二鹽部）例：

「夫山澤林～，國之寶也。」（《左傳・成六》）

案：徐乃昌引《類篇》云：「陳、楚謂鹽池曰盬。」（《續方言又補》卷下）

盧茹

【名】草名，即「䕡」。《說文》：「䕡，刷也。从艸屈聲」（卷一艸部）《正字通》云：「䕡……《神農本經》有屈草，生漢中川澤間。主寒熱陰痹。䕡當即屈。」（卷九艸部）例：

「䕡者，荊名曰～。」（《馬王堆〔肆〕・五十二病方》二五一）

案：整理小組注云：「盧茹，疑係茹盧之倒，與下四一二行茹盧本同物，即茜草（《神農本草經》名茜根）之別名。」（馬王堆漢墓帛書整理小組：1985：55頁）當然是有道理的。不過，「盧茹」可能即「蘆茹」。南北朝・龔慶宣撰《劉涓子鬼遺方》「蘆茹」數見。又《南齊書・武十七王傳》載：「子隆年二十一而體過充壯，常服蘆茹丸以自銷損。」（卷四十）

13. 目部（罒同）（13）

相

1. 【古】【動】看。《說文》：「相，省視也。从目从木。《易》曰：『地可觀者，莫可觀於木。』《詩》曰：『相鼠有皮。』」（卷四目部）用爲「看」義的「相」，顯然是保留在楚方言中的古語詞。例：

> 「悔～道之不察兮，延仁乎吾將反。」「瞻前而顧後兮，～觀民之計極。」（《楚辭・離騷》）

2. 【副】互相。例：

> 「而～卜（辭）：棄之於大路。」（《包》121）／「～保如芥」（《信》1・04）／「四神～戈」（《帛・甲》／「以邁～□思」（《帛・甲》）／「亡又～蚘」（《帛・乙》）

案：王逸注：「相，視也。」（《楚辭章句・離騷》）今湘方言用如此（劉曉南：1994）。

眞

【量】可用於數詞和名詞之間，也可用於名詞和數詞之後，用以計量甲冑等。例：

> 「二～吳甲。」（《曾》61，凡二例）／「二～楚甲。」「一～楚甲。」（《曾》122／「一～吳甲。」（《曾》124，凡二例）／「所賠（造）十～又五～。大凡六十～又四～。」（《曾》140）／「三～行輅。」（《天・策》，凡六例）／「二～行備（服）輅。」（《天・策》，凡三例）／「行備（服）輅二～。」（《天・策》）／「馭右二～鞻虎。」（《包》270、《包》牘1）

案：或疑「眞」當讀爲「領」（裘錫圭、李家浩：1989：518頁）。筆者以爲，「眞」當是「幀」之本字。「貞」从鼎得聲，而在楚文字中，「眞」往往用爲「鼎」，例如「一湯眞（鼎）」（《包》265）而「貞」又通作「眞」。例如：「建悳（德）女（如）〔偷，質〕貞（眞）女（如）愉（渝）。」「攸（修）之身，其德（德）乃貞（眞）。」（《郭・老子乙》11、16）於此可見「眞」「幀」之音義關係。岑仲勉說：「《五經》無眞字，是舊日小學家的口頭禪，《莊子》卻屢見之，他跟楚國似有其相當的聯繫。」認爲乃古突厥語詞（2004b：205頁）。

眙

【動】看。例：

　　　「思美人兮，擥涕而竚～。」（《楚辭・思美人》）

案：今湘方言用如此，寫作「拌」（劉曉南：1994）。

眠娗

　　【形】簡慢；欺侮。《方言》：「眠娗、脉蜴、賜施、茭媞、譀謾、慲他，皆欺謾之語也。楚郢以南、東揚之郊通語也。」（卷十）例：

　　　「～、誣諉、勇敢、怯疑，四人相與游於世，胥如志也。」（《列子・力命篇》）

眮

　　【形】轉動眼睛。《方言》：「矘、眮，轉目也。梁、益之間瞋目曰矘；轉目顧視亦曰矘。吳楚曰眮。」（卷六）《說文》：「眮，吳、楚謂瞋目顧視曰眮。」（卷四目部）

案：杭世駿有考（《續方言》卷上頁九）。或以爲侗、西雙版納的傣等少數民族語詞（嚴學宭：1997：401 頁）。

眯

　　1.【名】夢魘。例：

　　　「故伐樹於宋，削迹於衛，窮於商周，是非其夢邪？圍於陳蔡之間，七日不火食，死生相與鄰，是非其～邪？」（《莊子・外篇・天運》）

　　2.【動】做噩夢。例：

　　　「魚身蛇首六足，其目如馬耳，食之使人不～，可以禦凶。」（《山海經・西山經》）／「有草焉，其狀如葵葉而赤華莢實。實如棱莢。名曰植楮，可以已癘，食之不～。」（《山海經・中山經》）

案：清・鄭珍云：「《淮南・精神訓》：楚人謂厭爲眯。」（《說文新附考》卷四）程際盛引《淮南子・精神訓》高誘注云：「楚人謂厭爲眯。」（《續方言補正》卷上）清・王念孫云：「眯與厭義不相近，眯皆當爲眯（音米）。字之誤也。」（《讀書雜志》卷七）厭讀爲魘。鄭、王二氏是而程非。

睇

【動】看。《方言》「矔、睇、睎、略，眄也。陳楚之間、南楚之外曰睇。東齊、青、徐之間曰睎。吳、揚、江、淮之間或曰矔；或曰略。自關而西秦、晉之間曰眄。」（卷二）《說文》：「睇，目小視也，从目弟聲。南楚謂眄爲睇。」（卷四目部）例：

「既含～兮又宜笑，子慕予兮善窈窕。」（《楚辭‧九歌‧山鬼》）

案：李翹有考（1925）。今粵方言猶存。

眶

【動】（眼）圈；圈。《說文》：「眶，目圍也。从目𢎛，讀若書卷之卷。古文以爲醜字。」（卷四目部）

案：劉賾所考（1930：149頁）

睩

【動】看；眼睛轉動。例：

「蛾眉曼～，目騰光些。」（《楚辭‧招魂》）

案：《楚辭章句‧招魂》王逸注：「睩，視貌。……睩，一作睇。」今粵語猶用如此：「眼睩睩」（眼睛轉動）。又用作「看」：「牛咁眼睩實佢（瞪著牛一般的眼睛盯著他）。」

䚋

【古】【動】偷偷地看。《方言》：「瞷、䚋、闚、貼、占，伺視也。凡相竊視南楚謂之闚；或謂之瞷；或謂之貼；或謂之占；或謂之䚋。䚋，中夏語也。闚其通語也。自江而北謂之貼；或謂之覘。凡相候謂之占。占猶瞻也。」（卷十）

案：今天，「䚋」仍活躍於粵方言中，寫作「睄」。

瞷

【動】偷看。《方言》：「瞷、䚋、闚、貼、占，伺視也。凡相竊視南楚謂之闚；或謂之瞷；或謂之貼；或謂之占；或謂之䚋。䚋，中夏語也。闚其通語也。自江而北謂之貼；或謂之覘。凡相候謂之占。占猶瞻也。」（卷十）

案：今粵方言用如此，作「睊」。

膌

　　【形】雙。《方言》：「顫、鑠、盱、揚、膌，雙也。南楚、江、淮之間日顫；或日膌。」（卷二）

瞯

　　【形】情深款款的樣子。例：

　　　　「遺視～些」（《楚辭‧招魂》）

案：王逸注：「遺，竊視也。瞯，脉也。」（《楚辭章句‧招魂》）李翹有考（1929）。

14. 矛部（1）

矜

　　【名】矛柄。《方言》：「矛，吳、揚、江、淮、南楚、五湖之間謂之鏦；或謂之鋋；或謂之鏦。其柄謂之矜。」（卷九）《說文》：「矜，矛柄也。」（卷十四矛部）

15. 矢部（3）

矦（后）土

　　【專】土地之神。例：

　　　　「～、司命各一少（小）環。」（《望》1‧54）／「～、司命、司禍（禍）各一少（小）環。」（《包》213）／「太、～、司命、司禍（禍）、大水、二天子、嵯山既皆城。」（《包》215）／「蠱（趣）禱宮～一羖。」（《包》233）／「～、司命各一羚。」（《包》237、243）／「……～之旆軒」（《天‧策》）

案：「矦土」即通語的「后土」。《左傳‧昭二十九》：「土正日后土。」杜預注：「土為群物主，故稱后也，其祀句龍焉。在家則祀中溜，在野則為社。」楚地出土文獻「矦土」或作「句土」。☞本章「句土」。

短褐／短

　　【名】袍子。例：

　　　　「舍其錦綉，隣有～，而欲竊之。」（《尸子》卷下）／「故糟糠不飽者不務梁肉，～不完者不待文繡。」（《韓非子‧五蠹》）／「道路遼遠，霜雪亟集，～不完。」（《淮南子‧覽冥訓》）

「短褐」也可能省作「短」。

案：杭世駿引《淮南子‧齊俗訓》許慎注云：「楚人謂袍爲短。」（《續方言》卷上
葉十八）程際盛云：「按《淮南子》註：楚人謂袍爲短褐。」（《續方言補正》
卷下，嘉慶刻藝海珠塵本）孫詒讓云：「許慎注淮南子云：『楚人謂袍爲裋。』
又有作短褐者，誤。」（《墨子閒詁》卷八《非樂上》）程先甲據慧琳《音義》
六引《毛詩》鄭箋云：「南楚之人謂袍爲短褐。」（《廣續方言》卷二）

𥬇（兼）

【形】「𥬇」可能是「兼」的楚方言形體，在楚地出土文獻中通作「簾」。
例：

> 「革～。」（《曾》45，凡五例）／「紫錦之～。」（《曾》53）
>
> ／「乍～。」（《曾》65，凡二例）／「翠～。」（《曾》67）

案：《曾》簡中已有「兼」字，可知楚人既使用通語文字，又別造方言用字。☞本
文第六章二十，𥬇（兼）（附論𥬇、籢）。

16. 石部（6）

石林

【專】楚物；石叢。例：

> 「焉有～？何獸能言？」（《楚辭‧天問》卷三）／「雖有～之
>
> 岞崿，請攘臂而靡之。」（左思《吳都賦》）

案：李翹有考（1925）。

砳（缶）

【名】「砳」是「缶」的楚方言形體。《說文》：「缶，瓦器，所以盛酒漿。
秦人鼓之以節歌。象形。凡缶之屬皆从缶。」（卷五缶部）從楚地所出文獻看，
缶并不僅限於盛酒漿。例：

> 「鈔酯（醢）一～、窨（蜜）一～、兂（葱）薂（菹）二～、萬
>
> （藕）薂（菹）一～、茜蒝之薂（菹）一～。」（《包》255）

案：在楚地出土文獻中，既有「缶」，又有「砳」和「垢」。大概當時的缶，有以
陶土燒製的，也有以石頭打造的，也可能陶器如石，所以字或从土，或从石。
☞本章「垢」。

碰

　　【名】以此物切摩他物之上有所沾染者。《說文》：「碰，以石扞繒也。从石延聲。」（卷九石部）

案：劉賾所考（1930：150頁）。

硬

　　【名】磨子。《方言》「䃺、機，陳、魏、宋、楚，自關而東謂之梴；磑，或謂之硬。」（卷五）

碴

　　【動】反復舂搗。《說文》：「碴，舂已復擣之曰碴。从石沓聲。」（卷九石部）

案：劉賾所考（1930：170頁）。今粵語用如此。

礎

　　【名】碬；柱石。例：

　　　　「山雲蒸，柱～潤。」（《淮南子・說林訓》）

案：徐乃昌引《立世阿毗曇論音義二》云：「楚人謂柱碬曰礎。」（《續方言又補》卷上）程先甲亦有考：「慧琳《音義》七十三、七十七、九十二、九十八，并引《淮南》許愼注，又八十五云：『柱碬，南人呼爲礎。』又《原本玉篇》石部引同。」（《廣續方言》卷二）

17. 示部（礻同）（20）

社1

　　【專】野外之土神。例：

　　　　「壨（趣）禱～一全豭（腊）。」（《包》210）／「壨（趣）禱～一全豭（腊）。」（《包》248）／「冬柰致棠於～，戠牛。」（《天・卜》）

案：☞本章「矦（后）土」、「句（后）土」。

社2

　　【名】親屬稱謂，母親。《說文》：「姐，蜀謂母曰姐。淮南謂之社。」（卷十二女部）

「東家母死，其子哭之不哀。西家子見之，歸謂其母曰：『～何
愛速死，吾必悲哭～。』」（《淮南子》卷十六）

案：許慎注：「社，江淮謂母爲社。社讀雖家謂公爲阿社之社也。」（《淮南鴻烈
解・說山訓》卷十六）杭世駿（《續方言》卷上葉五）、嚴學宭（1997：388
頁）有考。

祙（太）

【專】太一神，爲「太」的楚方言神格化形體。例：

「盬（趣）禱餾（蝕）、～一全豢」（《包》210）／「～見琥」
（《包》218）／「盬（趣）禱～一膚。」（《包》243）／「……～與……」
（《望》1・79）／「～一牂」（《望》1・55）／「盬（趣）禱於～一
環」（《望》1・56）／「賽禱～一精（牲）。」（《天・卜》）／「盬（趣）
禱～一精（牲）。」（《天・卜》）／「盬（趣）禱～一靜（牲）羊。」
（《天・卜》）

案：原篆作「祙」、「祙」，即「夶」的神格化形體，可隸定爲「祙」。☞本章「太」。

祸／褐（禍）

【名】「祸」是「禍」的楚方言形體。禍殃；灾禍。例：

「參～法逃」（《帛・甲》）／「～福之羿也」（《郭・尊德義》
2）

「祸」又作「褐」。例：

「～不降自天，亦不出自墬（地），隹（唯）心自惻。」（《上博
六・用曰》9）

案：在楚地的出土文獻中，「禍」的本字作「褐」。而從「咼」得聲的字往往從「化」，
例如「過」，作「迆」。因此，「祸」可能爲「禍」的楚語詞形，指「禍殃」、「灾
禍」，以區別於神祇「司褐」的「褐」。☞本章「司褐」。

祝融

【專】楚人祖先，祭祀的對象。例：

「盬（趣）禱楚先老僮、～、媸（鬵）酓（熊）各一牂。」（《包》
217）／「盬（趣）禱楚先老僮、～、媸（鬵）酓（熊）各兩𫞩（殺）。」
（《包》237）／「〔盬（趣）禱楚〕先老僮、～、〔媸（鬵）酓（熊）

各一牂〕」（《望》1・120＋121）

案：《史記・楚世家》：「高陽生稱，稱生卷章（老僮），卷章生重黎（祝融），……
　　吳回生陸終，陸終生子六人。……六曰季連，……季連之苗裔曰鬻熊。」

祗（丘）

　　【專】楚人的祭祀對象，指丘神，爲「丘」的楚方言神格化形體。例：
　　　　　「墾（趣）禱～，戠牛。」（《天・卜》）／「罷禱～，戠牛。」
　　　　（《天・卜》）

祬（位）

　　【專】神位。爲「位」的楚方言神格化形體。例：
　　　　　「邵吉爲～，既禱至福。」（《包》205、206）／「凶攻解於不殆
　　　　（辜）、㾓（強）死者與禣（祖）～」（《天・卜》）

祙（先）

　　【名】祖先。爲「先」的楚方言神格化形體。例：
　　　　　「墾（趣）禱於三楚～各一痒（牂）。」（《新蔡》乙三：41）／
　　　　「是日敵（致）禱楚～。」（《新蔡》甲三：268）

禜（休）

　　【術】「禜」是「休」的神格化形體，指沈祭。例：
　　　　　「～於大波一牂。」（《天・卜》）

案：☞第六章二十三，休／㲻／禜／孶。

禐（行）

　　【專】行神，楚人祭祀的對象。爲「行」的楚方言神格化形體。例：
　　　　　「遇（趣）禱～，白犬。」（《望》1・119）／「……於東石公、
　　　　社、北子、～……」（《望》1・115）／「賽禱～，一白犬。」（《包》
　　　　219）「賽禱～一白犬。」（《包》219）

案：☞本章「行」。

禗／禜（夜）

　　【名】夜。爲「夜」的楚方言神格化形體。例：

「冬～之月」（《包》81）／「屈～之月」（《包》104）／「顕（夏）
～之月」（《包》115）／「文坪～君」（《包》203）／「遠～之月」
（《包》207）／「今夕執事人～」（《天‧卜》）

「㝱」或作「䆲」例：

「㠔（卒）歲或至顕（夏）～」（《新蔡》甲二：8、甲三：87）
／「……顕（夏）～……」（《新蔡》甲二：9）／「遠～之月」（《新
蔡》甲三：34）／「親～之月」（《新蔡》甲三：42）／「……～之
月以至䢼（來）歲之顕（夏）～，」（《新蔡》甲三：117、120）／
「……之顕（夏）～，」（《新蔡》甲三：151）／「顕（夏）～之
月」（《新蔡》甲三：159-2、甲三：204）／「……歲或至顕（夏）
～之月」（《新蔡》零：221、甲三210）／「顕（夏）～之月」（《新
蔡》甲三：225、零：332-2）／「㠔（卒）歲國（或）至䢼（來）
歲之顕（夏）～……」（《新蔡》甲三：248）／「顕（夏）～之月」
（《新蔡》乙一：4、10、乙二：12）／「顕（夏）～之月」（《新蔡》
乙一：5）／「顕（夏）～之月」（《新蔡》乙一：12）／「屈～之
月」（《新蔡》乙一：14）／「顕（夏）～之月」（《新蔡》乙一：17）
／「顕（夏）～之月」（《新蔡》乙一：18）／「自顕（夏）～之月
以至䢼（來）歲顕（夏）～，尚（當）毋又（有）大咎。」（《新蔡》
乙一：19）／「顕（夏）～……」（《新蔡》乙一：20）／「顕（夏）
～之月」（《新蔡》乙一：28）／「自顕（夏）～之月以至冬～之月」
（《新蔡》乙一：31、25）／「屈～之月」（《新蔡》乙一：32、23、
1）／「顕（夏）～之月」（《新蔡》乙三：49、乙二：21）／「顕（夏）
～……」（《新蔡》零：27）／「……～之月……」（《新蔡》零：36）
／「顕（夏）～之月……」（《新蔡》零：96）／「……顕（夏）～
之月……」（《新蔡》零：182）／「……～之月，」（《新蔡》零：
275）／「顕（夏）～……」（《新蔡》零：360）／「屈～」（《新蔡》
零：503）／「顕（夏）～……」（《新蔡》乙四：15）／「冬～之
月」（《新蔡》零：294、482、乙四：129）／「……遠～」（《新蔡》
零：248）／「屈～之〔月〕……」（《新蔡》零：414）／「冬～……」

（《新蔡》零：496）

按：「夜」爲「夜」的另一種特殊寫法，證據很充分。例如「文坪夜君」，楚地出
　　土文獻多作「文坪夜君」（《包》181、200、206、214，《曾》160、161、191）。
　　可見「夜」和「夜」的確可以通用無別。同時，因有新蔡簡「夜」字，大體
　　可確定「夜」實際上從示從夜省。因此，「夜／夜」爲「夜」的楚方言神格
　　化形體當無異議。不過，就目前所能見到的文獻而言，「夜／夜」并無用如
　　「夜晚」的實例。換言之，「夜／夜」并不完全等同於「夜」。

嘗（嘗）

　　「嘗」是「嘗」的楚方言形體。在楚地出土文獻中，有以下用法：

　　1.【術】用如「嘗」，祭祀儀典。例：

　　　　　「……之日，月饋東厇公，～巫。」（《望》1·113）／「殤囗，
　　其～生。」（《包》222）／「以共（供）歲～」（《酓忎鼎銘》）

　　2.【副】通作「常」。例：

　　　　　「從頌（容）又（有）～，則民悳（德）弍。」（《郭·緇衣》
　　16）／「是以君子貴天夅（降）大～，以里（理）人侖（倫）。」（《郭·
　　成之聞之》31）／「是古（故）小人變（亂）天～，以逆大道。」
　　（《郭·成之聞之》32）／「和曰～」（《郭·老子甲》34）

　　3.【形】通作「裳」。例：

　　　　　「《～～者芋（華）》」（《上博一·孔子詩論》9）

案：「嘗」，或謂「烝嘗之『嘗』的專字」（湖北省文物考古研究所、北京大學中
　　文系：1995：101 頁）。「嘗」目前祇見於楚地出土文獻。在銅器銘文或簡文
　　中或作「嘗」（例如《酓忎鼎銘》等），或作「常」（例如《郭·成之聞之》等）。
　　《說文》：「嘗，口味之也。從旨尙聲。」（卷五旨部）所釋無疑就是「嘗」
　　的本義。《爾雅·釋天》：「秋祭曰嘗。」《玉篇》云：「嘗，試也。又祭也。」
　　（卷九甘部）《周禮·春官宗伯》：「以肆獻祼享先王，以饋食享先王，以祠
　　春享先王，以禴夏享先王，以嘗秋享先王，以烝冬享先王。」鄭玄注：「宗
　　廟之祭有此六享。肆獻祼饋食在四時之上則是祫也禘也。肆者，進所解牲體。
　　謂薦孰時也。獻，獻體。謂薦血腥也。祼之言灌。灌以鬱鬯。謂始獻尸求神
　　時也。《郊特牲》曰：魂氣歸於天，形魄歸於地。故祭所以求諸陰陽之義也。

殷人先求諸陽，周人先求諸陰。灌是也。祭必先灌，乃後薦腥，薦孰於祫。逆言之者，與下共文，明六享俱然。祫，言肆獻裸；禘，言饋食者，著有黍稷互相備也。魯禮：三年喪畢而祫於大祖，明年春禘於群廟，自爾以後率五年而再殷祭，一祫一禘。」因此，用爲「祭祀」意義的「嘗」當是通假，那「崇」應爲表祭祀義的「嘗」的本字。「崇」或作「崇祭」。☞本章「崇祭」。

崇（嘗）祭

【術】祭祀儀典。例：

「～」（《望》1・140）

案：☞本章「崇」。

㬎禠（明祖）／禠（祖）

【專】祭祀的對象，祖先。例：

「囟攻解於～，戲（且）敘於宮室？」（《包》211）／「囟攻解於～？」（《天・卜》）／「……與～……」（《望》1・78）

「㬎禠」或略作「禠（祖）」。例：

「囟攻解於～與兵死？」（《包》241）

福

【名】祭祀；禱福；祈福。《說文》：「福，祐也。从示畐聲。」（卷一示部）

「若師徒無虧，王薨於行，國之～也。」（《左傳・莊四》）

案：劉蹟所考（1934：186頁）。

禖（世）

「禖」是「世」神格化的楚方言形體。

1. 【名】世代。例：

「□禱之於五～王父王母」（《秦》99・10）

2. 【動】按世代祭祀。例：

「酉（酒）飤（食）～之」（《秦》99・1）

案：楚地出土文獻有「世」（《郭・唐虞之道》3 等）字，爲通語形體，義爲世界，世上。「禖」又作「㩴」。☞本章「㩴」。

禔（畏）

【形】「褱」是「畏」的楚方言形體。例：

　　「人之所～，亦不可以不～。」（《郭・老子乙》5）

禩（鬼）

　　【名】「鬼」的楚方言形體。例：

　　　　「……下內外～神句所……」（《新蔡》甲二：40）〔註62〕／「古

　　〔～神又（有）〕所明，又（有）所不明。」（《上博五・鬼神之明》

　　4～5）／「弗懼（畏）～神之不恙（祥）。」（《上博七・鄭子家喪

　　乙本》4）

案：《陳財簋銘》亦見「禩（鬼）」字，大概是受了楚語的影響。

繁／祝（叡）

　　【古】叡，見於甲骨文。「繁」是「叡」的楚方言形體，而「祝」是「繁」
的簡體。「繁／祝」在楚地出土文獻中，有三種用法：

　　1.【動】卜問；貞問。《說文》云：「叡，楚人謂卜問吉凶曰叡。從又持
崇，崇亦聲。讀若贅」（卷三又部）例：

　　　　「以其古（故）繁之。」（《包》218、240）／「以其古（故）繁

　　之。」（《天・卜》，凡五例）

　　　　「以其古（故）祝之。」（《天・卜》，凡十一例）

　　2.【名】卜問的結果；貞問的結果。例：

　　　　「輿石被常之繁。」（《包》203）／「不逗于邱昜（陽），同繁。」

　　（《包》220）／「輿醢吉之繁。」（《包》241）／「輿醢吉之繁。」

　　（《包》243）／「遝醢狂之繁。」（《天・卜》）／「遝醢丁之繁。」

　　（《天・卜》）

　　　　「輿璧（歸）舠（豹）之祝。」（《望》1・63）

　　3.【名】通「崇」，鬼祟。例：

　　　　「有繁見（現）。」（《包》223）／「許吉占之：吉，無咎，無

　　繁。」（《包》235）／「義占之恒貞，不死。又（有）繁，見於繼

〔註62〕 「禩（鬼）神」二字，原釋作「禋禱」。參河南省文物考古研究所（2003：188
　　　頁）。後來或作「褱（鬼）神」。參張新俊、張勝波（2008：8頁、165頁）。

・419・

無遂（後）者與漸木立」（《包》249）／「有縈見（現）。」（《秦》1·1）／「戲（且）又（有）外惡，又（有）縈。」（《天·卜》）／「少又（有）憂於止，又（有）縈。」（《天·卜》）／「恒貞吉，又（有）縈。」（《天·卜》）／「疾遬（趚）有瘳，牁（將）又（有）瘝（孽），又（有）縈。」（《天·卜》）／「少迡（遲）瘧（瘥），又（有）縈。」（《天·卜》）

「不……無祝。」（《天·卜》）／「牁（將）又（有）亞（惡）於車馬下之人，又（有）祝。」（《天·卜》）／「少又（有）亞（惡）於躬身，又（有）祝。」（《天·卜》）／「占之恒貞吉，又（有）祝。」（《天·卜》）／「少有外憂，又（有）祝。」（《天·卜》）／「卅歲無咎無祝。」（《天·卜》）／「……恒貞吉，有見祝。」（《望》1·49）／「……又（有）有祝，宜禱……。」（《望》1·50）／「……吉，不死，又（有）祝。」（《望》1·54）／「無大咎，疾迡（遲）瘧（瘥），又（有）祝。」（《望》1·61）／「……以黃靈習之，尚（當）祝。」（《望》1·88）

案：「縈／祝」或以「敚」通作。「敚」，杭世駿（《續方言》卷下葉二）、劉賾（1930：154頁）均有考。☞本文第六章十四，縈／祝／敚（敗）。

禬

【動】祓惡祭。《說文》：「禬，會福祭也。从示从會，會亦聲。《周禮》曰：『禬之祝號。』」（卷一示部）

案：劉賾所考（1934：179頁）。

18. 内部（2）

禺

【名】《說文》：「禺，母猴屬。頭似鬼。从由从内。」（卷九由部）準此，則「禺」與容器無涉。表容器義的形體通作「甌」。《方言》：「缶謂之瓿、甊」（卷五）《玉篇》：「甌，盎也。」（卷十六瓦部）不過，楚地的出土文獻都借「禺」爲「甌」。例：

「飴一～。」（《牌》406·14）／「也一～」（《牌》406·26）／「～純。」（《望》2·15）

案：《望》2‧15 的文例可能用其本義。

萬（禼）

　　【名】原篆作𧉞，通常隸定爲「萬」。或隸定爲「禽」（張守中：2000：194 頁），亦無不可。字當即《說文》「禼（蟲也）」（卷十四内部），在楚地出土文獻中，引申爲「害」。例：

　　　　「～於其王。」（《帛‧甲》）／「不以旨（嗜）谷（欲）～其義（儀）簋（軌）。」（《郭‧尊德義》26）／「劼不～、酆回受二臣。」（《新蔡》甲三：294＋零 334）

案：或徑作「羣」（張新俊、張勝波：2008：106 頁；滕壬生：2008：528 頁）。未

　　確。☞本文第六章三十，與轄（轄）／鎋（轄）（附論髍）

19. 禾部（9）

私

　　【形】小。《方言》：「私、策、纖、茷、稺、杪，小也。自關而西，秦、晉之郊、梁、益之間凡物小者謂之私，或曰纖；繒帛之細者謂之纖。東齊言布帛之細者曰綾。秦、晉曰靡。凡草生而初達謂之茷。稺，年小也。木細枝謂之杪。江、淮、陳、楚之内謂之蔑。青、齊、兗、冀之間謂之葰。燕之北鄙、朝鮮洌水之間謂之策。故傳曰：慈母之怒子也，雖折葼笞之，其惠存焉。」（卷二）

案：嚴學宭所考，以爲湘西苗語詞（1997：402 頁）。

秒

　　【名】物掉落在地；失物。《說文》：「秒，禾芒穗也。」（卷七禾部）

案：劉賾所考（1930：166 頁）。

秒（梁）

　　「秒」是「梁」的楚方言形體。通作「梁」。

　　1.【專】地名。例：

　　　　「大～」（《包》157）

　　2.【專】姓名。例：

　　　　「競～天殺之，僕不敢不告」（《磚》370‧1）

案：楚文字「秈」从禾刅聲，與《說文》所載「粱」字為異體。目前為止，作穀名
用的「粱」祇見於秦地出土文獻（參湯餘惠：2001：488 頁）。可知「秈」字
是在秦統一文字時被廢棄的。

黍京

【專】鬼神名。例：

「畾（趣）禱～戠豢、酉（酒）飤（食）。」（《天・卜》）

秋浪

【動】打柴。

案：釋皎然云：「楚人呼養柴為秋浪。」（《晝上人集》卷二）

稟

【形】凜然。《方言》：「稟、浚，敬也。秦、晉之間曰稟。齊曰浚。吳、楚
之間自敬曰稟。」（卷六）例：

「臣下～然莫必其命。」（《荀子・議兵》）

穀（穀）

【動】「穀」是「穀」的通假字。養育；生育；哺育。《爾雅・釋言》：「穀、
鞠，生也。」例：

「民莫不～，我獨何害？」「民莫不～，我獨不卒。」（《毛詩・
小雅・蓼莪》）／「民莫不～，我獨于罹。」（《毛詩・小雅・小弁》）
／「以介我稷黍，以～我士女。」（《毛詩・小雅・甫田》）／「楚人
謂乳～，謂虎於菟。」（《左傳・宣四》）

案：程際盛引《左傳・宣四年》云：「楚人謂乳為穀。按：又見《漢書敍傳》。」
（《續方言補正》卷上）在睡虎地所出秦簡中，見「穀」。《說文》云：「穀，
乳也。从子殼聲。一曰：『穀，瞀也。』」（卷十四子部）秦簡用如「養育」
義。例：「乙亥生子，穀而富」（《睡・日書甲》一四一正壹）／「壬午生子，
穀而武」（《睡・日書甲》一四八正壹）／「乙酉生子，穀好樂」（《睡・日書
甲》一四一正貳）／「辛卯生子，吉及穀」（《睡・日書甲》一四七正貳）／
「癸巳生子，穀」（《睡・日書甲》一四九正貳）／「己亥生子，穀」（《睡・
日書甲》一四五正三）／「甲辰生子，穀，且武而利弟」（《睡・日書甲》一

四〇正肆）／「己酉生子，縠有商」（《睡・日書甲》一四五正肆）／「丁巳生子，縠而美，有啟」（《睡》一四三正伍）根據漢字的造字原理分析，「縠」應是本字，而「鞠」和「穀」都是通假字。因此，《睡》簡釋文在「縠」後括注「穀」是毫無必要的。「縠」的這個意義，還保留在今天的廣州話中，一般寫成「鞠」。例如：「鞠肥啲雞（把這些雞養肥）。」／「催鞠（利用藥物等促進身體機能發達。引申則指不擇手段地推波助瀾）。」在典籍中，「穀」或作「鞠」。☞本章「縠」、「鞠」。

稷

【名】穄。

案：程先甲引蘇恭唐本草云：「穄即稷也，楚人謂之稷。」（《廣續方言拾遺》）

穆鐘

【術】楚樂律名，相當於周樂律的「太簇」，見於曾侯乙墓所出編鐘鐘銘。

例：

> 「～之渣（衍）商」（《集成》286）／「穆音之在楚爲～」（《集成》290）／「～之角」（《集成》297）／「～之冬（終）反」（《集成》300）／「～之壴（鼓）」（《集成》302）／「～之下角」「～之冬（終）」（《集成》303）／「～之商」（《集成》304）／「～之角」「～之徵」（《集成》308）／「～之壴（鼓）反」（《集成》310）／「～之冬（終）反」（《集成》311）／「～之少商」（《集成》312）／「～之喜（鼓）」（《集成》313）／「～之下角」「～之冬（終）」（《集成》314）／「～之商」（《集成》315）／「～之翆（羽）」（《集成》317）／「穆音之在楚爲～」（《集成》319）／「～之角」「～之徵」（《集成》320）／「穆音之在楚也爲～」（《集成》322）

20. 穴部（8）

穴能／穴酓／空酓

【專】「穴能」，楚人的祖先，祭祀的對象，即典籍所載「鬻熊」。例：

> 「……〔老〕童、祝蟲（融）、～芳屯一……」（《新蔡》甲三：35）／「……祝蟲（融）、～、邵王、獻〔惠王〕……」（《新蔡》甲三：83）／「……〔祝〕蟲（融）、～、邵王……」（《新蔡》零：

560＋522＋554）

「穴能」或作「穴酓」。例：

「……〔祝〕（融）、～，敵（致）禱北……」（《新蔡》零：254
＋162）

「穴酓」或作「空酓」。例：

「……～一狂（豬）」（《新蔡》甲三：366）／「又（有）敓
（祟），見於司命、老嬞（童）、祝蟲（融）、～。」（《新蔡》乙一：
22）／「……〔祝〕蟲（融）、～各一痒（牂）……」（《新蔡》乙
一：24）

案：新蔡簡的面世，使以前的某些疑惑渙然冰釋，例如「酓」和「能（熊）」的關
係。又如祝融之後的先祖是否為「鬻熊」。

空桑

1. 【古】【專】古地名，以產瑟名。例：

「伊尹生乎～。」（《列子・天瑞》）／「～之琴瑟，咸池之舞。」
（《周禮・春官宗伯下》卷第二十二）／「帝顓頊生自若水，實處
～，乃登為帝。惟天之合正風乃行，音若熙熙淒淒鏘鏘。帝顓頊
好其音，乃令飛龍作效八風之音。」（《呂氏春秋・仲夏紀・古樂》）

2. 【名】瑟名。例：

「魂乎歸徠，定～只。」（《楚辭・大招》）

案：王逸注：「空桑，瑟名也。《周官》云：古者絃空桑而為瑟。言魂急徠歸，定
意楚國聽瑟之樂也。或曰：空桑，楚地名。一作徠歸。」（《楚辭章句・大招》
卷十）李翹有考（1925）。

空（穴）

【名】「穴」的異體。例：

「驥～於卲迖。」（《郭・窮達以時》10）／「……～酓一狂（豬）」
（《新蔡》甲三：366）／「又（有）敓（祟），見於司命、老嬞（童）、
祝蟲（融）、～酓。」（《新蔡》乙一：22）／「……〔祝〕蟲（融）、
～酓各一痒（牂）……」（《新蔡》乙一：24）

案：楚語既有「穴」，又有「空」。若視前者為通語用字，則後者為方言形體。

突

　　【名】空闕處。《說文》：「突，穿也。」（卷七穴部）

案：劉賾所考（1930：145 頁）。

窊

　　【形】低窪處。《說文》：「窊，污邪下也。从穴瓜聲。」（卷七穴部）例：

　　　　「江海無爲以成其大，～下以成其廣，故能長久。」（《文子下・

　　自然》）

案：劉賾所考（1930：158 頁）。

窈

　　【形】《方言》：「秦、晉之閒美貌謂之娥，美狀爲窕，美色爲豔，美心爲

窈。」（卷二）例：

　　　　「子慕予善～窕。」（《楚辭・九歌・山鬼》）

案：李翹有考（1925）。

窅

　　【古】【形】物在穴中而見於外。《說文》：「窅，物在穴中貌。」（卷七穴

部）例：

　　　　「綠房紫菂，～窊垂珠。」（王逸《魯靈光殿賦》）／「后稷之

　　　　興在陶唐虞夏之際，皆有令德，后稷卒，子不～立。」（《史記・周

　　　　本紀》）

案：劉賾所考（1930：154 頁）。

窕

　　1.【古】【形】美麗。《方言》：「娃、嫷、窕、豔，美也。吳、楚、衡、

淮之間曰娃。南楚之外曰嫷。宋、衛、晉、鄭之間曰豔。陳、楚、周南之間

曰窕。自關而西秦、晉之間凡美色或謂之好；或謂之窕。故吳有館娃之宮，

秦有榛娥之臺。秦、晉之間美貌謂之娥；美狀爲窕；美色爲豔；美心爲窈。」

（卷二）例：

　　　　「窈～淑女。」（《毛詩・周南・關雎》）／「子慕予兮善窈～。」

　　　　（《楚辭・九歌・山鬼》）

2.【形】淫佚。《方言》:「遙、窕,淫也。九嶷、荊郊之鄙謂淫曰遙。沅、湘之間謂之窕。」(卷十)

21. 立部(5)

厷(右)

【名】「厷」是「右」的楚方言形體。衹見於曾侯乙墓所出遣策。例:

「〜敏(令)」(《曾》1 正)/「〜彤軤(旆)」(《曾》38)/「柘四馭〜襌屛(殿)」(《曾》39)/「〜襌軤(旆)」(《曾》133)/「〜驌(服)」(《曾》143)/「〜尹」(《曾》145)/「〜驂」(《曾》153)/「〜飛(騑)」(《曾》175)/「〜尹兩馬」(《曾》210)/「〜迀徒一馬」(《曾》211)

𢀷(竢)

【名】「竢」的楚方言形體。等;等待。例:

「〜時而復(作)。」(《上博八‧李頌》1 正)

案:《說文》:「竢,待也。从立矣聲。𢀷,或从已。」(卷十立部)

竘(竘)

【形】言語相呵距;任氣妄怒。《說文》:「奇,異也。一曰不耦。从大从可。」(卷五可部)又:「竘,健也。一曰匠也。从立句聲。讀若齲。《逸周書》有竘匠。」(卷十立部)

案:劉賾所考(1930:146〜147頁)。

喏

【形】受驚而呼;驚叫。《說文》:「喏,驚皃。」(卷十立部)

案:劉賾所考(1930:159頁)。

竰

【名】難事奉者;狀物之重聚者。《說文》:「竰,磊。竰,重聚也。」(卷十立部)

案:劉賾所考(1930:155頁)。

端

【名】緒餘；末端。《方言》：「緤、末、紀，緒也。南楚皆曰緤；或曰端；或曰紀；或曰末。皆楚轉語也。」（卷十）例：

「昭襄欲負力，相如折其～。」（晉・盧子諒《覽古》詩）

六畫（凡 243）

1. 竹部（⺮同）（38）

笫

【古】【名】牀。《方言》：「牀，齊、魯之間謂之簣。陳、楚之間或謂之笫。」（卷五）例：

「趙孟曰：『牀～之言不踰閾，況在野乎？非使人之所得聞也。』」（《左傳・襄二十七》）

筏

【名】同「泭／浮」，筏子。例：

「同心義士，選習水者～渡堪於小別江。即此水也。」（北魏・酈道元《水經注・延江水》）

案：☞本章「泭／浮」。

箬

【名】竹皮。《說文》：「箬，楚謂竹皮曰箬，从竹若聲。」（卷五竹部）例：

「覆甕多用荷～，令酒香，燥復易之。」（北魏・賈思勰《齊民要術・笨麴并酒》）

案：杭世駿有考（《續方言》卷下葉五）。迄今爲止，此字出土文獻僅見於秦雍十碣之作原石銘，一例。

筲（匣）

【名】「筲」可能是「匣」的楚方言形體。《說文》：「匣，匱也。从匚甲聲。」（卷十二匚部）《集韻・狎韵》：「筥、筲，竹名。或省。」例：

「皆藏於一～之中」（《仰》25・20）

箬／篛（席）

【名】「箬」和「𥴧」都是「席」的楚方言形體，後者祇見於曾侯乙墓所出竹簡。《說文》：「席，籍也。《禮》：『天子諸侯席有黼繡純飾。』从巾庶省。」（卷七巾部）例：

> 「一縞～」（《包》259、262）／「一寢～」「二俾～」「一㳘～」「二𦮼（卷）～」（《包》263）／「一鈔～」（《信》2・08）／「裯～」（《信》2・019）／「一紫繪（錦）之～」（《仰》25・8）／「一純綏～」「一儥～」（《仰》25・9）／「紡～」（《天・策》）／「鈔＝～」（《天・策》）／「緪～」（《天・策》）／「之～象」（《天・策》）／「𦂃～」（《天・策》）／「是故君子籔（衽）～之上，㲃（讓）而受學（幼）。」（《郭・成之聞之》34）「獸～」（《天・策》）／「……之～，繪（錦）純。」（《望》2・20：／「……純綏～」（《望》2・21）／「緯～」《望》2・22／「～十又二，皆紡繝」（《望》2・49）／「緜（傜）韋之～」（《曾》54）／「牖韋之～」（《曾》58）／「晉～」（《曾》70）／「紫～」（《曾》8、18、71、73、75、88、104）／「紫因（絪）之～」（《曾》76）／「劃～」（《曾》116）／「名（銘）於～之四專（端）曰：『安樂必戒。』右專（端）曰：『毋行可慇（悔）。』～遂（後）左專（端）曰：『民之反宿（側），亦不可志。』」（《上博七・武王踐阼》6）

案：有學者認爲「箬」不是席子〔註63〕。恐怕證據不足，有《上博七・武王踐阼》用例，即可知所謂「書寫介質說」，想當然耳。在楚地的出土文獻中，「席」多作「箬」，偶爾作「若」。☞本章「若」。

筊

【名】同「籠」。《方言》：「籠，南楚江沔之間謂之篝；或謂之筊。」（卷十三）《說文》：「筊，鳥籠也。」（卷五竹部）例：

> 「鳳皇在～兮，雞鶩翔舞。」（《楚辭・九章・懷沙》）

〔註63〕 王連成認爲「箬」不是「席子」，而是一種竹製的書寫介質。參看氏著《解析包山楚簡和望山楚簡中關於隨葬楚簡文獻的記錄——兼論楚時表示「竹簡」的字》，「簡帛研究」網，2010 年 11 月 24 日。http://www.jianbo.org/admin3/2010/wangliancheng011.htm。

案：洪興祖說：「《說文》曰：『籠也，南楚謂之篨。』」（《楚辭章句補注‧懷沙》）
　　與今本《說文》殊異。

笇

　　【古】【名】竹製器皿。例：

　　　　「二□～」（《望》2‧48）／「檮脀（脯）一～，僻胑一～，庶（炙）
　　　　鷄一～，一～胑。」（《包》258）／「二～」（《天‧策》）／「二馬
　　　　之～」（《天‧策》）／「～纓組縊」（《天‧策》）／「四馬之～」（《天‧
　　　　策》）／「犇～纓」（《天‧策》）

案：或據《儀禮‧士昏禮》：「婦執笇棗栗自門入，升自西階，進拜奠於席。」（卷
　　二）鄭玄注：「笇，竹器而衣者。其形蓋如今之莒、筥蘆矣。」或謂「笇」
　　乃「以葦竹之類編成的盛物之器。」（湖北省文物考古研究所、北京大學中
　　文系：1995：126頁）

筻（籠）

　　【名】「筻」是「籠」的楚方言形體，盛物的竹器。《說文》：「籠，舉土器
也。一曰笭也。从竹龍聲。」（卷五竹部）例：

　　　　「〔大〕～四十又（有）四。少（小）～十又（有）二。四楊
　　　　（籩）～、二豆～、二笑（籩）～。」（《信》2‧06）／「五～。」
　　　　（《信》2‧020）／「少（小）囊楊（籩）四十又（有）八，一大
　　　　囊楊（籩）十又（有）二～。」（《信》2‧022）／「鏵～一十二～，
　　　　皆有繪縫。」（《仰》25‧21）／「飤室所以食～：豕脀（脯）一～、
　　　　脩二～、鷟（蒸）豢一～、庶（炙）豢一～、窖（蜜）䬬（飴）二
　　　　～、白䬬（飴）二～、䰞（熬）鷄一～、庶（炙）鷄一～、䰞（熬）
　　　　魚二～、栗二～、梄二～、鳧茈二～、萌（筍）二～、蒩（葚）二
　　　　～、菓二～、薑（薑）二～、蓏一～、薴（梨）二～。」（《包》257
　　　　～258）

案：☞本文第六章一，筻（籠）。

筻（筥）

　　【名】「筻」是「筥」的楚方言形體，竹製器皿。《說文》：「筥，飯及衣之

器也。从竹司聲」（卷五竹部）例：

> 「四～飤」（《包》256）／「一緟～」「一～」（《包》259）／「一
> 栗，又（有）～。」（《包》264）／「一～箕鼐」（《信》2・09）／
> 「一隥～」「一小隥～」（《信》2・013）

案：在楚地出土文獻中，从史（吏）从弁當有所區別：前者下爲又；後者下爲人。
　　但有的字編不加分別，顯得草率。

笠（豆）

　　【名】「笠」是「豆」的楚方言形體，特指竹制之豆。例：

> 「一～」（《信》2・018）

笵

　　【名】車蓋紘繩。《方言》：「車枸簍，宋、魏、陳、楚之間謂之筱；或謂之
篕籠。其上約謂之筊；或謂之簨。秦、晉之間自關而西謂之枸簍。西隴謂之楢。
南楚之外謂之篷；或謂之隆屈。」（卷九）

筵

　　【名】結束；完結。《方言》：「絙、筵，竟也。秦晉或曰絙；或曰竟。楚
曰筵。」（卷六）

筲₁

　　【名】盛筷子的器皿。《方言》：「箸筩，陳、楚、宋、魏之間謂之筲；或謂
之籯。自關而西謂之桶檧。」（卷五）例：

> 「斗～之徒，何足選也？」（《漢書・公孫、劉、車、王、楊、
> 蔡、陳、鄭傳》）

筲₂

　　【名】盛飯器。《方言》：「籔，南楚謂之筲。趙、魏之郊謂之去簏。」（卷
十三）

案：杭世駿引《說文》云：秦謂筥曰飯筥也，受五升。「陳留謂飯帚曰箱。……
　　一曰飯器，容五升。一曰宋魏謂箸筩爲箱。」（《續方言》卷上葉十五）《說
　　文》：「箱，飯筥也，受五升。从竹稍聲。秦謂筥曰箱。」（卷五竹部）錢繹
　　認爲：「筲、箱並與筲同。」（《方言箋疏》卷十三）筆者以爲，據《說文》，

可能箈₁爲莆；箈₂爲稍。

箅

　　【名】蒸飪器。《說文》：「箅，蔽也。所以蔽甑底。」（卷五竹部）例：

　　　　　「賓客詣陳太丘，宿，太丘使元方、季方炊。客與太丘論議。

　　　二人進火，俱委而竊聽，炊忘箸～，飯落釜中。」（《世說新語・夙

　　　惠第十二》）

案：劉賾所考（1930：154～155 頁）。

箑（篓）

　　【名】扇子。《說文》：「篓，扇也。从竹疌聲。箑，篓或从妾。」（卷五竹

部）楚地出土文獻都作「箑」。例：

　　　　　「二竹～」（《信二》019）／「一大羽～、一大竹～、一少（小）

　　　～、一少（小）敝（彫）羽～」（《望》2・47）／「一羽～」（《包》

　　　260）

案：杭世駿引《淮南子・精神訓》許慎注云：「篓，扇也。楚人謂扇爲篓。」（《續

　　方言》卷上葉十三）

箴尹

　　【術】吳永章「疑爲掌諫之官」（1982）。例：

　　　　　「～克黃使於齊。」（《左傳・宣四》）／「公子追舒爲～」（《左

　　　傳・襄十五》）／「～宜咎城鍾離。」（《左傳・昭四》）／「～固與

　　　王同舟，……」（《左傳・定四》）

案：吳永章有詳考（1982）。「箴尹」，楚地出土文獻作「䂂尹」。☞本章「䂂尹」。

箮／篹

　　1. 【術】祭祀儀式。《說文》：「箮，厚也。从亯竹聲。讀若篤。」（卷五亯

部）楚地出土文獻用爲祭祀語。例：

　　　　　「～之高丘、下丘各一全豢。」（《包》237、241）

　　「箮」或作「篹」。例：

　　　　　「女（如），可以出帀（師），～邑。」（《帛・丙》）／「臧（壯），

　　　不可以～室。」（《帛・丙》）

2. 【代】「箺」或通作「孰」。例：

「名與身～（孰）親？身與貨～（孰）多？」（《郭・老子甲》
35～36）

案：如果《說文》的解釋無誤，那麼，「箺」的意義當指「厚言於神祇」。帛書「籈」
字，或讀為「築」，或以為通「敦」，或以為可徑作「敦」〔註64〕。現在看來，
「籈」可能祇是「箺」的繁構，為楚方言形體。所謂「籈邑」、「籈室」，實
際上是指厚言於邑神或室神。

箭裏

【名】博棋；博塞（一種古棋戲）。《方言》：「簙謂之蔽。或謂之箘。秦、
晉之間謂之簙。吳、楚之間或謂之蔽；或謂之箭裏；或謂之簙毒；或謂之夗
專；或謂之匴璇；或謂之棊。所以投簙謂之枰。或謂之廣平。所以行棋謂之局。
或謂之曲道。」（卷五）

案：王逸注「菎蔽象棋」云：「蔽，簙。箸以玉飾之也。或言菎蕗，今之箭裏也。」
（《楚辭章句・招魂》）

筷

【名】車蓋。《方言》：「車枸簍，宋、魏、陳、楚之間謂之筷；或謂之蟸籠。」
（卷九）

篿

【名】把米、穀物注入斛中的器皿。《方言》：「所以注斛，陳、魏、宋、
楚之間謂之篿。自關而西謂之注。」（卷五）

案：楚文字的「篿」僅見於《䚡篿鐘銘》，通作「曆」。

籧

【名】薰衣器皿，可能類似後世的薰爐。《說文》：「籧，笭也，可熏衣。從
竹菁聲。宋、楚謂竹籧牆以居也。」（卷五竹部）例：

「操一豚蹄酒一盂而祝曰：『甌窶滿～，汙邪滿車。五穀蕃熟，
穰穰滿家。」（《史記・滑稽列傳》卷一百二十六）

〔註64〕 參曾師憲通（1993a：108～109 頁）。又謝光輝《楚帛書「籈邑」、「籈室」解》，
載《古文字研究》24 輯，中華書局，2002 年 7 月第 1 版。

案：杭世駿引《說文》云：「籊，答也，可熏衣。宋、楚謂竹籊。」（《續方言》卷
　　上葉十三）劉賾有考（1930：161 頁）。

簟

　　【名】車蓋紘繩。《方言》：「車枸簍，宋、魏、陳、楚之間謂之筱；或謂
之篖籠。其上約謂之篣；或謂之簟。秦、晉之間自關而西謂之枸簍。西隴謂之
楇。南楚之外謂之篷；或謂之隆屈。」（卷九）

簄

　　【名】粗竹席。《方言》：「符簄，自關而東周、洛、楚、魏之間謂之倚佯。
自關而西謂之符簄。南楚之外謂之簄。」（卷五）

篣

　　【名】籠。《方言》：「籠，南楚、江、沔之間謂之篣；或謂之笯。」（卷十
三）
案：郭璞注：「今零陵人呼籠爲篣。」

篾

　　【名】細小的枝條。《方言》：「木細枝謂之杪，江、淮、陳、楚之內謂之
篾。」（卷二）
案：或謂黔、黔東、川、滇等地苗族語詞（嚴學宭：1997：399 頁）。「篾」或作「蔑」。
　　☞本章「蔑」。

簾（簾）

　　【名】「簾」是「簾」的異構，也就是「簾」的楚方言形體。《說文》：「簾，
堂簾也。从竹廉聲。」（卷五竹部）在楚地的出土文獻中，「簾」可能用爲「車
簾」。例：

　　　　「簟（箤）～」（《曾》70）
案：原篆所从，大概可以隸定爲「𢇬」，从兩矢从又，象手持雙箭之形，與「从又
　　持秝」（《說文》卷七秝部兼字條）同意，即「兼」的楚方言形體。換言之，原
　　篆从竹兼聲，即「簾」字異構。☞本章二十，𢇬（兼）（附論𪔛、𥱼）。

簾（簾）

　　【名】「簾」是「簾」的楚方言形體。例：

「大洛（輅）錫～」（《天・策》）／「一左寡錫～」（《天・策》）

案：或以爲《說文》無（滕壬生：1995：366 頁）。恐怕未察「廉」本從「兼」得
　　聲，而廉、兼用作聲符在讀音上應無區別。

篿

　　【術】用結草或折竹的方式占卜。例：

　　　　「索藑茅以筳～兮，命靈氛爲余占之。」（《楚辭・離騷》）

案：王逸《楚辭章句・離騷》注：「楚人名結草折竹以卜曰篿。」杭世駿有考（《續
　　方言》卷上葉十三）。駱鴻凱謂「『叝』之通轉」（1931：17～20 頁）。

籀

　　【古】【動】刺取；刺傷；無所取；牝牡之合。《說文》：「籀，刺也。從
手，籀省聲。《周禮》曰：『籀魚鼈。』」（卷十二）例：

　　　　「鼈人掌取互物，以時～魚鼈龜蜃凡貍物。春獻鱉蜃，秋獻龜
　　　　魚，祭祀共廬嬴蚳，以授醢人。掌凡邦之～事。」（《周禮・天官冢
　　　　宰》）

案：劉賾所考（1930：160 頁）。

篷籠

　　【名】車蓋。《方言》：「車枸簍，宋、魏、陳、楚之間謂之筱；或謂之篷籠。」
（卷九）

籔

　　【名】小筥。《方言》：「篆小者，南楚謂之籔。自關而西，秦、晉之間謂之
箄。」（卷十三）

簙毒

　　【名】博棋；博塞（一種古棋戲）。《方言》：「簙謂之蔽。或謂之箘。秦、
晉之間謂之簙。吳、楚之間或謂之蔽，或謂之箭裏，或謂之簙毒，或謂之夗專，
或謂之匴璇，或謂之棋。所以投簙謂之枰。或謂之廣平。所以行棋謂之局。或
謂之曲道。」（卷五）

箄

　　【古】【名】蠡；勺。《方言》：「蠡，陳、楚、宋、魏之間謂之箄；或謂

之櫼；或謂之瓢。」（卷五）例：

> 「（趙盾）使盡之，而爲之～食與肉。」（《左傳・宣二》）／「以
> 萬乘之國伐萬乘之國，～食壺漿以迎王師，豈有他哉？」（《孟子・
> 梁惠王下》）／「飢而飯之，渴而飲之，其入腹者不過～食瓢漿。」
> （《淮南子・精神訓》）

簺

【名】一種遊戲；簙簺；骰子。《說文》：「簺，行棊相塞，謂之簺。从竹从
塞，塞亦聲。」（卷五竹部）例：

> 「文季雖不學，發言必有辭采，當世稱其應對，尤善～及彈棊，
> ～用五子。」（《南齊書・沈文季傳》卷四十四列傳第二十五）

案：劉賾所考（1930：168頁）。

篷

【名】車蓋。《方言》：「車枸簍，宋、魏、陳、楚之間謂之筱；或謂之篔
籠。其上約謂之笭；或謂之簀。秦、晉之間自關而西謂之枸簍。西隴謂之橾。
南楚之外謂之篷；或謂之隆屈。」（卷九）例：

> 「翩翩飛～止，鬱鬱寒水縈。」（陸雲《爲顧彥先贈婦四首》其
> 二，《陸士龍集》卷五）

籮

【名】簸箕。《方言》「箕，陳、魏、宋、楚之間謂之籮。」（卷五）

籯

【古】【名】盛筷子的器皿。《方言》：「箸筩，陳、楚、宋、魏之間謂之筲；
或謂之籯。自關而西謂之桶檧。」（卷五）例：

> 「捍寵蘂箕勝～屑，若干日之功用人若干。」（《管子・輕重七・
> 山國軌》）

典籍或用「嬴」爲「籯」。例：

> 「蘇秦匹夫徒步之人也，靯躋～蓋，經營萬乘之主，服諾諸侯，
> 然不能自免於車裂之患。」（《淮南子・氾論訓》）

案：許愼注：「嬴，籯，囊也。」（《淮南鴻烈解・氾論訓》卷十三）今天粵方言仍

有此稱。

2. 米部（5）

米麴

　　【名】鼠麴草。

案：李時珍云：「（鼠麴草）楚人呼爲米麴。」（《本草綱目》卷十六）

粟客

　　【術】楚國官稱。「粟客爲主管糧食的官吏似更合適。」（石泉：1996：400
頁）例：

　　　　　　　　「群～鉌」（《古璽》0160）／「郢～鉌」（《古璽》5549）

案：二璽又見《分域》1038、1042。

粻程（餦餭）

　　【名】同「餦餭」，即「餳」，一種甜食，沾上飴糖的油炸薄面片。《方言》：
「餳謂之餦餭。飴謂之餃。餭謂之餚。餳謂之餹。凡飴謂之餳，自關而東陳、
楚、宋、衞之通語也。」（卷十三）《說文》作「粻程」：「糷，熬稻粻程也。從
食散聲。」（卷五食部）

案：「粻程」也作「張皇」。☞本章「餦餭」、「張皇」。

精進

　　【形】精搖。例：

　　　　　　　　「玄眇之中，～靡覽。」（《淮南子・要略》）

案：杭世駿引《淮南子・要略》許慎注云：「楚人以精進爲精搖。」（《續方言》卷
　　上葉八）。

糪

　　【動】煮飯；燒飯。楚語引申爲炊不熟；夾生。《說文》：「糪，炊米者謂之
糪。從米辟聲。」（卷七米部）

案：劉賾所考（1934：182 頁）

3. 糸部（糹同）（35）

紀

　　【名】緒餘；末端。《方言》：「繠、末、紀，緒也。南楚皆曰繠；或曰端；

或曰紀；或曰末。皆楚轉語也。」（卷十）例：

> 「能知古始，是謂道～。」（《老子》十四章）／「是謂仁義之
> ～。」（《六韜‧守土》）／「神也者，萬物之始，萬事之～也。」（《尸
> 子‧貴言》）

紉

【動】補綴。《方言》：「擘，楚謂之紉。」（卷六）例：

> 「扈江離與辟芷兮，～秋蘭以爲佩。」（《楚辭‧離騷》）

案：洪興祖《楚辭章句補注》引作「《方言》：『續，楚謂之紉。』」李發舜、黃建
　　中已辨其非（1991：243 頁）。李翹有考（1925）。

絥／紋（黼）

「絥／紋」是「黼」的楚方言形體。「絥」見於《天》簡；「紋」見於《包》
簡。在楚地出土文獻中，「絥／紋」有兩個用法：

1. 【形】黑白相間的花紋。《說文》：「黼，白與黑相次文。」（卷七黹部）
例：

> 「～纓」（《天‧策》，凡七例）

2. 【名】黑白相間的紡織物。例：

> 「醢薦之～。」（《包》267）／「絑絹之～。」（《包》271）／
> 「纗～。」（《包》271）／「縞～。」（《包》273）

按：漢語中表示顏色的字多从糸，故字从糸，當表色澤義，或以「夫」得聲，或
　　以「父」得聲。黼、父、夫三字之上古音均幫紐魚韻。則字可能就是「黼」
　　的楚方言形體。「絥」、「紋」，或隸定爲「純」（湖北省荊沙鐵路考古隊：1991a：
　　38 頁；張守中：1996：189 頁），或隸定爲「紋」（滕壬生：1995：929 頁）。
　　當以後者近是。

紛怡

【形】喜悅。《方言》：「紛怡，喜也。湘潭之間曰紛怡；或曰巸已。」（卷
十）

紡月

【名】楚月名，相當於秦曆三月。例：

「～、十月、屈夕，歲在西方。」（《睡・日書甲》六六正壹）

案：「紡月」或作「亯月」。☞本章「亯月」。

紟（鞊）

【名】「紟」是「鞊」的楚方言形體。《說文》：「鞊，鞍飾。从革占聲。」（卷三革部）楚地出土文獻用如此。例：

「……～四馬之享瑴。」（《天・策》）／「……～虎韔二樸。」（《天・策》）／「紛～。」（《天・策》）／「……～鄆（衛）絵（錦）生……」（《天・策》）／「足～。」（《天・策》）／「……生～之……」（《望》2・25）／「……芋之～」（《望》2・30）

按：原篆隸定作「紟」。古文形體，糸、革義近可通。《說文》「紙」又作「韍」，是其證。楚簡从糸，表明「紟」乃織物。而據《天》例，可知「紟」與車馬有關。所以「紟」可釋為「鞊」，為楚方言特有形體。「紟」，或疑為「縑」（商承祚：1995：108頁）。可備一說。

絈（白）

「絈」是「白」的楚方言形體。「絈」在楚地出土文獻中有兩種用法：

1. 【名】用如「白」，白色。例：

「兩～衣。」（《包》簽5）

2. 【名】通作「帛」。《說文》：「帛，繒也。从巾白聲。凡帛之屬皆从帛。」（卷七帛部）例：

「一秦縞之～裏。」（《包》263）

試比較：「帛裏組緂……一紅介之留衣，帛裏……」（《信》2・013）

案：漢字系統，凡表顏色，字多从糸，故原篆从糸。

絆（靽）

【名】絆馬索；羈絆。《說文》：「絆，馬縶也。从糸半聲。」（卷十三糸部）例：

「是猶兩～騏驥而求其致千里也。」（《淮南子・俶眞訓》）

「絆」，典籍或作「靽」。例：

「晉車七百乘，韅靷鞅～。」（《左傳・僖二十八》）／「帝蒙犯霜雪，雖發師旁縣，人馬席薦羈～皆有成賈，而貴不侵民，樂與官

市。」（劉珍《東觀漢記・帝紀一》卷一）

案：劉賾所考（1930：151 頁）。

結誥

　　【名】布穀鳥。《方言》：「布穀，自關而東，梁、楚之間謂之結誥。周、魏之間謂之擊穀。自關而西或謂之布穀。」（卷八）《爾雅・釋鳥》：「鳲鳩，鴶鵴。」郭璞注：「今之布穀也。江東呼爲穫穀。」

萩尹

　　【術】同「箴尹」，楚官稱。例：

　　　　「大攻尹睢以王命＝槳尹惡糙、～逆、萩（箴）令阭爲鄂君啓

　　　　之府贎鑄金節。」（《鄂君啓舟節銘》、《鄂君啓車節銘》）

案：☞本章「箴尹」。

絗

　　【動】彈動弓弩弦端的地方。《說文》：「絗，彈彄也。从糸有聲。」（卷十三糸部）目前所見楚地文獻「絗」似乎通作「侑」，祭名。例：

　　　　「則無～祭」（《帛・乙》）

絖（纊）

　　【名】（麻、絲等的）纖維。《說文》：「纊，絮也。从糸廣聲。《春秋傳》曰：『皆如挾纊。』絖，纊或从光。」例：

　　　　「宋人有善爲不龜手之藥者，世世以洴澼～爲事」（《莊子・逍

　　　　遙遊》）

案：《說文》把「纊」作爲正體，「絖」作爲異體，完全有文獻上的根據。如果結
　　合楚地的文獻分析，我們有理由把後者看作楚方言的特殊形體。

絕（色）

　　【量】「絕」，顏色的「色」的楚方言形體。在楚地出土文獻中爲旗幟的專用量詞，指以顏色區分的旗幟類別。例：

　　　　「絑翆（旌）一百～四十～。」（《包》269）／「絑翆（旌）百

　　　　～四十～。」（《包》牘1）

案：「色」或作「絕」（滕壬生：1995：895 頁）。或以爲「攸」（何琳儀：1993）。

不當。楚文字「絕」皆作《說文》所錄古文之形，作𢇍，則从糸者仍當爲「色」，強調爲色澤之「色」。

綷冕（冠）

【名】可能是陪葬用的冠。例：

「一生～、一圬～」（《包》263）

案：「綷」，或以爲「讀作縠」（湖北省荊沙鐵路考古隊：1991a：63頁）。過於輾轉，而且，倘若解釋爲「生絲編織之冠」，似乎有違古代禮制。《玉篇》：「綷，同紼。」《周禮・地官・遂人》：「及葬帥，而屬六綷。」〔注〕：「綷，舉棺索也。」據此，可知「綷」用非本義。《說文》：「紼，亂系也。从糸弗聲」（卷十三糸部）因此，「綷冠」很可能就是典籍的「紼冕」（《白虎通・德論》卷十）。所謂「生綷冠」，當係死者生前服禮之「紼冕」。「圬綷冠」亦復如是。

綎（促）

【形】「綎」爲「促」的功能轉移形體。短促的。例：

「中君之一～衣。」（《仰》25・2）／「何馬之～衣。」（《仰》25・3）／「一～衣。」（《仰》25・4）／「一～布之繪。」（《仰》25・10）／「～布之組，二塒（偶）。」（《仰》25・11）

案：☞本文第六章十九，裋／綎（促）。

鎼

【名】一種深腹帶蓋楚式鼎，見於春秋以往。例：

「王子啓疆自作飤～」（《王子啓疆緐銘》）

案：或作箍口鼎（劉彬徽：1995：114～115頁）。黃錫全亦有說（1990：102頁）。「鎼」或作「鎼鼎」，或作「鐯」，或作「𪔂」。☞本章「鎼鼎」、「鐯」、「𪔂」。

鎼鼎（鼎）

1. 【名】一種深腹帶蓋楚式鼎，見於春秋以往。例：

「楚弔（叔）之孫以鄧擇其吉金鑄其～。」（《楚弔之孫以鄧緐鼎銘》）／「逐與子具自乍～。」（《子具鼎銘》）

案：或作箍口鼎（劉彬徽：1995：114～115頁）。黃錫全亦有說（1990：102頁）。「鎼鼎」或作「鎼」，或作「鐯」，或作「𪔂」。☞本章「鎼」、「鐯」、「𪔂」。

2. 【名】盞盂的別稱。例：

「□子**隊**擇其吉金自乍（作）〜」（《□子**隊**盞盂銘》，器蓋同銘）

案：「盞盂」被稱爲「鯀鼎」令人非常困惑：難道是張冠李戴？如果《□子**隊**盞盂》不是發掘品〔註65〕，真讓人懷疑是僞作。

綦

【名】刹車的裝置。《方言》：「車下鐵，陳、宋、淮、楚之閒謂之畢。大者謂之綦。」（卷九）例：

「曰：『兩足不能相過，齊謂之〜，楚謂之踂，衛謂之輒。』」

（《穀梁傳・昭二十》）

案：《穀梁傳・昭二十》文疑有錯簡。或《方言》誤。未知孰是。

緤

【名】緒餘；末端。《方言》：「緤、末、紀，緒也。南楚皆曰緤；或曰端；或曰紀；或曰末。皆楚轉語也。」（卷十）例：

「或在囹圄〜紲纆索之中。」（《韓非子・說疑》）／「若夫束縛之，係〜之，輸之，司寇編之，徒官司寇小吏詈罵而榜笞之，殆非所以令眾庶見也。」（賈誼《新書傳》）

綃（冑）

【名】「綃」可能是「冑」的繁構，也就是「冑」的繁構。《說文》：「冑，兜鍪也。从冃由聲。鍪，《司馬法》冑从革。」（卷七冃部）例：

「〜緅聯縢之縹」（《望》2・2）／「純緂笘（席），〜……」（《望》2・21）

案：因有《望》2・2「冑緅聯縈之……」的同簡異文，「綃」是「冑」的繁構大概可無異議。☞本章「冑」。

緅

【形】（衣物等的）褶皺。例：

「絜以一〜衣見於君」（《馬》1・1）／「一兩〜縷」（《信》2・

〔註65〕器出湖北襄陽朱坡鄉徐莊村。《江漢考古》1993 年第 3 期著錄。亦載劉雨、盧巖《近出殷周金文集錄》，第 1026 號器，中華書局，2002 年 9 月第 1 版。

02）／「絵（錦）～之衣」（《信》2・07）／「一草齊～之斂」（《信》
2・013）／「一丹～之衿」（《信》2・015）／「胄～聯粲之……」
「繪～聯粲之純」「丹厚～之縓」「丹～之裏」「丹厚～之純」「丹～
聯粲之縓」（《望》2・2）／「～聯粲之純」（《望》2・3）／「丹厚
～之隌胄」「丹厚～之□童」（《望》2・6）／「胄～聯……」（《望》
2・7）／「丹～之釐……」（《望》2・8）／「胄～之純」（《望》2・
12）／「丹～之……」（《望》2・13）／「胄～聯粲之……，丹厚
～之裏」（《望》2・23）／「胄～……」（《望》2・30）／「一丹～
之因（絪）」（《望》2・47）／「二紅～之□」「紅～之室」「丹～之
繡」「絹～之繡」（《望》2・48）／「亓（其）三亡童皆丹～之衣」
（《望》2・49）／「嘉丹～之阩齮」（《望》2・50）／「一紅～之
侸……」（《望》2・57）／「紅～之純」（《望》2・59）

案：或引《集韻》「側六切，音堲。縅或作絷，縐文也。」（郭若愚：1994：72 頁）。
所引有誤，當作：「縅、絷、縐，側六切，聚文也。縅或作絷、縐。」（《集
韻・屋韵》）

綫（縫）

【動】「綫」是「縫」的簡省，《類篇》：「縫或省作綫。」祇見於信陽所出
楚簡。而「縫」，可能是「襚」的楚方言形體。《說文》：「襚，衣死人也。從
衣遂聲。《春秋傳》曰：『楚使公親襚。』」（卷八衣部）楚地所出文獻的用例，
語義可能指「殮衣」。例：

「組～。」（《信》2・07）／「組～。」（《信》2・013）／「……
綿之～。」（《信》2・019）

案：古文形體從衣從糸義近可通，則「縫」可能即「襚。《爾雅・釋器》：『縫，
綏也。』」（郭若愚：1994：73 頁）可備一說。

繨（紱）

【名】「繨」可能是「紱」的楚方言形體。《說文》：「紱，車紱也。從糸伏
聲。茯，紱或從草。韍，紱或從革葡聲。」（卷十三糸部）例：

「～笲」（《包》簽）

「繨」又通作「服」。例：

「遅（歸）～（服）玉一環束大〔王〕。」（《望》1・28）／「囟
攻祝遅（歸）～（服）聁、冞（冠）～於南方。」（《包》231）

案：簽牌文字未見原簡，據《楚系簡帛文字編》（滕壬生：1995：942 頁；滕壬生：
2008：1104 頁）。倘若隸定不誤，那麼，原篆可釋爲「紻」，爲楚方言特有形
體。

縙（帶）

　　【名】「縙」是楚方言「帶」的繁構。《說文》：「帶，紳也。男子鞶帶，婦
人帶絲。象繫佩之形。佩必有巾，从巾。」（卷七巾部）例：

「遅（歸）冞（冠）～於二天子。」（《包》219）／「囟攻祝遅
（歸）縙（服）聁、冞（冠）～於南方。」（《包》231）／「一組～」
（《信》2・02）／「革～，又（有）玉鐶」（《仰》25・14）／「一
（組）～」（《仰》25・24）／「促繀之～」（《仰》25・27）／「玄
～」（《天・策》）／「紫～」（《天・策》）／「黃金～」（《天・策》）
／「二馬之～」（《天・策》）／「一崈戈，七僉（劍）～」（《望》2・
48）／「三革～、一緯～」（《望》2・49）／「一革～」「一緯～」
（《望》2・50）

案：楚地出土文獻無「帶」而有「縙」。附加「糸」，大概是強調「帶」的屬性。

縣貉（貉）公

　　【專】鬼神名。「兄弟無後者」之一。例：

「璺（趣）禱覎（兄）俤（弟）無遂（後）者卲良、卲乘、～
各豬豕、酉（酒）飤（食），蒿之。」（《包》227）

縁（幪）

　　【名】「縁」是「幪」的楚方言形體。《方言》：「幪，巾也。大巾謂之帟。
嵩、嶽之南，陳、潁之間謂之帤；亦謂之幪。」（卷四）《說文》：「幪，蓋衣也。
从巾冡聲。」（卷七巾部）在楚地出土文獻中，「幪」通作「蒙」。例：

「一格，～翟首。」（《包》牘 1 ）

案：此例中的「翟」，根據楚簡文字「杁」往往通作「羽」的慣例，或可作「旄」。
　　古文字从巾从糸或無別，「縁」可能是「幪」的楚方言形體。

緁／繍／纃（縢）

【名】「緁」是「縢」的楚方言形體，而「繍」是「緁」的繁構；「纃」則是「縢」的繁構。《說文》：「縢，緘也。从糸朕聲。」（卷十三糸部）楚地出土文獻的「緁／繍／纃」可能指「緘繩」。例：

「綠組之～」（《天・策》，四例）

試比較：「綠組之縢」（《包》牘 1）

「緁」或作「繍」。例：

「綠組之～」「紫～」（《包》270）

試比較：「綠組之縢」「紫縢」（《包》牘 1）

「縢」或作「纃」。例：

「紫～」「屯紫～」（《曾》43）／「紫絞（市）之～」「屯玄組之～」（《曾》122）／「紫組之～」（《曾》123）／「紫市之～」「紫組之～」（《曾》136）

試比較：「紫組之縢」（《曾》126）／「紫市之縢」（《曾》125）

案：在楚地出土文獻中，从「朕」得聲的字可以从「乘」，例如「勝」，作「勅」。因此，「緁／繍」可能就是「縢」的楚方言形體。「縢」从「朕」得聲，那「纃」也可能就是「縢」的楚方言形體。楚地出土文獻有「縢」，說明楚人在使用方言文字的同時也使用通語文字。☞本文第六章三，緁／繍／纃（縢）（附論膰）。

繃（絣）

【動】捆；綁；束縛。《說文》：「繃，束也。从糸崩聲。《墨子》曰：『禹葬會稽，桐棺三寸，葛以絣之。』」（卷十三糸部）楚地出土文獻有「絣」，或徑作「繃」（滕壬生：2008：1082～1083 頁）。也許是正確的。「絣」在楚地出土文獻中，有兩個用法。

1. 【名】束；組。例：

「紫黃紡之～」（《曾》5、9、14、17 等）／「黃紡之～」（《曾》91）／「鄭紫之～」（《曾》54、106）／「紫～」（《曾》42、62、80）

2. 【專】人名。例：

「觀～」（《包》230、231、242）／「林～」（《天・策》）

案：劉賾所考（1930：169頁）。

繣（黃）

　　【形】「繣」是「黃」的楚方言形體。《說文》：「黃，地之色也。」（卷十三黃部）例：

　　　　　　「一紫錦之席，～裏」（《仰》25・8）

案：或謂「通作黃」（郭若愚：1994：117頁），或謂「黃之異體字」（商承祚：1995：
　　64頁）。均無不可。漢字系統，凡表顏色，字多从糸，故原篆从糸。楚地出土
　　文獻用字可爲一證：表顏色的詞形往往綴加「糸」符，以區別於原有意義。如
　　「朱」作「絑」，「白」作「絈」等。許慎恐怕未及見到「繣」字，所以《說文》
　　失收。

繻（褕）

　　【名】「繻」可能是「褕」的楚方言形體。《說文》：「褕，無袂衣謂之褕。
从衣惰省聲」（卷八衣部）《方言》：「無袂之衣謂之褕。」（卷四）出土文獻當用
如此，例：

　　　　　　「大～之純。」（《仰》25・8）／「促羅～之緰。」（《仰》25・
　　27）

案：原篆作「繻」。古文形體衣、糸義近可通，如《說文》「緹」或作「褆」，則原
　　篆可釋爲「褕」。或隸定爲「繻」，釋爲「綞綾也」（郭若愚：1994：117頁）。
　　未知何據。

雦（帬）

　　【名】「雦」可能是「帬」的楚方言形體。《說文》：「帬，下裳也。从巾君
聲。裙，帬或从衣。」（卷七巾部）楚地出土文獻蓋用如此。例：

　　　　　　「鄒組～」（《天・策》）

案：「雦」當从維尹聲。《說文》：「維，車蓋維也。从糸隹聲。」（卷十三糸部）我
　　認爲這裏的「維」與「帷」同。也就是「淇水湯湯，漸車帷裳」（《毛詩・衛風・
　　氓》）中的「帷」。「君」本從「尹」得聲，那「雦」、「帬」讀音相同應無問題。

縷

　　【古】【名】絑衣。《方言》：「楚謂無緣之衣曰襤；絑衣謂之縷。」（卷四）

例：

「訓之以若敖蚡冒，篳路藍～，以啓山林。」（《左傳・宣十二》）

／「有布～之征，粟米之征，力役之征。」（《孟子・盡心》）

繐（幨）

【名】「繐」是「幨」的楚方言形體，（衣物的）緣。例：

「啄絲～。」（《望》2・6）

或以「悳」通作。例：

「絵（錦）緮之衣，純～。」（《信》2・07）

案：或疑與《禮記》之「牪」有關（湖北省文物考古研究所、北京大學中文系：1995：118 頁）；或謂「假作牪」，義如《禮記》例（郭若愚：1994：72 頁）。均具啓發意義。《禮記・玉藻》：「君羔辟虎牪。」鄭玄注云：「牪讀皆如直道而行之直。直謂緣也。」顯然，《禮記》「牪」的用例爲通假。《集韻・職韻》：「牪、幨，緣也。《禮》：『羔幒虎牪。』或從巾。」「幨」才是本字。也許，「幨」源自楚方言的「繐」。

襆（襳）

【名】「襆」是「襳」的楚方言形體，經過裁剪的裳。《說文》：「襳，裳削謂之襳。從糸僕聲。」（卷十三糸部）例：

「靈光之～」（《包》270）

案：原篆隸定作「襆」，應是從糸菐聲。而「僕」，本從「菐」得聲。《說文》：「僕，給事者。從人從菐，菐亦聲。礑，古文從臣。」（卷三菐部）如果結合《說文》所附古文考察，「僕」應是從人菐聲。這樣看來，「襆」、「襳」古本相同。或以爲《說文》所無（滕壬生：1995：942 頁；湯餘惠：2001：866 頁）。殆一時失察。值得注意的是，出土文獻中迄今未見「襳」，我疑心「襳」本即作「襆」。

繼無逡（後）者

【專】鬼神名。例：

「又（有）繁（祟），見於～與漸木立。……壨（趣）禱於～各肥豬（腊），饋之。」（《包》249～250）

案：「繼」，或作「絕」（滕壬生：1995：158 頁。然 895 頁又作「繼」）。誤。

縴

　　【名】大索；用以舁棺者。【動】在車上用大索。《玉篇》：「縴，舉船索也。
或作縡、縴。」（卷二十七索部）

案：劉賾所考（1934：181 頁）。

4. 缶部（3）

瓠

　　「瓠」可能是「瓟」的楚方言形體。《說文》：「匏也。从瓜夸聲。凡瓟之屬
皆从瓟。」（卷七瓟部）楚方言形體从缶，強調其器皿屬性。「瓠」在楚地文獻
中有兩種用法：

　　1.【名】器名，即「瓟」。例：

　　　　「三觥（雄）一觗（雌），三～一蓳（匙），一王母保三殹兒。」

　　（《郭・語叢四》26）

　　2.【專】人名。例：

　　　　「～缶公德訟宋颰、宋庚……」（《包》85）／「以其受～缶人

　　而逃」（《包》85）

餅銅（箭）

　　【名】深腹高脚瓶。（湖北省荊沙鐵路考古隊：1991a：63 頁）例：

　　　　「二～」（《包》265）

罅

　　【形】（陶瓷等的）裂縫。《說文》：「罅，裂也。从缶虖聲。缶燒善裂也。」
（卷五缶部）例：

　　　　「環淵曰：『弓膠昔幹所以為合也，然而不能傅合疏～。』」（《慎

　　子・內篇》）

案：劉賾所考（1930：158 頁）。

5. 羊部（5）

羊（祥）坘（府）錫客

　　【術】楚國官稱。職掌不詳。例：

　　　　「～」（《古璽》5548）

案：「羊」在文獻中多讀爲「祥」；「坒」或讀爲「府」（石泉：1996：168 頁）。璽
　　文亦見《分域》1041。

羌

　　【副】爲什麼；怎麼。例：

　　　　「日黃昏以爲期兮，～中道而改路？」「～內恕己以量人兮？各
　　　　興心而嫉妒。」（《楚辭‧離騷》）／「吾誼先君而後身兮，～眾人之
　　　　所仇也？」（《楚辭‧九章‧惜誦》）／「惟黨人之鄙固兮，～不知余
　　　　之所臧？」（《楚辭‧九章‧懷沙》）／「～靈魂之欲歸兮？何須臾而
　　　　忘返？」（《楚辭‧九章‧哀郢》）

案：《楚辭章句‧離騷》「羌內恕己以量人」句，王逸注云：「楚人語詞也，猶言
　　卿何爲也。」杭世駿引王說同（《續方言》卷上葉一）。李翹有考（1925）。
　　王泗源以爲贛西方言詞語（見岑仲勉所引）。岑仲勉以爲古突厥語詞（2004b：
　　188～191 頁）。駱鴻凱以爲「本字當作『其』，又作乚」（1931：17～20 頁）。
　　或云今湘方言用如此，相當於「爲什麼」、「怎麼」（邵則遂：1994）。粵語亦
　　見用例：「如何曰生堵，曰羌（去聲）堵。悅城則曰生幾。如此曰羌（去聲）。」
　　（清‧楊文駿《德慶州志》卷四葉四十七）

羖（羧）

　　【名】「羖」是「羧」的楚方言形體，雄羊。《說文》：「羧，夏羊牡曰羧。
　　從羊殳聲。」（卷四羊部）例：

　　　　「獻（趣）禱於宮地主一～。」（《包》202）／「賽禱宮䢼（后）
　　　　土一～。」（《包》214）／「坐山一～，趣（趣）禱楚先老僮、祝融、
　　　　鬻酓各兩～。」（《包》237）／「趣（趣）禱宮䢼（后）土一～。」
　　　　（《包》233）／「坐山一～」（《包》243）

案：「羖」所從「古」實際上是表示性別的符號「土（丄）」的聲化。曾侯乙墓竹
　　簡并見「䍮」、「䍘」二形，「䍮」同「䍘」。前者從「土（丄）」，爲形符；後
　　者從「古」，是聲符。「羖」的構形意義同此。又《說文》：「羝，牡羊也。從
　　羊氐聲。」又：「羘，牡羊也。從羊爿聲。」又：「羭，夏羊牡曰羭。從羊俞
　　聲。」（均卷四羊部）上引諸詞，意義都相切合，但從讀音考慮，則「羧」
　　最切。或云「讀作羧」（湖北省荊沙鐵路考古隊：1991a：54 頁）。不如徑作

「殺」。☞本章「駐（罻）」。

羲和

【專】太陽的御者。例：

> 「吾令～弭節兮，望崦嵫而勿迫。」（《楚辭·離騷》）／「～之
> 未揚，若華何光？」（《楚辭·天問》）

案：王逸注云：「羲和，日御也。」（《楚辭章句·離騷》）

羵（膚）

【名】「羵」是「膚」的繁構，特指羊膚，在楚地出土文獻中用如犧牲。
例：

> 「䰠（趣）禱太一～」（《包》237）／「句土一～」（《天·卜》）

案：或謂「似指羊的脅革肉」（湖北省荊沙鐵路考古隊：1991a：58頁）。大致是正
確的。☞本章「牘（膚）」。

6. 羽部（11）

羿（旗）

【名】「羿」是「旗」的楚方言形體。《說文》：「旗，熊旗五游，以象罰星，
士卒以爲期。从㫃其聲。《周禮》曰：『率都建旗。』」（卷七㫃部）例：

> 「……䶂（豹）裏之～……」（《天·策》）／「……七～……」
> （《天·策》）／「……～八枕……」（《天·策》）

案：在楚地的出土文獻中，有从㫃从羽丌聲的「旍（旗）」（滕壬生：1995：570
頁），爲楚方言形體無疑。那這個从羽丌聲的「羿」，可能就是「旍」的簡省。
當然，因爲楚系文字从羽从㫃可以沒有分別，那贅加「㫃」實在沒有必要。
☞本章「旍」。

翆（旄）

【名】「翆」是「旄」的楚方言形體。《說文》：「旄，幢也。从㫃从毛，毛
亦聲。」（卷七㫃部）楚地文獻用如此，例：

> 「一柊緣～首」（《包》牘1）

案：在楚系文字中，从羽的字往往等同於从㫃。例如「羿（旗）」、「霄（旌）」等。
因此，「翆」可能是「旄」的楚方言形體。

翕

【古】【動】聚集。《方言》:「撲、翕、葉,聚也。楚謂之撲;或謂之翕、葉。楚通語也。」(卷三)例:

「則勝不勝無常,代~代張,代存代亡,相爲雌雄耳矣。」(《荀子·議兵篇》)/「故曰:將欲~之,必固張之。」(《韓非子·喻老》)

署(旌)

「署」是「旌」的楚方言形體。《集韻·清韻》:「旌……或作旍、旑、猜。」在楚地出土文獻中,「署」有兩個用法:

1. 【名】旌旗。例:

「絑~」(《包》269)/「□~」(《包》273)/「絑~」(《包犢》1)/「絑~」(《天·策》)/「䵷~」(《天·策》28)/「堆~」「秦高(縞)之巠~」(《望》2·13)

2. 【專】人名。例:

「疋~」(《包》28、38、70)

案:楚地出土文獻,「旌」又作「旓」。☞本章「旓」。

䎡(翡)

【形】「䎡」是「翡」的楚方言形體。《說文》:「翡,赤羽雀也。出鬱林。从羽非聲。」(卷四羽部)在楚地出土文獻中,「䎡」指羽飾。例:

「~䎬(翠)之首」「~羸」(《望》2·13)

案:在文獻中,「翡」通常與「翠」連用。☞本章「䎬/翆(翠)」。

翥

【動】上升。《方言》:「翥,舉也。楚謂之翥。」(卷十)例:

「雌霓便娟以增撓兮,鸞鳥軒~而翔飛。」(《楚辭·遠遊》)

案:李翹有考(1925)。

翣

【古】【名】本指「棺羽飾」(《說文》卷四羽部)。在楚方言中用如「扇子」。例:

「冬日之不用~者,非簡之也,清有餘於適也。」(《淮南子·

說林訓》）

案：杭世駿引《淮南子・說林訓》許慎注云：「翣，扇。楚人謂之翣。」又引《釋
　　名》云：「齊人謂扇爲翣。」（《續方言》卷上葉十三）那「翣」可能是「箑」
　　的別體，前者指羽扇，後者指竹扇。

罷

　　楚方言用字。在楚地出土文獻中，「罷」有以下用法：

1. 【數】相當於「一」或「弌」〔註66〕。例：

　　　　「歲～返。」（《鄂君啓舟節銘》、《鄂君啓車節銘》）「『叞（淑）
　　人君子，其義（儀）～也。』能爲～，肰（然）句（後）君子。」
　　（《郭・五行》16）

2. 【助】可能通作「能」。例：

　　　　「福（富）而貧（分）賤，則民谷（欲）其福（富）之大也。
　　貴而～纕（讓），則民谷（欲）其貴之上也。」（《郭・成之聞之》17
　　～18〔註67〕／「夫彭徒～袋（勞）。」（《上博八・王居》4）〔註67〕

3. 【名】意義不詳。例：

　　　　「恒貞吉，無咎。疾～瘄～也。至九月又（有）良閒。」（《新
　　蔡》甲一：22）／「……恒貞無咎，疾～瘄～也。」（《新蔡》甲三：
　　284）／「……恒貞，訆亡（無）咎，疾～……」（《新蔡》甲三：
　　365）

案：☞本文第六章十三，罷。

罷禱

　　【術】祭祀用語，一次祭禱。例：

　　　　「～於邵王戠牛，饋之；～文坪夜君、郚公子春、司馬子音、

〔註66〕　范常喜認爲「弎禱」即「罷禱」，也注意到「弌禱」與「罷禱」存在聯繫。參氏
　　　　著《新蔡楚簡「弎禱」即「罷禱」說》，武漢大學簡帛研究網站・楚簡專欄
　　　　（http://www.bsm.org.cn/index.php），2006 年 10 月 17 日首發。

〔註67〕　裘錫圭讀「罷纕」爲「能讓」。文義上非常暢順。參荊門市博物館（1998：169
　　　　頁）。後出的上博簡可證：「貴而能壞（讓）。」（《上博五・君子爲禮》9）

〔註67〕　陳佩芬讀爲「能」（馬承源：2011：210 頁）。

鄰公子豪（家）各哉豢、酉（酒）飤（食）；～于夫人哉貓（臘）」
（《包》200）／「～於邵王哉牛，饋之；～文坪夜（夜）君、郚公
子春、司馬子音、鄰公子豪（家）各哉豭（豢）、酉（酒）飤（食）；
夫人哉貓（臘）、酉（酒）飤（食）。」（《包》203）／「～於邵王
哉牛、大鬻，饋之。」（《包》205）／「～於文坪夜君、郚（郚）
公子春、司馬子音、鄰公子豪（家）各哉豢，饋之。」（《包》206）
／「～惠公」（《天・卜》）／「～裳□哉豢」（《天・卜》）／「～西
方全貓（臘）」（《天・卜》）／「～卓公」（《天・卜》）／「～大禍
哉牛」（《天・卜》）／「～丘哉牛」（《天・卜》）／「～祗哉牛」（《天・
卜》）／「～先君東邸公哉牛」（《望》1・112：／「～王孫䍃狌（豬）」
（《望》1・119）

案：或讀爲「嗣禱」，以爲「即晚輩對先輩的祭祀」（彭浩：1991：341～342頁）。
　　今天看來，不甚正確。新蔡所出楚簡有所謂「弌禱」，而「翟」在楚地出土文
　　獻中往往用爲「一」，因此，「翟禱」與「弌禱」同義應沒什麼問題。

翆／翠（翠）

　　【形】「翆／翠」是「翠」的楚方言形體。《說文》：「翠，青羽雀也。出鬱
林。从羽卒聲。」（卷四羽部）在楚地出土文獻中，「翆」指羽飾。例：

　　　　「～首」（《包》269、牘1、《天・策》）／「䍃（翡）～之首」
　　「～胸」（《望》2・13）／「一司（笥），～珥。」（《信》2・02）／
　　「～嬴」（《天・策》）／「纓組綴綏～」（《天・策》）

「翆」或省作「翠」，義同。例：

　　　　「二～翠」（《包》277）

案：在文獻中，「翡翠」通常合用，而在楚地出土文獻中，迄今僅見一例，多數
　　情況下，「翡翠」分別單獨使用，證明《說文》的解說大體是正確的。換言
　　之，「翡翠」可能并非連綿詞。「翆／翠」或作「鵻」。☞本章「䍃（翡）」、「鵻」。

翿

　　【古】【形】翳；纛。《方言》：「翿、幢，翳也。楚曰翿。關西關東皆曰幢。」
（卷二）例：

　　　　「君子陶陶，左執～。右招我由敖。其樂只且。」（《毛詩・衛

風・君子陽陽》）

案：程先甲引慧琳《音義》六云：「南楚謂翳曰翿。翿即幢也。」（《廣續方言》卷
　　二）

7. 老部（1）

老僮

【專】楚人祖先，祭祀的對象。例：

「趮（趮）禱楚先～、祝蟲（融）、嬭（鬻）酓（熊）各一牂。」
（《包》217）／「趮（趮）禱楚先～、祝蟲（融）、嬭（鬻）酓（熊）
各兩牂（羖）。」（《包》237）／「〔趮（趮）禱楚〕先～、祝〔蟲（融）、
嬭（鬻）酓（熊）各一牂〕」（《望》1・120）／「……先～……」
（《望》1・122）

案：《史記・楚世家》：「高陽生稱，稱生卷章（老僮），卷章生重黎（祝融），……
　　吳回生陸終，陸終生子六人。……六曰季連，……季連之苗裔曰鬻熊。」

8. 耒部（1）

耕

【動】《說文》：「耕，犁也。从耒井聲。一曰古者井田。」（卷四耒部）楚
文獻用如此。例：

「舜～於鬲（歷）山。」（《郭・窮達以時》）／「～糧弗足矣」
（《郭・成之聞之》13）

案：迄今爲止，字僅見於楚地文獻。原篆作 𢛳，象手持力（耒耜）耕於田疇之形，
　　或體作 𢛳，或隸定爲「眛」、「𦓞」（滕壬生：2008：432頁）。不妨分別隸定爲
　　「敗」和「𦓞」。前者爲會意，後者當爲形聲。學者之所以釋之爲「耕」，很大
　　程度上是通過文義推導出來的。

9. 耳部（5）

聒

【形】喧鬧；喧嘩。《說文》：「聒，讙語也。」（卷十二耳部）例：

「以此周行天下，上說下教，雖天下不取強～而不舍者也。」
（《莊子・天下》）／「春蛙長嘩，而醜音見患於～耳。」（晉・葛洪

《抱朴子・外篇》）

案：劉賾所考（1930：146頁）。

聖（聲）王／聖（聲）逗王／聖（聲）逗

【專】楚人的先王，神格化而成爲祭祀的對象，即典籍所載的楚聲王熊當。例：

「～、悆王既賽禱。」（《望》1・88）／「……～、悆王、東邸公各戠牛，饋祭之。」（《望》1・110）

「聖（聲）王」或作「聖逗王」。例：

「……～、悆王各備（服）玉一環。」（《望》1・109）

「聖逗王」或簡稱爲「聖逗」。例：

「～之夫人曾姬無恤虛每茲漾陵蒿閒之無駆。」（《曾姬無恤壺銘》）

聳1

【形】聾。《方言》「聳、聹，聾也。半聾，梁益之間謂之聹。秦晉之間聽而不聰，聞而不達，謂之聹。生而聾，陳、楚、江、淮之間謂之聳。荊、揚之間及山之東西雙聾者謂之聳。聾之甚者，秦晉之間謂之矒。吳、楚之外郊凡無有耳者亦謂之矒。其言聯者，若秦、晉、中土謂墮耳者眇也。」（卷六）

聳2

【古】【形】悚然。《方言》：「聳，悚也。」（卷十三）例：

「身～除潔，外內齊給，敬也。」（《國語・周語（下）》）／「昔殷武丁能～其德，至於神明。」（《國語・楚語（上）》）

矒

【形】沒有耳朵。《方言》「聳、聹，聾也。半聾，梁益之間謂之聹。秦晉之間聽而不聰，聞而不達，謂之聹。生而聾，陳、楚、江、淮之間謂之聳。荊、揚之間及山之東西雙聾者謂之聳。聾之甚者，秦晉之間謂之矒。吳、楚之外郊凡無有耳者亦謂之矒。其言聯者，若秦、晉、中土謂墮耳者眇也。」（卷六）《說文》：「矒，吳、楚之外，凡無耳亦謂之矒。言若斷耳爲盟。从耳闋聲。」（卷十二耳部）

10. 聿部（1）

聿

【古】【名】筆。《說文》:「聿，所以書也。楚謂之聿。吳謂之不律。燕謂之弗。」（卷三聿部）

案：杭世駿有考（《續方言》卷上葉十二）。古文字「聿」象手持筆之形。

11. 肉部（月同）（14）

冑

【古】【名】「冑」可能是「胄」的楚方言形體。《說文》:「胄，兜鍪也。從月由聲。𩊠，《司馬法》胄從革。」（卷七月部）例：

> 「～緧聯綮之鞏～」（《望》2‧2）/「丹厚緧之鞏～」（《望》2‧
> 6）/「……柱易馬，～緧……」（《望》2‧16）/「～緧聯綮之□」
> （《望》2‧23）/「……芋之結，～緧……」（《望》2‧30）

案：或作未識處理（湖北省文物考古研究所、北京大學中文系：1995）。或作「胄」
　　（張光裕、袁國華：2004：85 頁）。滕壬生作「胄」（1995：344 頁）。殆可
　　從。楚文字「胄」從「肉」，大概可以證明楚人已不能分辨「月」「肉」了。
　　「冑」或作「絹」。☞本章「絹」。

胵

【古】（禽類的）內臟。《說文》:「胵，鳥胃也。從肉至聲。一曰胵，五藏
總名也。」（卷四肉部）

案：劉賾所考（1930：153 頁）。今粵語沿用。

脈蜴

【形】簡慢；欺侮。《方言》:「眠娗、脈蜴、賜施、茭媞、譠謾、愩忚也，皆
欺謾之語也。楚郢以南、東揚之郊通語也。」（卷十）

案：戴震云：「『脈蜴』當即『眽摘』語之轉耳。劉熙《釋名》云:『眽摘，猶諵摘
　　也。』」（《方言疏證》卷十）

脈

【形】爛熟。《說文》:「脈，爛也。從肉而聲。」（卷四肉部）

案：劉賾所考（1930：167～168 頁）。

脅閱

　　【形】畏懼。《方言》「謾台、脅閱，懼也。燕、代之間曰謾台。齊、楚之間曰脅閱。宋、衛之間凡怒而噎噫謂之脅閱。南楚、江、湘之間謂之嘽咺。」（卷一）

脩

　　【古】【形】長。《方言》：「脩、駿、融、繹、尋、延，長也。陳、楚之間曰脩。海岱大野之間曰尋。宋、衛、荊、吳之間曰融。自關而西秦、晉、梁、益之間凡物長謂之尋。」（卷一）在傳世文獻中，「脩」往往作「修」。例：

　　　　「四牡～廣，其大有顒。」（《毛詩・小雅・六月》）／「四牡奕奕，孔～且張。」（《毛詩・大雅・韓奕》）／「美要眇兮宜～，沛吾乘兮桂舟。」（《楚辭・九歌・湘君》）

案：李翹有考（1925）。

脩門

　　【專】楚地名。例：

　　　　「魂兮歸來，入～些。」（《楚辭・招魂》）

案：王逸注：「脩門，郢城門也。」（《楚辭・招魂章句》卷九）李翹有考（1925）。

脘

　　【名】胃臟。《說文》：「脘，胃府也。從肉完聲。讀若患。舊云脯。」（卷四肉部）

案：劉賾所考（1930：149頁）。

脽

　　【名】兩股間近私處。《說文》：「脽，屍也。從肉隹聲。」（卷四肉部）例：

　　　　「十一月甲子立后土祠於汾陰～上。」（《漢書・武帝紀》）／「結股脚，連～尻。」（《漢書・東方朔傳》）

案：顏師古注：「脽者，以其形高起如人尻脽，故以名云。」劉賾所考（1930：153頁）。

脕

　　【名】乳；嬭。

案：徐乃昌引《集韻》云：「楚人謂乳爲脁。」（《續方言又補》卷上）

脰（厨）尹

　　【術】楚國官稱。例：

　　　　「正昜～𰯉（踦）」（《包》173）／「采～之人醓愆」（《包》278

　　　反）

案：或以爲「爲正陽之地的職官」（石泉：1996：403 頁）。有《包》278 反一簡，

　　可知非是。「脰（厨）尹」也許是「集脰（厨）尹」的簡略。又有所謂「大脰

　　（厨）尹」。☞本章「大脰（厨）尹」、「集脰（厨）尹」。

膢

　　【名】二月。例：

　　　　「夫山居而谷汲者，～、臘而相遺以水」（《韓非子・五蠹》）

案：杭世駿引《說文》云：「膢，楚俗以二月祭飲食也。……一曰祈穀食新曰離

　　膢。」（《續方言》卷下葉二）

膟

　　【名】食物之乾脆者。《說文》：「膟，乾魚尾膟膟也。从肉肅聲。《周禮》

有腒膟。」（卷四肉部）

案：劉賾所考（1930：163 頁）。

膙

　　【形】肥大多肉。《說文》：「膙，益州鄙言。人盛諱其肥謂之膙。」（卷四

肉部）

案：劉賾所考（1930：160 頁）。

12. 自部（4）

自……商……

　　【組】表示一定地域範圍的介詞＋連詞結構，義爲「從……以至」。例：

　　　　「自鄂市，逾沽（湖）迲灘（漢），商厭，商芸昜（陽），逾灘

　　　（漢），商汪，逾夏內（入）邔，逾江，商彭逆（蠡），商松昜（陽），

　　　內（入）瀘江，商爰陵，迲江，內（入）湘，商㯱，商郍（姚）昜

　　　（陽），內（入）㮇，商鄙，內（入）灘、沅、澧、油，迲江，商木

關，商郢。」（《鄂君啓舟節銘》）／「自鄂市，商易（陽）丘，商郙
城，商菟禾（和），商畐焚，商繁（繁）易（陽），商高丘，商下鄰，
商居鄟（巢）、商郢。」（《鄂君啓車節銘》）

案：「商」爲朱德熙、李家浩先生所釋〔註69〕。十分正確。《望》簡有「適」，因
此可以斷定「商」爲「適」之異（也可能是其本字）。「適」有「至」義，二
者不妨視爲同義詞。「自……商……」這個介詞＋連詞結構，與「自……以
商……」相當；不同的是，前者中的「自」祇出現一次，接下來便全是「商」。
這種情況，似可視爲省略。劉信芳讀「商」爲「續」（1996：78～86、69 頁）。
未必是確解。☞本章「自……以適」。

自……以至……

【組】與「自……以商……」大致相同，表示一段時間或某段家族世系的
介詞＋連詞結構。

「自越以至葉垂。」（唐勒《奏土論》，北魏・酈道元《水經注・
汝水》所引）

自……以商……

【組】表示一段時間或某段家族世系的介詞＋連詞結構。與「從……以
至……」相當，而使用範圍相對大些。例：

「自卲层之月以商卲层之月。」（《包》197）／「自卲层之月以
商卲商卲层之月。」（《包》199）／「自顕（夏）层之月以商槀（集）
歲之顕（夏）层之月。」（《包》209）／「自卲层之月以商卲层之月。」
（《包》201）／「自顕（夏）层之月以商槀（集）歲之顕（夏）层之
月。」（《包》212）／「自顕（夏）层之月以商槀（集）歲之顕（夏）

〔註69〕 參朱德熙、李家浩《鄂君啓節銘文研究》，載北京大學中國中古史研究中心編
《紀念陳寅恪先生誕辰百年學術論文集》，北京大學出版社，1989 年 12 月第 1
版。後來李家浩改作「就」，參氏著《鄂君啓節銘文中的高丘》，載《古文字研
究》22 輯 138～140 頁，中華書局，2000 年 7 月第 1 版。步雲案：事實上，「商」
字今天已有相當多的學者改作「就」，例如王輝《釋𩰬、𩰫》，載《古文字研究》
22 輯 146～149 頁，中華書局，2000 年 7 月第 1 版。我以爲未必恰當。譬如新
蔡簡習語「𢠘禱」，讀爲「就禱」明顯不如讀爲「適禱」順暢。

屎之月。」(《包》216)／「自膚屎之月以商集歲之膚屎之月。」(《包》
226)／「自膚屎之月以商集歲之膚屎之月。」(《包》228)／「自膚屎
之月以商集歲之膚屎之月。」(《包》230)／「自膚屎之月以商集歲
之膚屎之月。」(《包》232)

「塱(趣)禱膚(荊)王，自酓繹以商武王，五牛、五豕。」
(《包》246)

案：☞本章「從……以至……」。

自……以適……

【組】同「自……以商……」，表示一段時間或某段家族世系的介詞＋連
詞結構。例：

「〔自〕……以適集歲之膚〔屎〕……」(《望》1·30)／「〔自〕……
以適集歲之……」(《望》1·34)／「冊告自酓(文)王以適聖趄〔王〕」
(《新蔡》甲三：267)

案：或謂：「以上二殘簡，從文義、字體看似當爲一簡的斷片，但斷處不連。參
照三一至三四號諸簡，此二簡簡文的末一句似可連讀爲『自膚〔屎〕以適集
歲之膚〔屎〕』」(湖北省文物考古研究所、北京大學中文系：1995：93頁)。
極有見地，祇是「適」字未釋。對照新蔡所出楚簡，《望》簡的這個句式當
作「自……以適……」。其中，「適」是「商」的繁構，「商」可能是其本字，
也可能是通假。「適」有「至」、「到」的意義，可看作「至」的同義詞。像
《荀子·禮論篇》的這個句子：「具生器以適墓象，徙道也。」「適」的用法
意義與「至」并無差異。這種句式，很可能來源於殷墟甲骨文的「自……至
于……」結構。這類結構，筆者有過專文論述〔註70〕。

13. 至部（1）

至于／至於

【連】表示一定範圍的連詞。例：

「敬事天王～父兄。」(《敬事天王鐘銘》)

〔註70〕譚步雲《甲骨文時間狀語的斷代研究》，中山大學碩士論文，1988年6月自印
本。

「至于」或作「至於」。例：

「汲（及）江、灘（漢）、泥、漳，延（延）～瀼。」（《新蔡》
甲三：268）

案：「至于／至於……」當是殷墟甲骨文「自……至于……」的簡略形式。古漢語
學界通常認爲「至于」是詞組。不過，在古文字材料中，「至于」往往合書。
因此，筆者傾向於視之爲連詞。

14. 臼部（3）

臾

【動】《說文》：「臾，束縛捽抴爲臾。」（卷十四申部）在楚地出土文獻中，
「臾」與「轜（轄）／鎯（鐎）」連用，當指刹車裝置。

案：原篆作「」，未見釋，當「臾」字。☞本文第六章三十，臾轜（轄）／鎯（轖）
（附論䡅）。

臾轜（轄）／鎯（鐎）

【名】可能是用於刹車的裝置。例：

「～」（《曾》4）／「～」（《曾》10）

案：☞本文第六章三十，臾轜（轄）／鎯（轖）（附論䡅）。

耒

【古】【名】農具之一種，作翻土用。《方言》：「耒，燕之東北、朝鮮、洌
水之間謂之斛。宋魏之間謂之鏵；或謂之鏵。江、淮、南楚之間謂之耒。沅、
湘之間謂之畚。趙、魏之間謂之枲。東齊謂之梩。」（卷五）例：

「禹之王天下也，身執耒～，以爲民先。」（《韓非子・五蠹》）
／「今夫㟳者揭钁～魚籠土。」（《淮南子・精神訓》）

15. 舌部（1）

舒

【動】復活；蛻變。《方言》「悅、舒，蘇也。楚通語也。」（卷十）

案：或以爲侗族、（湘西）苗族、（川、黔）苗族等少數民族語詞（嚴學宭：1997：
400頁）。

16. 舟部（月同）（10）

舟斦公

【術】楚國官稱。「職掌未詳。」（石泉：1996：149頁）例：

「～夯」（《包》168）

舟贅公

【術】楚國官稱。「其職守待考。」（石泉：1996：149頁）例：

「～豕」（《包》168）

服

【名】鴞。例：

「讀《～鳥賦》，同生死，輕去就，又爽然自失矣。」（《史記・屈原賈生列傳》）

案：杭世駿引《史記・賈生列傳》云：「楚人命鴞曰服。」又引裴駰《集解》引《荊州記》云：「巫縣有鳥如雌雞，其雄爲鴞，楚人謂之服。」（《續方言》卷下葉十五）「服」後作「鵩」。☞本章「鵩鳥」。

舸（舸）

【名】楚地出土文獻所見舸，諸家多隸定爲「舸」，即《方言》「舸」字。大船。《方言》：「舟，自關而西謂之船。自關而東或謂之舟；或謂之航。南楚江湘凡船大者謂之舸；小舸謂之艖；艖謂之艒䑠；小艒䑠謂之艇；艇長而薄者謂之艜；短而深者謂之㮠；小而深者謂之㰏。東南丹陽會稽之間謂艖爲欚；汭謂之篻；篻謂之筏。筏，秦晉之通語也。江淮家居篻中謂之薦；方舟謂之瀠；艁舟謂之浮梁。」（卷九）「舸」或引申爲三舟之量。例：

「屯三舟爲一～。」（《鄂君啓舟節銘》）

「舸」最早的用例見《三國志》：

「各將敢死百人，人被兩鎧，乘大～船突入蒙衝裏。」（《三國志・董襲傳》卷五十五吳書十）

用例後於《方言》。可能《方言》所記本「舸」，因方音而作「舸」。

案：楚方言用字，聲符「可」可以「夸」替代。例如「阿」，作「陓」（《包》86）〔註71〕；又如「柯」，作「枵」（《望》2・15）〔註72〕。因此，可以相信「舸」

〔註71〕 地名「陽陓」或作「陽（楊）阿」。可證二字同。

即「舸」字。「舿」，或作「舿」，以爲「艨艟」字〔註73〕。可商。楚地文獻有「家」（《包》94等）字，與「夸」判然有別。再說，「舿」用爲量詞也是有據可查的〔註74〕。

艇

【名】小舸。《方言》：「舟，自關而西謂之船。自關而東或謂之舟；或謂之航。南楚江湘凡船大者謂之舸；小舸謂之艖；艖謂之艒䑠；小艒䑠謂之艇；艇長而薄者謂之艑；短而深者謂之艜；小而深者謂之㮡。東南丹陽會稽之間謂艖爲欚；汋謂之篊；篊謂之筏。筏，秦晉之通語也。江淮家居篊中謂之薦；方舟謂之潢；艁舟謂之浮梁。」（卷九）例：

「越舲蜀～不能無水而浮。」（《淮南子·俶眞訓》）

艒䑠

【名】同「艖」。《方言》：「舟，自關而西謂之船。自關而東或謂之舟；或謂之航。南楚江湘凡船大者謂之舸；小舸謂之艖；艖謂之艒䑠；小艒䑠謂之艇；艇長而薄者謂之艑；短而深者謂之艜；小而深者謂之㮡。東南丹陽會稽之間謂艖爲欚；汋謂之篊；篊謂之筏。筏，秦晉之通語也。江淮家居篊中謂之薦；方舟謂之潢；艁舟謂之浮梁。」（卷九）

艖

【名】小舸。《方言》：「舟，自關而西謂之船。自關而東或謂之舟；或謂之航。南楚江湘凡船大者謂之舸；小舸謂之艖；艖謂之艒䑠；小艒䑠謂之艇；艇長而薄者謂之艑；短而深者謂之艜；小而深者謂之㮡。東南丹陽會稽之間謂艖爲欚；汋謂之篊；篊謂之筏。筏，秦晉之通語也。江淮家居篊中謂之薦；方舟謂之潢；艁舟謂之浮梁。」（卷九）例：

〔註72〕「刳木爲舟」，陸德明作「刳」。「刳」，斫也；柯，斧柄，也可代指斧鉞。《淮南鴻烈解·氾論訓第十三》云：「未耜耰鉏，斧柯而樵，桔皐而汲。」（卷十三）引申之就是斫。所以字書都説：「刳，空也。」可見二字同源。

〔註73〕吳振武《〈鄂君啓節〉舿字解》，《第二屆國際中國古文字學研討會論文集》273～292頁，香港中文大學中文系，1993年。

〔註74〕參看郭必之《金文中的楚系方言詞（三則）》，香港大學中文系研究生論文，1998年1月。

「初赴衡州，於兩～艒起三間通梁水齋。」（《梁書・羊侃傳》卷三十九）

艑

【名】吳式船。例：

「贛水又徑谷鹿州，舊作大～處。」（北魏・酈道元《水經注・贛水》卷三十九）

案：《史記・五帝本紀》《正義》引《括地志》云：「湘山一名艑山，在岳州巴陵縣南十八里也。」宋・范致明《岳陽風土記》：「君山東對艑山……湘人以吳船爲艑。山形類之，故以名。」（明刻百川學海本）

䑣

【名】長而薄的艇。《方言》：「舟，自關而西謂之船。自關而東或謂之舟；或謂之航。南楚江湘凡船大者謂之舸；小舸謂之艖；艖謂之艒䑿；小艒䑿謂之艇；艇長而薄者謂之䑣；短而深者謂之艄；小而深者謂之𦨴。東南丹陽會稽之間謂艖爲欚；泭謂之篺；篺謂之筏。筏，秦晉之通語也。江淮家居篺中謂之薦；方舟謂之潢；艁舟謂之浮梁。」（卷九）

艄

【名】短而深的艇。《方言》：「舟，自關而西謂之船。自關而東或謂之舟；或謂之航。南楚江湘凡船大者謂之舸；小舸謂之艖；艖謂之艒䑿；小艒䑿謂之艇；艇長而薄者謂之䑣；短而深者謂之艄；小而深者謂之𦨴。東南丹陽會稽之間謂艖爲欚；泭謂之篺；篺謂之筏。筏，秦、晉之通語也。江淮家居篺中謂之薦；方舟謂之潢；艁舟謂之浮梁。」（卷九）例：

「初赴衡州，於兩艖～起三間通梁水齋。」（《梁書・羊侃傳》卷三十九）

17. 色部（2）

頿（色）

【名】「頿」，容顏之色的「色」的楚方言形體，从頁从色，色亦聲。例：

「又（有）容又（有）～又（有）聖（聲）又（有）臭（嗅）」（《郭・語叢一》47）

案：原篆作「」，或隸定爲「頎」（張守中：2000：127頁），可從。

騠（緹）

【名】「騠」，「緹」的楚方言形體。《說文》：「緹，帛丹黃色。从糸是聲。衹，緹或从氏。」（卷十三糸部）例：

> 「苛～」（《包》58）／「九亡童，其四亡童皆～衣」（《望》2‧
> 49）

案：或「疑即『緹』之異體。」（湖北省文物考古研究所、北京大學中文系：1995：
128頁）甚是。包山簡之「騠」或作「𢕭」（湖北省荊沙鐵路考古隊：1991a：
20頁）。誤。

18 艸部（⁺⁺同）（48）

芋尹

【術】楚國官稱。「當是管田獵毆獸之官。」（石泉：1996：127頁）例：

> 「～無宇斷之，曰：『一國兩君，其誰堪之？』」（《左傳‧昭
> 七》）／「若夫周滑之、鄭王孫申、陳公孫寧、儀行父、荊～、申
> 亥、隨少師、越種干、吳王孫頟、晉陽成泄、齊豎刁、易牙，此
> 十二人者之爲其臣也，皆思小利而忘法義。」（《韓非子‧說疑》）

芰

【術】即菱（或作「蔆」）。例：

> 「製～荷以爲衣兮，纍芙蓉以爲裳。」（《楚辭‧離騷》）

案：杭世駿引《說文》云：「蔆，楚謂之芰。秦謂之薢茩。」又引《字林》云：「楚
人名蔆曰芰。」又引《爾雅‧釋草》郭注云：「蔆，關西謂之薢茩。」又引
《楚辭‧離騷經章句》王逸注云：「芰，蔆也。秦人曰薢茩。」（《續方言》
卷下葉六至七）今本《說文》作：「蔆，芰也。从草淩聲。楚謂之芰。秦謂
之薢茩。」（卷二艸部）

苦

【形】快。《方言》：「逞、苦、了，快也。自山而東或曰逞。楚曰苦。秦曰
了。」（卷二）例：

「疾則～而不入。」（《莊子・天道》）

苛

　　【古】【形】憤怒；發怒。《方言》：「馮、齘、苛，怒也。楚曰馮。小怒曰齘。陳謂之苛。」（卷二）例：

　　　　「大喪，比外內命婦之朝，莫哭不敬者而～罰之。」（《周禮・春官宗伯・世婦》）／「隆暑固已慘，涼風嚴且～。」（陸機《從軍行》）

案：嚴學宭所考，以爲湘西苗語詞（1997：402頁）。

若（席）

　　【名】席子。例：

　　　　「裀～」（《信》2・19）

案：在楚地出土文獻中，「若」多作「筈（席）」。☞本章「筈／箬（席）」。

荊尸

　　【名】楚月名，相當於秦四月（顓頊曆）。例：

　　　　「四年春，王正月，楚武王～授師子焉，以伐隨。」（《左傳・莊四》）／「今茲入鄭，民不罷勞，君無怨讟，政有經矣。～而舉，商農工賈不敗其業，而卒乘輯睦。」（《左傳・宣十二》）

案：舊以爲「兵陣名」。曾師憲通（1980）始釋爲楚月名。從此千古懸疑，渙然冰釋。「荊尸」即楚地出土文獻所載「䶀屎之月」的簡稱「䶀屎」，又作「刑夷／刑屎／刑尸」。☞本章「䶀屎之月／䶀屎」、「刑夷／刑屎／刑尸」。

荊楚

　　【專】楚國名。例：

　　　　「達彼殷武，奮伐～。」（《毛詩・商頌・殷武》）／「自恣～，安以定只。」（《楚辭・大招》）

案：岑仲勉以爲古突厥語詞，爲全稱，典籍中或略稱爲「荊」，或略稱爲「楚」（2004b：202頁）。

荂

　　【名】茂盛。《方言》：「華、荂，晠也。齊、楚之間或謂之華；或謂之荂。」（卷一）例：

「洿澤盈，萬物節成；洿澤枯，萬物節～。」（《文子・上德》
上）／「折揚皇～則嗑然而笑。」（《莊子・外篇・天地》）

苗

【名】蠶薄，盛蠶用具。《方言》：「薄，宋、魏、陳、楚、江、淮之間謂之
苗；或謂之麴。自關而西謂之薄。南楚謂之蓬薄。」（卷五）說文：「苗，蠶薄
也。从草曲聲。」（卷一艸部）文獻或以「曲」通作。例：

「具～植籧筐。」（《禮記・月令・季春》）

案：鄭玄注云：「時所以養蠶器也。曲，薄也。」《玉篇》：「曲，……蠶薄也，或
作笛。」（卷十六曲部）

荃／蓀

【名】香草名。

「～不察余之中情兮，反信讒而齋怒。」（《楚辭・離騷》）

「荃」或作「蓀」。例：

「夫人自有兮美子，～何以兮愁苦。」（《楚辭・九歌・大司命》）

案：岑仲勉以爲古突厥語詞（2004b：198～200頁）。

荂彤

【術】占卜用具。例：

「～」（《天・卜》）

案：可能與「彤笴」爲一物。☞本章「彤笴」。

茭媞

【形】簡慢；欺侮。《方言》：「眠娗、脈蝪、賜施、茭媞、譠謾、𢚩忚，皆
欺謾之語也。楚郢以南、東揚之郊通語也。」（卷十）

莫敖／莫囂／莫鄪

【術】可受命代表楚王之官。例：

「～以命入盟隨候。」「～屈重」（《左傳・莊四》）／「屈到爲
～。」（《左傳・襄十五》）／「屈建爲～」（《左傳・襄二十二》）／
「～患之。」「～曰：卜之」（《左傳・桓十一》）／「～子華（五例）」
「～大心」（《戰國策・楚策一》）

「莫敖」，楚地出土文獻作「莫囂」。例：

「～遠骰」（《包》28）／「鄝～之人周壬受期」（《包》29）／
「州～疠」（《包》114）／「鄝～邵步」（《包》116）／「鄟昜～臧宎」
（《包》121）／「畢得厠爲右吏（使）于～之軍」（《包》158）／「龏
城～之人利郘」（《包》174）／「郘～之人鹽牆」（《包》177）／「～
之州加公五陽」（《包》181）／「䍹～臧先」（《燕客銅量銘》）

「莫囂」又作「莫嚻」。例：

「株昜～壽君」（《包》117）

案：姜亮夫（1940）、吳永章（1982）有詳考。岑仲勉則以爲「莫敖」爲古伊蘭語
　　詞，原指火敎敎士（2004a：61 頁）楚地出土文獻又見「大莫敖」一稱，爲中
　　央政府官員；「莫敖」則爲地方官員。☞本章「大莫敖（囂、嚻）」。

菌桂

　　【名】植物名，俗稱「木薑子」、「山雞椒」、「山蒼子」。例：

「雜申椒與～兮，豈維紉夫蕙茝。」「矯～以紉蕙兮，索胡繩之
纚纚。」（《楚辭・離騷》）

案：陳士林以爲彝語同源詞（1984：13 頁）。

莽

　　【名】草。《方言》：「蘇、芥，草也。江、淮、南楚之間曰蘇。自關而西或
曰草；或曰芥。南楚、江、湘之間謂之莽。蘇亦荏也。關之東西或謂之蘇；或
謂之荏。周、鄭之間謂之公蕡。」（卷三）《方言》：「屮、莽，草也。東越、揚
州之間曰屮。南楚曰莽。」（卷十）《說文》：「莽，南昌謂犬善逐菟草中爲莽。
从犬屮。」（卷一屮部）例：

「朝搴阰之木蘭兮，夕攬洲之宿～。」（《楚辭・離騷》）

案：王逸注：「草冬生不死者，楚人名曰宿莽。」（《楚辭章句・離騷》）

莠尹

　　【術】楚國官稱。「其職掌史無明述。」（石泉：1996：328 頁）例：

「楚～然、工尹麋帥師救潜。」（《左傳・昭二十七》）

荻芽

【名】竹筍。例：

> 「聞近桃源住，無村不是花。戍旗招海客，廟鼓集江鴉。別島垂橙實，閑田長～。遊秦未得意，看即更離家。」（唐・張蠙《送友人歸武陵》詩，載《張象文詩集》葉一）

案：王洙注杜甫《客堂》詩「渚秀蘆筍綠」句云：「蘆，竹筍也。楚人謂之荻芽。」（宋・王洙《分門集注杜工部詩》卷六）

華

【古】【形】茂盛。《方言》：「華、荂，晠也。齊、楚之間或謂之華；或謂之荂。」（卷一）例：

> 「當夏三月，天地氣壯，大暑至，萬物榮～。」（《管子・度地・雜篇》）／「道隱於小成，言隱於榮～。」（《莊子・內篇・齊物論》）

菣

【名】青蒿；蒿。

案：杭世駿引《詩》陸璣疏云：「青蒿，荊、豫之間、汝南、汝陰皆曰菣。」又引《爾雅・釋草》孫炎注云：「荊、楚之間謂蒿爲菣。」（《續方言》卷下葉六）

萃

【動】等待。《方言》：「萃、離，時也。」（卷十二）例：

> 「驚女采薇鹿何祐？北至回水～何喜？」（《楚辭・天問》）

葉

【動】聚集。《方言》：「撲、翕、葉，聚也。楚謂之撲；或謂之翕。葉，楚通語也。」（卷三）

案：戴震云：「藂，刻本皆訛作葉。據《永樂大典》本作藂，藂卽叢字。」（《方言疏證》卷三）

菉蓐草

【名】蓋草。

案：程先甲引蘇恭唐本草云：「蓋草，荊襄人俗名菉蓐草。」（《廣續方言拾遺》）

莪（䐡）

【名】「莪」，通作「䐡」。《說文》：「䐡，大臠也。从肉弎聲。」（卷四肉部）

例：

　　　　「～酳（醢）一㼵（瓮）。」（《包》255）

案：或以爲讀作「箈」（湖北省荊沙鐵路考古隊：1991a：60頁）。可商。

蓎

　　【古】【名】舜草。《說文》：「舜，艸也。楚謂之蓎。」（卷五舜部）例：

　　　　「我行其野，言采其～。不思舊姻，求爾新特。」（《毛詩・小

　　　　雅・我行其野》）／「鑿之二七十四尺而至於泉山之側，其草～與蔞，

　　　　其木乃品楡。」（《管子・地員》）

案：杭世駿有考（《續方言》卷下葉五）。

萊（蘭）

　　【名】「蘭」的楚方言形體。例：

　　　　「～斯秉德。」「如～之不芳，信～亓（其）㱭（栽）。」「～

　　　　又（有）異勿（物）。」（《上博八・蘭賦》3、4）

菆䄚（禤）

　　【專】神鬼名。例：

　　　　「冟祭～。」（《天・卜》）

萩

　　【名】青蒿。例：

「青蒿者，荊名曰【～】。」（《馬王堆〔肆〕・五十二病方》二五一）

葆

　　【術】保育官。例：

　　　　「～申曰：『先王卜以臣爲～，吉。今王得茹黃之狗，宛路之矰，

　　　　畋三月不反，得丹之姬，淫朞年不聽朝。王之罪當笞。」（《呂氏春

　　　　秋・貴直論・眞諫》）

案：吳永章有詳考（1982）。「保」或作「葆」。☞本章「保」。

葯

　　【名】白芷。例：

「桂棟兮蘭橑，辛夷楣兮～房。」（《楚辭‧九歌‧湘夫人》）

案：洪興祖補注引《本草》云：「白芷，楚人謂之葯。」（《楚辭章句‧九歌‧湘夫人》）

蒼鳥

【名】蒼鷹；雁。例：

「～羣飛，孰使萃之？」（《楚辭‧天問》）

案：王逸云：「蒼鳥，鷹也。」（《楚辭章句‧天問》卷三）蔣驥云：「揚子雲《方言》：『南楚謂鴻雁爲蒼鵝，即蒼鳥也。』」（《山帶閣注楚辭》卷三）今本《方言》無「蒼鵝」。所謂「蒼鵝」，可能就是「鶬鴚」。《方言》：「鴈，自關而東謂之鴚鵝。南楚之外謂之鵝；或謂之鶬鴚。」（卷八）☞本章「鶬鴚」。

蒿祭／蒿

【術】祭祀儀禮。例：

「……爲子左尹舵臋（趣）禱於殤東陵連囂子發肥狅（豬），～之。」（《包》225）

「蒿祭」或簡略爲「蒿」。例：

「賽禱東陵連囂狅（豬）、豕、酉（酒）酓（食），～之」（《包》210～211）／「臋（趣）禱覞（兄）俤（弟）無後者邵良、邵乘、縣貉（貉）公各狅（豬）、豕、酉（酒）酓（食），～之。」（《包》227）／「臋（趣）禱東陵連囂狅（豬）、豕、酉（酒）酓（食），～之。」（《包》243）

䔩

【名】草。《方言》：「蘇、芥，草也。江、淮、南楚之間曰蘇。自關而西或曰草；或曰芥。南楚、江、湘之間謂之芥。蘇亦荏也。關之東西或謂之蘇；或謂之荏。周、鄭之間謂之公蕡。沅、湘之南或謂之䔩；其小者謂之釀葰。」（卷三）《玉篇》：「長沙人呼野蘇爲䔩。」（卷十三艸部）

萬（葛）

【名】从草卤聲，「葛」的楚方言形體。例：

「《～覃》」（《上博一‧孔子詩論》16）／「采（采）～」（《上

博一・孔子詩論》17）

案：原篆作**茅**，通常隸定爲「薾」，或主張隸定爲「藝」〔註75〕。事實上當隸定爲
「蘺」。☞第六章三十，臾轋（轄）／鎋（轄）（附論髁）。

蒿

    【名】荻。例：

        「人有盜而富者，富者未必盜。有廉而貧者，貧者未必廉。～
苗類絮，而不可爲絮。」（《淮南子・說林訓》）

案：杭世駿引《淮南子・說林訓》許慎注云：「蒿苗，荻秀。楚人謂之蒿。蒿讀敵
戰之敵。幽、冀謂之荻苕也。」（《續方言》卷下葉七）

蕈

    【名】菌、菇之類。《說文》：「蕈，桑葽。从草覃聲。」（卷一艸部）例：
        「席之先蕈～，樽之上玄樽。」（《淮南子・詮言訓》）

案：劉賾所考（1934：187頁）。

蔽

    【名】博棋；博塞（一種古棋戲）。《方言》：「簙謂之蔽。或謂之箘。秦、
晉之間謂之簙。吳、楚之間或謂之蔽；或謂之箭裏；或謂之簙毒；或謂之夗專；
或謂之廔璇；或謂之棊。所以投簙謂之枰。或謂之廣平。所以行棋謂之局。或
謂之曲道。」（卷五）例：
        「菎～象棋，有六簙些。」（《楚辭・招魂》）

蔦

    【形】狡詐。《方言》：「剗、蹷，獪也。秦、晉之間曰獪。楚謂之剗；或曰
蹷。楚、鄭曰蔦；或曰姡。」（卷二）

蔑

    【形】小。《方言疏證》：「私、策、纖、葰、稃、杪，小也。自關而西秦、
晉之郊、梁益之間凡物小者謂之私；小或曰纖；繒帛之細者謂之纖。東齊言布

〔註75〕 例如張桂光。參氏著《〈戰國楚竹書・孔子詩論〉文字考釋》，朱淵清、廖名春
主編《上博館藏戰國楚竹書研究》340頁，上海書店出版社，2002年3月第1
版。

帛之細者曰綾。秦、晉曰靡；凡草生而初達謂之芨；稊，年小也；木細枝謂之杪。言杪梢也。江淮陳楚之內謂之蔑。蔑小貌也。青、齊、兗冀之閒謂之葼。馬鬣，燕之北鄙、朝鮮、洌水之閒謂之菜，故傳曰慈母之怒子也，雖折葼笞之，其惠存焉。言教在其中也。」（卷二）例：

> 「我亦維有文祖周公暨列祖召公，茲申予小子，追學於文武之
> ～。」（《逸周書‧祭公解》）／「視日月而知眾星之～也，仰聖人而
> 知眾說之小也。」（揚雄《法言‧學行篇》）

案：《揚子雲集》、郭璞注《方言》俱作「篾」。☞本章「篾」。

蔫

【形】（物）不新鮮。《說文》：「蔫，菸也。」（卷一艸部）例：

> 「甘露不降，百草～黃；五穀不升，民多夭疾，六畜鮮胾。」
> （《大戴禮記‧用兵》）

案：劉賾所考（1930：147～148 頁）。

蔌

【形】草木枯槁的樣子。《說文》：「蔌，艸皃。从艸歁聲。《周禮》曰：『穀檃不蔌。』」（卷一艸部）例：

> 「是故以火養其陰而齊諸其陽，則穀雖敝不～。」（《周禮‧冬
> 官考工記》）

案：劉賾所考（1934：179～187 頁）。

薦鬲

【名】用於盛放祭品的鬲。「器稱『薦』者，可能是專門用來盛裝祭品的。」（石泉：1996：286 頁）例：

> 「□□□自作～」（《□□□鬲銘》）

薦殷（簋）

【名】用於盛放祭品的簋。例：

> 「卲王之諻之～。」（《卲王之諻簋銘》）

蓬薄

【名】蠶簿，盛蠶用具。《方言》：「薄，宋、魏、陳、楚、江、淮之間謂之苗；或謂之麴。自關而西謂之薄。南楚謂之蓬薄。」（卷五）

薰燧

【動】焚香。例：

> 「譬猶沐浴而抒溷，～而負彘。」（《淮南子・說山訓》）

案：杭世駿引《淮南子・說山訓》許慎注云：「燒薰自香，楚人謂之薰燧。」（《續方言》卷上葉五）

蘇 1

【名】草名。《方言》：「蘇、芥，草也。江、淮、南楚之間曰蘇。自關而西或曰草；或曰芥。南楚、江、湘之間謂之芥。蘇亦荏也。關之東西或謂之蘇；或謂之荏。周、鄭之間謂之公蕡。沅、湘之南或謂之䔌；其小者謂之釀葇。」（卷三）《玉篇》：「長沙人呼野蘇爲䔌。」（卷十三艸部）

蘇 2

【古】【名】復活；生息。《方言》：「悅、舒，蘇也。楚通語也。」（卷十）

例：

> 「夏，會晉伐秦，晉人獲秦諜，殺諸絳市，六日而～。」（《左傳・宣八》）／「故莫敢超等踰官漁利～功以取順其君。」（《管子・法禁》卷第五）

案：「蘇 2」同「甦」。

薹

【古】【名】草名，即「蕪菁」。《方言》「薹、蕘，蕪菁也。陳、楚之郊謂之薹。魯、齊之郊謂之蕘。關之東西謂之蕪菁。趙、魏之郊謂之大芥；其小者謂之辛芥；或謂之幽芥；其紫華者謂之蘆菔。東魯謂之菈蓮。」（卷三）

文獻「薹」作「葑」。例：

> 「采～采菲，無以下體。」（《毛詩・邶風・谷風》）

案：鄭玄云：「葑，孚容反，徐音豐，字書作薹，孚容反。」（《毛詩注疏》卷二）

蘺

【名】草名，即「虌」。《說文》：「虌，楚謂之蘺。晉謂之虌。齊謂之茈。」

（卷一艸部）例：

「懷芬香而挾蕙兮，佩江～之斐斐。」（《楚辭‧九歎‧遠逝》）

「蘺」或作「離」。例：

「扈江～與辟芷兮」（《楚辭‧離騷》）

案：杭世駿有考（《續方言》卷下葉五）。

蘸葇

【名】小草。《方言》：「蘇、芥，草也。江、淮、南楚之間曰蘇。自關而西或曰草；或曰芥。南楚、江、湘之間謂之芥。蘇亦荏也。關之東西或謂之蘇；或謂之荏。周、鄭之間謂之公蕡。沅、湘之南或謂之蒢；其小者謂之蘸葇。」（卷三）

19. 虍部（3）

虎（敔）

【名】「虎」當「敔」的本字，文獻或作「圉」，樂器名，其形如虎，故名〔註76〕。《說文》：「敔，禁也。一曰樂器椌楬也，形如木虎。从攴吾聲。」（卷三攴部）例：

「叩諎（柷）戈～」（《上博四‧采風曲目》5）

案：「叩諎戈虎」應讀爲「置柷載敔」，指安置「柷」、「敔」兩種樂器的位置。

虎班

【名】鬭縠於菟的外號。鬭縠於菟，字子文，曾擔任楚國令尹，故又稱爲令尹子文。

案：程先甲引《漢書‧序傳》云：「楚人謂（子文）虎班。」（《廣續方言》卷四）

虔

【古】【形】殺；殘害。《方言》：「虔、劉、慘、掠，殺也。今關西人呼打爲掠。秦晉宋、衛之閒謂殺曰劉。晉之北鄙亦曰劉。秦、晉之北鄙、燕之北郊、翟縣之郊謂賊爲虔。晉、魏、河內之北謂婪曰殘。楚謂之貪。南楚、江、湘之閒謂之欺。」（卷一）又：「虔、散，殺也。東齊曰散。青、徐、淮、楚之間曰

〔註76〕 參譚步雲《釋柷敔》，《古文字研究》26 輯 499～501 頁，中華書局，2006 年
　　　　 11 月第 1 版。

虔。」（卷三）例：

> 「入我河縣，焚我箕郜，芟夷我農功，～劉我邊陲。」（《左傳·
> 成十三》）

20. 虫部（24）

蚟孫

【名】同「蟋蟀」。《方言》：「蜻蛚，楚謂之蟋蟀；或謂之蛬。南楚之間謂之蚟孫。」（卷十一）

蚊

【名】昆蟲名。例：

> 「且～蚋嘬膚，虎狼食肉，非天本爲～蚋生人虎狼生肉者
> 哉！」（《列子·說符》）／「耳目之欲接則敗其思，～虻之聲聞則
> 挫其精。」（《荀子·解蔽篇》）／「適有～虻僕緣，而拊之不時。」
> （《莊子·內篇·人間世》）

案：杭世駿引《說文》云：「秦、晉謂之蟜，楚謂之蚊。」（《續方言》卷下葉十一）今本《說文》作：「蟜，秦、晉謂之蟜。楚謂之蚊。」（卷十三虫部）清·程際盛已辨其非（《續方言補正》卷下，嘉慶刻藝海珠塵本）。程先甲亦有考（《廣續方言》卷四）。或以爲壯、侗等少數民族語詞（嚴學宭：1997：401頁）。

蚄（妨）

1. 【形】「妨」的楚方言形體。《說文》：「妨，害也。」（卷十三女部）例：
> 「豊（禮）不同，不彝（害）不～。」（《郭·語叢一》104）
2. 通作「方」。
   (1)【名】道；原則。例：
   > 「孝之～，炁（愛）天下之民。」（《郭·唐虞之道》7）
   (2)【副】就；纔。例：
   > 「慇（愛）昬（親）則其～慇（愛）人。」（《郭·語叢三》40）

案：「蚄」或隸定爲「蚉」（張守中：2000：181頁）。☞本文第六章十二，蚄（妨）。

蜇

【形】螫。《說文》：「蚩，螫也。从虫若省聲。」（卷十三虫部）文獻或作「蠚」，例：

> 「毒～、猛蚡之蟲密，毒山不蕃，草木少薄矣。」（賈誼《新書‧禮》）／「故猛虎之猶與不如蠚蠆之致～。」（《漢書‧蒯通傳》）

案：劉賾所考（1930：159 頁）。

虵（蛇）山

【專】黃鵠山。例：

> 「又東四百里曰～，其上多黃金，其下多堊。」（《山海經‧中山經》）／「北海之內有～者，蛇水出焉。」（《山海經‧海內經》）

案：明‧宋懋澄云：「楚人呼大別山爲龜山，黃鵠山曰蛇山。」（《九籥集‧後集楚遊上‧遊大別山記》，明萬曆刻本）清‧王琦注李白《送儲邕之武昌》詩云：「《潛確居類書》：黃鶴山在武昌府城西南，俗呼蛇山，一名黃鵠山。昔仙人王子安騎黃鶴憩此。《地志》云：黃鶴山，蛇行而西吸於江，其首隆然。」（《李太白詩集注》卷十九）

蛇醫

【名】守宮；蜥蜴。《方言》：「守宮，秦、晉、西夏謂之守宮；或謂之蠦蠪；或謂之蜥易；其在澤中者謂之易蜴。南楚謂之蛇醫；或謂之蠑螈；東齊、海岱謂之蠑螺。北燕謂之祝蜓。桂林之中，守宮大者而能鳴謂之蛤解。」（卷八）

蛞螻

【名】同「杜狗」。《方言》：「蛄諸謂之杜蛒。螻蛄謂之螻蛄，或謂之蟓蛉。南楚謂之杜狗；或謂之蛞螻。」（卷十一）

蚩

【名】同「蟋蟀」。《方言》：「蜻蛚，楚謂之蟋蟀；或謂之蚩。南楚之間謂之蚟孫。」（卷十一）

蚩悚

【形】戰栗；恐懼。《方言》：「蚩悚，戰慄也。荊、吳曰蚩悚。蚩悚，又恐也。」（卷六）

蛉蛄

　　【名】同「蟪蛄」。《方言》:「蛥蚗,齊謂之螇螰。楚謂之蟪蛄;或謂之蛉蛄。秦謂之蛥蚗。自關而東謂之虭蟧;或謂之蝭蟧;或謂之蜓蚞。西楚與秦通名也。」(卷十一)

蜚廉

　　【專】同「飛廉」,風神。例:

　　　　「於是上令長安則作～桂觀。」(《史記・孝武本紀》)

案:☞本章「飛廉」。

蜩

　　【古】【名】蟬。《方言》:「蟬,楚謂之蜩。宋、衛之間謂之螗蜩。陳、鄭之間謂之蜋蜩。秦、晉之間謂之蟬。海岱之間謂之蛣;其大者謂之蟧;或謂之蝒馬;其小者謂之麥蚻;有文者謂之蜻蜻。其雌蜻謂之疋。大而黑者謂之蝬。黑而赤者謂之蜺。蜩蟧謂之蠚蜩。蟪謂之寒蜩。寒蜩,瘖蜩也。」(卷十一)

例:

　　　　「四月秀葽,五月鳴～。」(《毛詩・豳風・七月》)/「菀彼斯柳,鳴～嘒嘒。」(《毛詩・小雅・小弁》)/「～與學鳩笑之曰:」(《莊子・內篇・逍遙遊》)

案:戴震云:「蚐,各本訛作疋。今訂正。」(《方言疏證》卷十一)

螣

　　【名】同「蟅蟒」,蝗蟲。《方言》「蟒,宋、魏之間謂之蚍。南楚之外謂之蟅蟒;或謂之蟒;或謂之螣。」(卷十一)

蟋蟀

　　【名】也稱「促織」。一種昆蟲,雄性善鳴,好鬥。《方言》:「蜻蛚,楚謂之蟋蟀;或謂之蛬。南楚之間謂之蚟孫。」(卷十一)

案:程際盛(《續方言補正》卷下)有考。岑仲勉以爲突厥語詞(2004b:200頁)。

蟅蟒

　　【名】蝗蟲。《方言》:「蟒,宋、魏之間謂之蚍。南楚之外謂之蟅蟒;或謂之蟒;或謂之螣。」(卷十一)

案：郭璞、錢繹皆認爲「蟒」爲「蝗」之聲轉（《方言箋疏》卷十一）。或以爲「蟅」是黎族語詞（嚴學宭：2008：401頁）。

蟪蛄

【名】一種蟬科動物。《方言》：「蛥蚗，齊謂之螇螰。楚謂之蟪蛄；或謂之蛉蛄。秦謂之蛥蚗。自關而東謂之虭蟧；或謂之蝭蟧；或謂之蜓蚞。西楚與秦通名也。」（卷十一）陸璣《毛詩草木鳥獸蟲魚疏》云：「螗，蟬之大而黑色者，有五德：文清廉儉信。一名蝘虭，一名虭蟟。徐謂之螇螰；楚人謂之蟪蛄；秦、燕謂之蛥蚗，或名之蜓蚞。」（卷下）例：

「朝菌不知晦朔，～不知春秋。」（《莊子・逍遙遊》）

蟬

【名】連續不斷。《方言》：「嬛、蟬、緍、撚、未，續也。楚曰嬛。蟬，出也。楚曰蟬；或曰未及也。」（卷一）例：

「皋澤～聯，陵丘貪緣。」（左思《吳都賦》）

蠅

【古】【名】蒼蠅。《方言》：「蠅，東齊謂之羊。陳、楚之間謂之蠅。自關而西秦、晉之間謂之蠅。」（卷十一）例：

「營營青～，止于棘。」「營營青～，止于榛。」《毛詩・小雅・青蠅》／「賦《青～》而退。」（《左傳・襄十四》）／「去蟻驅～。」（《韓非子・外儲說左》卷十二）

蠆粒

【名】《說文》：「蠇，蚌屬。似蠊，微大，出海中，今民食之。从虫萬聲，讀若賴」（卷十三虫部）或謂同「蠣」（段玉裁《說文解字注》卷七「糲」字條，卷十三「蠆」字條）。又：「粒，糝也。」「糝，以米和羹也。」（卷六米部）據此，所謂「蠇粒」，大概就是用貝類做的米羹，例：

「～一奠（瓮）。」（《包》256）

案：原篆右下有合文符號，析之，乃从水从萬从立；濿，讀爲「蠇」，立讀爲「粒」，即「蠆粒」二字。「蠆粒」可能是蚌肉羹之類的食物。陳偉徑隸爲蠆，無說（1996：240頁）。

蠑螈

　　【名】守宮；蜥蜴。《方言》：「守宮，秦、晉、西夏謂之守宮；或謂之蠦䗁；或謂之蜥易；其在澤中者謂之易蜴。南楚謂之蛇醫；或謂之蠑螈；東齊、海岱謂之螔蠬。北燕謂之祝蜒。桂林之中，守宮大者而能鳴謂之蛤解。」（卷八）

案：李時珍云：「（守宮），在澤中者謂之蜥蜴。楚人謂之蠑螈。」（《本草綱目》卷四十三）

蟒

　　【名】同「蟷蟒」，蝗蟲。《方言》：「蟒，宋、魏之間謂之蚍。南楚之外謂之蟷蟒；或謂之蟒；或謂之䗖。」（卷十一）

蠪

　　【名】《說文》：「蠪，丁蟻也。」（卷十三虫部）《爾雅・釋蟲》：「蠪，朾蟻。」楚語殆借爲「龍」。作車轅或車之修飾語。例：

　　　　「～輈。」（《天・策》）／「……～車一……」（《天・策》）／
　　　　「一右寡～輈……」（《天・策》）／「……某殤一右寡一～輈……」
　　　　（《天・策》）／「～輈。」（《天・策》）

案：或以爲《說文》所無（滕壬生：1995：949頁）。誤。《周禮・春官宗伯（下）》有「龍勒」，鄭注云：「駹也。」又有「駹車」。殆即楚語之「蠪輈」和「蠪車」。《楚辭・九歌・東君》云：「駕龍輈兮乘雷，載雲旗兮委蛇。」可證「蠪」通作「龍」。

蠲

　　【形】痊愈。《方言》：「差、間、知，愈也。南楚病愈者謂之差；或謂之間；或謂之知。知，通語也。或謂之慧；或謂之憭；或謂之瘳；或謂之蠲；或謂之除。」（卷三）

蠢

　　【形】分開。《方言》：「參、蠢，分也。齊曰參。楚曰蠢。秦、晉曰離。」（卷六）

21. 血部（2）

衇

【動】數說；責備。《方言》:「讁，過也。南楚以南凡相非議人謂之讁；或謂之𪓐。𪓐又慧也。」（卷十）

朘（朘）

【名】男嬰的生殖器。《說文》:「朘，赤子陰也。从肉夋聲。或从血。」（卷四肉部新附）《廣韻》:「朘，子雷切。赤子陰也。亦作朘。」例：

「未知牝牡之合而～作，精之至也。」（《老子》五十五章）

按：《老子》「朘」或作「全」，或作「朘」。今粵語或音〔dʒœ〕；或音〔tʃʰœn〕，寫作「春」或「𡜵」，意義也引申爲「卵」。

22. 行部（3）

行

【專】路神（湖北省荊沙鐵路考古隊：1991a：55 頁）。例：

「賽於～一白犬、酉（酒）飤（食）。」（《包》208）／「𨒋（趣）禱～一白犬、酉（酒）飤（食）。」（《包》233）／「賽禱～一白犬、酉（酒）飤（食）。」（《秦》99‧1）／「～一白犬、酉（酒）飤（食）。」（《天‧卜》，凡二例）

案：《禮記‧祭法》有祀「行」之記載。「行」或作「𥞗」。☞本章「𥞗」。

行錄（祿）

【術】楚國官稱。「是主管班祿的官吏。」（石泉：1996：148 頁）例：

「～之鉩」（《古璽》0214，即《分域》1073）

衖／𨙸（衖）

【名】「衖」是「衕」的楚方言形體。「衕」即「巷」。《正字通》:「衖，同巷。」（卷九行部）《說文》:「𧗲，里中道。从𨙵从共。皆在邑中所共也。巷，篆文从𨙵省。」（卷六𨙵部）楚地文獻用如此。例：

「遊（逆）逜（趣）至州～」（《包》142）

「衖」或作「𨙸」。例：

「遇宔（主）於～，亡咎。」（《上博三‧周易》32）

案：「衖」又作「逜」。☞本章「逜」。

23. 衣部（衤同）（20）

裀（茵）

【名】「裀」，「茵」的楚方言形體，重席。例：

「～筥（席），皆緪衣。」（《信》2·019）／「一綵（綌）紫之
寢～，綵（綌）綠之裏。一綌（錦）佐（坐）～，綵（綌）……」
（《信》2·021）

案：原篆从衣从因，作「裀」。《說文》無「裀」。考察楚簡文例，當如《韻會》
所言「通茵」。不過，筆者傾向於「裀」是「茵」的楚方言形體。所用非「通」，
而祇能目爲異體。《說文》：「茵，車重席。从草因聲。鞇，司馬相如說茵从
革。」（卷一草部）可見，表「重席」義的「茵」本就有多種形體，楚簡所
見祇是其中之一而已。當然，也有可能楚人視之爲衣物之類，故形體从衣，
如同「被」等字的構形理念一樣。郭若愚謂「裀」「同茵」，但後又以爲「重
衣」（1994：88頁、92頁）。稍有不逮。

袑衧

【名】小褲。《方言》：「大袴謂之倒頓，小袴謂之袑衧。楚通語也。」（卷
四）

案：或以爲「袑」爲湘西苗族、黔東苗族、瑤族等少數民族語詞（嚴學宭：1997：
399～400頁）。

裎

【古】【形】裸身。《說文》：「裎，袒也。从衣呈聲。」（卷八衣部）例：

「故曰：爾爲爾，我爲我，雖袒裼裸～於我側，爾焉能浼我
哉。」（《孟子·公孫丑》）／「秦人捐甲徒～以趨敵，左挈人頭，
右挾生虜。」（《戰國策·韓策一》）

案：劉賾所考（1930：141～172頁）。

裋（促）

【名】同「綻」，即「促」的功能轉移形體。短促的。例：

「一～緐（邊）之頓」「……繢（錦）之～裏。」（《信》2·09）

案：☞本文六章十九，裋／綻（促）。

褚

【古】【名】士兵；兵卒。《方言》：「楚、東海之間，亭父謂之亭公；卒謂

之弩父；或謂之褚。」（卷三）例：

> 「請以印爲～師。」（《左傳‧昭二》）

裑

【名】合襠褲。《方言》：「褌，陳、楚、江、淮之間謂之裑。」（卷四）

裨將軍

【術】副將。例：

> 「秦大敗我軍，斬甲士八萬，虜我大將軍屈丐、～逢侯丑等七十餘人，遂取漢中之郡。」（《史記‧楚世家》）

案：吳永章有詳考（1982）。

裪（綯）

【古】【名】「裪」是「綯」的楚方言形體。《爾雅‧釋言》：「綯，絞也。」《毛詩‧豳風‧七月》：「晝爾于茅，宵爾索綯。」「綯」殆即今日之「套」。楚地出土文獻用同此。例：

> 「一緻～」（《曾》123）／「一緻～」（《曾》137）

案：「裪」從衣從匋，如前所述，古文形體從衣從糸義近可通，則「裪」或可釋爲「綯」。「綯」，仍然是今日粵語的常用詞。

褮（褮）

【古】「褮」是「褮」的楚方言形體〔註 77〕。《說文》：「褮，鬼衣。從衣，熒省聲。讀若《詩》曰『葛藟褮之』。一曰若『靜女其袾』之袾。」（卷八衣部）在楚地出土文獻中，「褮」通作「勞」，有兩個用法：

1. 【專】人名。例：

> 「登～」（《包》189）／「賽禱～尙，哉豢。」（《天‧卜》）

2. 【形】勞動；辛勞。例：

> 「僕～倌頭（夏）事牁（將）法（廢）。」（《包》16）／「下難智（知）則君倀（長）～」（《郭‧緇衣》6）／「民余（除）慮（害）智，悥（菁）～之旬（軌）也。」（《郭‧尊德義》24）／「～人亡赶

（徒）。」（《上博六‧用曰 10》）

案：或徑直作「勞」（湯餘惠：2001：902 頁）。稍有未逮。

袾／襪

【名】襌衣。《方言》：「襌衣，江淮南楚之間謂之袾。關之東西謂之襌衣。」（卷四）例：

　　　「捐余袂兮江中，遺余～兮醴浦。」（《楚辭‧九歌‧湘夫人》）

　　／「子墨子解帶爲城，以～爲械。」（《墨子‧公輸》）

案：杭世駿有考（《續方言》卷上葉十七）。或以爲西雙版納傣、川黔滇苗等少數民族語詞（嚴學宭：1997：401）。

褔

【名】圍嘴兒，用以承接唾液、汁液以免污損衣服。《說文》：「褔，編枲衣。從衣區聲。一曰頭褔。一曰**次裏衣**。」（卷八衣部）

案：劉賾所考（1930：160 頁）

襄官

【術】楚國官稱。「可能是負責管理製作各種帶子的官吏。」（石泉：1996：499 頁）例：

　　　「～之鈢」（《古璽》0141，即《分域》1028）

襘

【名】襦；汗襦。《方言》：「汗襦，江、淮、南楚之間謂之襘。自關而西或謂之祇裯。自關而東謂之甲襦。陳、魏、宋、楚之間謂之襜襦；或謂之襌襦。」（卷四）

案：徐乃昌引《類篇》云：「楚謂襦曰襘。」（《續方言又補》卷上）

襢裕

【名】襜褕。《方言》：「襜褕，江、淮、南楚謂之襢裕。自關而西謂之襜褕。其短者謂之袒褕；以布而無緣敝而紩之謂之襤褸。自關而西謂之袺裾。其敝者謂之緻。」（卷四）

褸裂

【形】襤褸。《方言》:「褸裂、須捷、挾斯,敗也。南楚凡人貧衣被醜弊謂之須捷;或謂之褸裂;或謂之襤褸。故《左傳》曰:『蓽路襤褸,以啓山林。』殆謂此也。或謂之挾斯。器物弊亦謂之挾斯。」(卷三)

襌襦

【名】汗襦。《方言》:「汗襦,江、淮、南楚之間謂之襘。自關而西或謂之袛裯。自關而東謂之甲襦。陳、魏、宋、楚之間謂之襜襦;或謂之襌襦。」(卷四)

襜襦

【名】汗襦。《方言》:「汗襦,江、淮、南楚之間謂之襘。自關而西或謂之袛裯。自關而東謂之甲襦。陳、魏、宋、楚之間謂之襜襦;或謂之襌襦。」(卷四)

襤

【名】無緣衣。《方言》:「楚謂無緣之衣曰襤。」(卷四)

襤褸

【形】衣服破敗。《方言》:「褸裂、須捷、挾斯,敗也。南楚凡人貧衣被醜弊謂之須捷;或謂之褸裂;或謂之襤褸。故《左傳》曰:『蓽路襤褸,以啓山林。』殆謂此也。或謂之挾斯。器物弊亦謂之挾斯。」(卷三)

襗

【形】衣長至地。《說文》:「襗,衣至地也。」(卷八衣部)

案:劉賾所考(1930:161頁)。

24. 兩部(2)

西方

【術】鬼神名。例:

「罷禱～全豬(腊)」(《天・卜》)

案:《楚公逆鐘銘》云:「祀四方。」大概是指東、南、西、北四方之神。楚簡有「東方」、「南方」、「西方」、「北方」神名,可證。唯不知「北子」、「北宗」是否亦「北方」之神。☞本章「北子」、「北宗」。

罷

　　【名】農夫之貶稱。《方言》：「儓、罷，農夫之醜稱也。南楚凡罵庸賤謂之田儓；或謂之罷；或謂之辟。辟，商人醜稱也。」（卷三）

案：今粵語沿用。

七畫（凡 161）

1. 見部（6）

見日

　　【代】對可見（或欲見）君王者的尊稱，相當於「您」或「您」。例：

　　　　「僕，五巿（師）宵倌之司敗若，敢告～：」（《包》15）／「不敢不告～。」（《包》17）／「敢告於～。」（《包》132）／「僕不敢不告～：凶剈（劐）之。」（《包》135～136）／「僕軍造言之：～以陰人舒慶之告讀僕，」「～命一執事人至（致）命，」（《包》137 反）／「～」（《磚》370・2、3）／「迅命（令）尹陳省為～告：『䑛（僕）之母（毋）辱君王不猷（逆），䑛（僕）之父之骨才（在）於此室之陸（階）下，䑛（僕）牁（將）埮亡老以䑛（僕）之不尋（得）。并䑛（僕）之父母之骨以厶（私）自塼（敷），迅命（令）尹不為之告，君不為䑛（僕）告，䑛（僕）牁（將）寇（寇）。迅命（令）尹為之告。』」（《上博四・邵王毀室》3～4）／「鄴（葉）公子高見於命（令）尹子＝春＝胃（謂）之曰：『君王窮（躬）亡人⋯⋯』畬（答）曰：『䇕（僕）既尋（得）辱～之廷，命求言以畬（答），唯（雖）鈙（鋪）壴（步），命勿之敢韋（違）。如以䇕（僕）之觀～也，⋯⋯』」（《上博八・命》1～3）「畬（答）曰：『⋯⋯含（今）～為楚命（令）尹，⋯⋯』」（《上博八・命》9）／「軋（范）戊（叟）曰：『君王又（有）白玉三回而不戔（殘），命為君王戔（賤）之，敢告於～。』王乃出而見之。」（《上博七・君人者何必安哉甲本》1～2）

案：「見日」一稱，陳師煒湛所論最詳（1994：四）。因有上博簡的新證，可稱定讞。《邵王毀室》中整段話都是「迅命（令）尹陳省」替「見日」陳述的。

話裏的「𤻭（僕）」實際上是欲見邵王的人，亦即見日。文獻可證：「衞靈公之時，彌子瑕有寵，專於衞國。侏儒有見公者曰：『臣之夢賤矣。』公曰：『何夢？』對曰：『夢見竈，爲見公也。』公怒曰：『吾聞見人主者，夢見日，奚爲見寡人而夢見竈？』對曰：『夫日兼燭天下，一物不能當也。人君兼燭一國人，一人不能擁也。故將見人主者夢見日。今或者一人有燭君者乎？則臣雖夢見竈，不亦可乎？』」（《韓非子・內儲說上・七術・經七・倒言》卷九，《戰國策・趙策三》卷二十亦見）《命》中的「見日」則指令尹子春，至爲明顯。《包》簡中的「見日」特指「左尹」。

或謂「見日」指「楚王」，即「現在的太陽」之義（賈繼東：1995：54〜55 頁）。大謬。或釋爲視日〔註78〕。可備一說。

覘

【古】【動】偷看。《方言》：「矘、翕、覵、覘、占，伺視也。凡相竊視南楚謂之覵；或謂之矘；或謂之覘；或謂之占；或謂之翕。翕，中夏語也。覵其通語也。自江而北謂之覘；或謂之覤。凡相候謂之占。占猶瞻也。」（卷十）「覘」，典籍或作「覤」。例：

　　　「公使～之，信。」（《左傳・成十七》）

案：戴震云：「《晉語》：『公使覤之。』韋昭注云：『覤，微視也。』覤、覘同，通用。」（《方言注》卷十）

〔註78〕　參裘錫圭《甲骨文中的見與視》，臺灣師範大學國文學系、中研院歷史語言研究所《甲骨文發現一百周年學術研討會論文集》1〜6 頁，文史哲出版有限公司印行，1998 年 5 月。步雲案：因爲「𦣞之不足𦣞」（《郭・老子丙》5）可證諸今本《老子》三十五章，從而得知「𦣞」「𦣞」二字有別。不過，誠如裘先生自己所說：「不過郭店楚簡中也出現了少量下部人形作直立形的，與『視』字表意初文無別的『見』字……」也就是說，在楚地文獻中兩字存在混用的情況。後出的《上博》簡也證明了這一點。因此，從文義上考慮，「𦣞日」釋爲「見日」比釋爲「視日」更恰當。濮茅左也說：「（𦣞、𦣞）兩形是同一字，屬同字異形。」「就本篇（指《上博七・君人者何必安哉》——步雲案）而言，『見日』與『王』並舉，彼此呼應，『見日』有『皇上』之意。」參馬承源（2008：195、196 頁）。堅持釋爲「見日」無疑是可取的，但以爲「見日」指「王」則有可商。在《君人者何必安哉》中，「見日」應指王之左右親信。否則，范叟如是直接與「王」對話，「王出而見之」豈非廢話？

覮（瞟）

　　【動】以目伺察。《說文》：「覮，目有察省見也。从見票聲。」（卷八見部）
又：「瞟，睽也。从目票聲。」（卷四目部）例：

　　　　　　「忽～眇以響像，若鬼神之髣髴。」（王逸《魯靈光殿賦》）

案：劉賾所考（1934：185 頁）

䚇（牒）尹

　　【術】楚國地方官稱。「䚇」當从見葉聲，恐怕是「牒」的楚方言形體，則
「䚇尹」應作「牒尹」。《說文》：「牒，札也。从片葉聲」（卷七片部）從包山所
出簡文看，「䚇尹」可能是地方上掌管文書檔案的官員。例：

　　　　　　「湿易～郙余、婁鼮（狐）」（《包》164）／「鄲～肢」（《包》

　　175）

案：或謂「職掌未詳。」（石泉：1996：450 頁）又有所謂「大䚇尹」（《包》138），
　　則「䚇尹」可能為其輔佐官員。「䚇」為楚方言用字可無異議，例如《鄂君
　　啟舟、車節銘》即見，用為地名。☞本章「大䚇（牒）尹」。

覩桼之月／覩桼

　　【名】同「遠㿝之月／遠㿝之月／遠㿝」，楚月名，相當於秦曆十二月。
例：

　　　　　　「～之月丁酉之日」（《新蔡》甲三：42）

　　「覩桼之月」或略作「覩桼」。例：

　　　　　　「……～、禱」（《新蔡》零：248）

案：「覩」，字書不載，亦見於郭店簡：「不覩不敬。」（《郭・五行》22）「覩」讀
　　為「遠」。可見楚人也用「覩」為「遠」。字从見袁聲至為明顯，其意義大概指
　　視遠。☞本章「遠㿝之月／遠㿝之月／遠㿝」。

覵

　　【形】其中一隻眼睛瞳子長得不正而且眼白多。《說文》：「覵，視誤也。
从見龠聲。」（卷八見部）
案：劉賾所考（1934：186 頁）。

2. 角部（2）

觟冠

　　【名】古代執法官戴的冠。例：

　　　　「二～」（《望》2‧62）

案：即「獬冠」或「獬豸冠」〔註79〕。楚地出土文獻，「觟冠」可能也寫成「桂冠」。
　　☞本章「桂冠」。

膚（壺）

　　【名】「膚」是「壺」的楚方言形體。《說文》：「壺，昆吾圓器也。象形。」
（卷十壺部）「膚」在楚語中指漆木壺。例：

　　　　「二牺（醬）白之～，皆敝（彫）；二翠（羽）～，皆彤中、剝
　　　　（漆）外。」（《包》253）／「二～盍（蓋）。」「…二（醬）白之～，
　　　　皆敝（彫）。」（《包》254）／「羽～一堣（偶）。」（《仰》25‧35）
　　　　／「龍～一堣（偶）。」（《仰》25‧36）／「四～，皆……」（《望》
　　　　2‧47）／「……衞（衛）以二～……」（《望》2‧58）

案：☞本文第六章十一，膚（壺）。

3. 言部（28）

計官

　　【術】楚官稱。例：

　　　　「～之鉨。」（《古璽》0137，即《分域》1034）／「～之鉨。」
　　　　（《古璽》0138，即《分域》1035）

訏

　　1. 【古】【形】大。《方言》：「碩、沈、巨、濯、訏、敦、夏、于，大也。
齊、宋之間曰巨；曰碩。凡物盛多謂之寇。齊、宋之郊，楚、魏之際曰夥。
自關而西，秦、晉之間凡人語而過謂之癌；或曰儉。東齊謂之劍；或謂之弩。
弩猶怒也。陳、鄭之間曰敦。荊、吳、揚、甌之郊曰濯。中齊、西楚之間曰
訏。自關而西，秦、晉之間凡物之壯大者而愛偉之謂之夏。周、鄭之間謂之
暇。郴，齊語也。于，通詞也。」（卷一）例：

〔註79〕　詳參吳澤炎等《辭源》（合訂本）1091 頁，商務印書館，1988 年 7 月第 1 版。

「洧之外，洵～且樂。」（《毛詩・鄭風・溱洧》）／「～謨定
命，遠猶辰告。」（《毛詩・大雅・抑》）／「實覃實～，厥聲載路。」
（《毛詩・大雅・生民》）／「～～魴鱮，甫甫麀鹿。」（《毛詩・
大雅・韓奕》）

2.　【形】信。《說文》：「訏，齊、楚謂信曰訏。」（卷三言部）

案：杭世駿有考（《續方言》卷上葉七）。

訏（信）

「訏」是「信」的楚方言形體。《說文》：「信，誠也。从人从言，會意。」
（卷三言部）「訏」在楚簡中有以下用法：

1.　【副】的確；確實。例：

「競得訟繁丘之南里人舋悷、舋酉，胃（謂）殺其覞（兄）。
九月甲辰之日，繁丘少司敗遠□、信笌，言謂繁丘之南里～又（有）
舋酉。酉以甘臣之歲爲偏於鄙，居〔南〕里。繁易且無又（有）舋
悷。」（《包》90）

2.　【副】通作「身」。親自；親身。例：

「倦言謂：小人不～糗（邀）馬。」（《包》121）／「小人與慶
不～殺宣卯，卯自殺。」（《包》136）／「既㮣（盟），皆言曰：～譁
（對）斷智（知）舒慶之殺亘卯。」（《包》137）／「州人牆（將）
敳（搏）小人，小人～以刀自傷。」（《包》144）

3.　【副】通作「申」。例：

「小人～弁（辯）：下鄴關里人雇女返、東邨里人場貯、蔂里人
競不割暓（並）殺奢罩於競不割之官（館）。」（《包》121）

案：或謂「信」借作「身（親自）」（湖北省荊沙鐵路考古隊：1991a：47頁）。有
　　點兒道理。在古漢語中，「信」算得上是個常用詞，但從來不見借爲「身」
　　的先例。不過「信」倒是常借爲「伸」的。「伸」、「身」古音同，則「信」
　　借爲「身」是有語音上的根據的。「身」完全可釋爲「親自」、「親身」，典籍
　　可證：「取妻身迎。」（《墨子・非儒》）不過，楚方言的「**訏**」恐怕是從「身」
　　得音的。

訓至

　　【連】同「以至」，連接世系與世系。例：

　　　　「龏禱卓公～惠公。」（《天・卜》）／「□禱之於五褋（世）王
　　　　父王母～新父母，疾……。」（《秦》99・10）／「……～新父、眾
　　　　鬼，戠牛、酉（酒）飤（食）。」（《秦》13・4）／「賽禱卓公～惠
　　　　公，大牢樂之。」（《天・卜》）

案：「訓」，一般情況下可讀爲「順」，但在與「至」連用的情況想，讀「順」讀
　　「訓」均無證。與「以至」比較可知，「訓」大概弱化爲虛詞了。

訓䯖（䰎）

　　【術】卜具。例：

　　　　「石被裳以～爲左尹佗貞。」（《包》199）

案：「䯖」當從黽林聲，應是從黽霝聲的「䰎」的異構。所從聲符「林」「霝」之古
　　音稍有差異，前者來母侵韵，後者來母耕韵。但在今天的湘方言長沙話或雙峰
　　話中，二字的讀音均相同〔註80〕。

訒

　　【古】【形】言語遲鈍。《說文》：「訒，頓也。从言刃聲。《論語》曰：『其
　　言也訒。』」（卷三言部）例：

　　　　「外是者謂之～，是君子之所棄而愚者拾以爲己寶。」（《荀子・
　　　　正名篇》）

案：劉賾所考（1930：155頁）

詀諕

　　【形】胡言亂語；語無倫次；多嘴多舌。《方言》：「囒哰、謰謱，拏也。
　　東齊、周、晉之鄙曰囒哰。囒哰亦通語也。南楚曰謰謱；或謂之支註；或謂之
　　詀諕。轉語也。拏，揚州、會稽之語也；或謂之惹；或謂之庵。」（卷十）

訾

　　【副】同「曾」，爲什麼；怎麼。《方言》：「曾、訾，何也。湘潭之原、

荆之南鄙謂何爲曾；或謂之聲。若中夏言何爲也。」（卷十）例：

> 「昔荆龔王與晉厲公戰於鄢陵，荆師敗，龔王傷。臨戰，司
> 馬子反渴而求飲，竪陽穀操黍酒而進之。子反叱曰：『～？退！酒
> 也。』」（《呂氏春秋・愼大覽・權勛》）

誌

【名】痣。

案：杭世駿引《史記・高帝本紀》正義云：「許北人呼爲黶子，吳、楚謂之誌。」
（《續方言》卷上頁六）。

詻

【名】教令嚴峻；容貌可畏。《說文》：「詻，論訟也。傳曰：詻詻孔子容。
從言各聲。」（卷三言部）

案：劉賾所考（1934：183 頁）。

該

【副】都；皆。《方言》：「備、該，咸也。」（卷十二）例：

> 「寧戚之謳歌兮，齊桓聞以～輔。」（《楚辭・離騷》）

詹

【古】【動】至；到。《方言》：「假、詻、懷、摧、詹、戾、艐，至也。邠、
唐、冀、兗之閒曰假，或曰詻；齊、楚之會郊或曰懷、摧、詹、戾，楚語也。」
（卷一）例：

> 「五日爲期，六日不～。」（《毛詩・小雅・采綠》）

案：郭璞注云：「《詩》曰『先祖于摧。六日不詹。魯侯戾止』之謂也。此亦方國
之語，不專在楚也。」

誒

【嘆】同「欸」，表示肯定，是。《說文》：「誒，可惡之辭。一曰：誒，然。」
（卷三言部）例：

> 「公反，～詒爲病，數日不出。」（《莊子・外篇・達生》）

案：☞本章「欸」。

諮（證）

【古】「諄」是「證」的楚方言形體。《說文》：「證，告也。从言登聲。」（卷三言部）從楚地出土文獻看，「諄」用如「證」，「證實」、「對證」的意思。例：

> 「鄯之正既爲之盟～」（《包》137 反）／「鄯人舒惺命～」（《包》138）／「凶惺之裁叙於惺之所～。與其裁，又悝不可～。同社、同里、同官不可～，匿（昵）至從父兄弟不可～」（《包》138 反）／「其所命於此箸之中，以爲～」（《包》139 反）／「牁（將）～之於其尹敏（令）」（《包》149）

案：迄今爲止，楚地出土文獻不見从言登聲者，而祇有「諄」字。從形體看，字从言从屮从升，字可能音升。

誺

【嘆】用以表示不知道。《方言》：「誺，不知也。沅、澧之間凡相問而不知，答曰誺；使之而不肯，答曰吂。」（卷十）

案：戴震云：「案：誺，各本訛作誺。今訂正。《玉篇》云：『誺，不知也。丑脂、丑利二切。誺同上。又力代切。』誤也。《廣韻》作誺，以入脂、至韻者爲不知，入代韻者爲誤。此注云：音癡，眩。與丑脂切合。癡多訛作瘲。曹毅之本不誤。以六書諧聲考之，誺从言桼聲，可入脂、至二韻。誺从言來聲，應入代韻，不得入脂、至韻。《玉篇》、《廣韻》因字形相近訛舛，遂混合爲一。非也。」（《方言疏證》卷十）

諯

【動】數落；誚責。《說文》：「諯，數也。一曰相讓也。从言專聲。讀若專。」（卷三言部）

案：劉賾所考（1930：150 頁）

謁者

【術】楚官稱。爲楚王近臣。職掌傳達通報，接引賓客，多由國王寵信之臣擔任（石泉：1996：389 頁）。例：

> 「……～操之以入。」（《韓非子・說林（上）》）／「楚國之～難得見如鬼，……」（《戰國策・楚策（三）》）／「令～駕，曰：『無

馬。』」（《呂氏春秋・審應覽・淫辭》）

案：吳永章有考（1982）。

諑

　　【動】告訴。《方言》：「諑，愬也。楚以南謂之諑。」（卷十）例：

　　　　　「眾女嫉余之蛾眉兮，謠〜謂余以善淫。」（《楚辭・離騷》）

案：洪興祖云：「《方言》云：『諑，愬也，楚之南謂之諑。』」（《楚辭章句補注・
　　離騷》）李翹有考（1929）。

諈

　　【動】拖累。《爾雅・釋言》：「諈、諉，累也。」郭璞注引孫炎云：「楚人
曰諈，秦人曰諉。」（《爾雅疏》卷第三）例：

　　　　　「〜諉、勇敢、怯疑、眠娗，四人相與游於世，胥如志也，窮
　　　年不相謫發，自以行無戾也。」（《列子・力命》）

案：杭世駿有考（《續方言》卷上葉五）。

謇／讓

　　【形】（言語）不順暢的樣子。例：

　　　　　「余固知〜〜之為患兮。」（《離騷》）

　　「謇」或作「讓」。《方言》：「讓、極，吃也。楚語也。或謂之軋；或謂之
踂。」（卷十）例：

　　　　　「㣿忷、情露、〜極、淩誶，四人相與游於世，胥如志也，窮
　　　年不相曉悟，自以為才之得也。」（《列子・力命篇》卷六）

案：「極」，別本作「極」。岑仲勉以為「謇（或謇）」均是古突厥語詞（2004b：
　　185 頁）。

誓

　　【形】悲傷哭泣的樣子。《說文》：「誓，悲聲也。从言斯省聲。」（卷三言
部）

按：劉賾所考（1930：156〜157 頁）。

譬

　　【嘆】（應答時）表示肯定，相當於「是」。《方言》：「欸、譬，然也。南楚

凡言然者曰欸；或曰譬。」（卷十）

譎（訑）

　　【形】狡黠。《方言》：「虔、儇，慧也。秦謂之謾。晉謂之㥍。宋、楚之間謂之倢。楚或謂之譎。自關而東，趙、魏之間謂之黠；或謂之鬼。」（卷一）文獻通作「訑」。例：

　　　　　　「燕王謂蘇代曰：『寡人甚不喜～者言也。』」（《戰國策・燕策（一）》）

譆

　　【古】【嘆】表示驚訝、痛惜等強烈情緒。《說文》：「譆，痛也。从言喜聲。」（卷三言部）例：

　　　　　　「文惠君曰：『～，善哉！技蓋至此乎？』」（《莊子・內篇・養生主》）／「董安於御於側，慍曰：『～，胥渠也！期吾君驟，請即刑焉。』」（《呂氏春秋・仲秋紀・愛士》）

案：劉賾所考（1930：167 頁）。

譀謾

　　【古】簡慢；欺侮。《方言》：「眠娗、脈蜴、賜施、茭媞、譀謾、慴也，皆欺謾之語也。楚郢以南、東揚之郊通語也。」（卷十）

譙

　　【古】【動】責備。《方言》「譙、讓也。齊、楚、宋、衛、荊、陳之間曰譙。自關而西，秦、晉之間凡言相責讓曰譙。讓，北燕曰歡。」（卷七）例：

　　　　　　「正月之朝，五屬大夫復事於公，擇其寡功者而～之曰：」（《管子・小匡・內言三》）／「僖侯曰：『召而來。』～之曰：『何為置礫湯中？』」（《韓非子・內儲說下》）

譅讘

　　【形】胡言亂語；語無倫次；多嘴多舌。《方言》：「囉哰、譅讘，拏也。東齊、周、晉之鄙曰囉哰。囉哰亦通語也。南楚曰譅讘；或謂之支註；或謂之詀諵。轉語也。拏，揚州、會稽之語也；或謂之惹；或謂之庵。」（卷十）

讁

　　【古】【動】數說；責備。《方言》：「讁，過也。南楚以南凡相非議人謂之讁；或謂之𧩟。𧩟又慧也。」（卷十）例：

　　　　「窮年不相～發，自以行無戾也。」（《列子‧力命》）

4. 豆部（3）

豆筥

　　【名】盛杯器。《方言》：「梧落，陳、楚、宋、魏之間謂之梧落；又謂之豆筥。自關東西謂之梧落。」（卷五）

豈

　　【名】竪立的樣子。《說文》：「豈，還師振旅樂也。一曰欲也，登也。從豆，微省聲。凡豈之屬皆從豈。」（卷五豈部）
案：劉蹟所考（1934：179～187 頁）。

豔

　　【名】歌曲。例：

　　　　「荊～楚舞。」（左思《吳都賦》）

案：程先甲據《初學記》引梁元帝《纂要》云：「齊歌曰謳；吳歌曰歈；楚歌曰
　　豔。」（《廣續方言》卷三）

5. 豕部（11）

豭（豭）

　　「豭」當從豕古聲，是「豭」的楚方言形體，特指雄豬。《說文》：「豭，牡豕也。從豕叚聲。」（卷九豕部）在楚地出土文獻中，「豭」有兩個用法：

　　1.【名】雄豬。例：

　　　　「孱（薦）於野壄（地）宔（主）一～，宮壄（地）宔（主）
　　　　一～」（《包》207）／「遬（趚）害之厭一～於壄（地）宔（主）。」
　　　　（《包》219）／「賽禱宮壄（地）宔（主）一～。」（《秦》99‧1）

　　2.【專】人名。例：

　　　　「戊辰，佶斨～臣。」（《包》187）

案：或云「借作猳」（湖北省荊沙鐵路考古隊：1991a：55 頁）。倒不如徑作「猳」。「豟」所从「古」實際上是表示性別的符號「土（丄）」的聲化。曾侯乙墓竹簡并見「駐」、「馻」二形，「駐」同「馻」。前者从「土（丄）」，爲形符；後者从「古」，是聲符。「豟」的構形意義同此。☞本章「駐（駔）」、「馻（騢）」。

狜（豬）

【名】「狜」从豕主聲，是「豬」的楚方言形體。《說文》：「豬，豕而三毛叢居者。从豕者聲。」（卷九豕部）例：

> 「賽〔禱〕惠公首以～。」（《天・卜》）／「袼新母肥～、酉（酒）飤（食）。」（《包》202）／「壨（趣）禱東陵連囂肥～、酉（酒）飤（食）。」（《包》202～203）／「賽禱東陵連囂～、豕、酉（酒）飤（食），蒿之。」（《包》211）／「……爲子左尹紽壨（趣）禱於殤東陵連囂子發肥～，蒿祭之。」（《包》225）／「壨（趣）禱兄（兄）俤（弟）無後者卲良、卲乘、縣貉（貉）公各～、豕、酉（酒）飤（食），蒿之。」（《包》227）

案：或作「豣」，以爲猏字異體（湖北省荊沙鐵路考古隊：1991a：54 頁）。或作「狜（豖）」（滕壬生：2008：814～815 頁）。有所不逮。字應隸定爲从豕从主（袁國華：1994：第五章・第 23 字考釋）。後來張守中作《包山楚簡文字編》即如是作（1996：151 頁）。「主」的字形，可參看「駐」、「柱」等字所从（滕壬生：1995：759 頁；湖北省文物考古研究所，北京大學中文系：1995：121～122 頁）。「主」古音章紐侯韵，與「豬」的古音（端紐魚韵）有些距離，但在今天的湘方言裏，「主」「豬」二字的讀音卻是一樣的：主，長沙話念〔'tcy〕，雙峰話念〔'ty〕；豬，長沙話念〔,tcy〕，雙峰話念〔,ty〕。僅聲調有小小的差別。因此，從方音的角度考慮，「主」「豬」在楚語裏的讀音可能是相同的。那麼，「狜」釋作「豬」應是可信的。楚簡中有从豕从者之形構（例如《天・卜》），似可作「豬」，但其下有合文符號，所以宜看作合文（參滕壬生：2008：1279 頁）〔註81〕。

〔註81〕 滕先生原作「者豬」合文（滕壬生：1995：1116 頁），後改作「豬豕」，大概確有「豬」字（滕壬生：2008：845 頁）。步雲案：所錄「豬」僅一例，不排除也是合文，竊以爲「豬=」讀爲「諸豕」較順暢。

豚

　　【古】【名】小豬。《方言》：「豬，北燕、朝鮮之間謂之豭。關東西或謂之
彘；或謂之豕。南楚謂之豨；其子或謂之豚；或謂之貕。吳、揚之間謂之豬子；
其檻及蓐曰橧。」（卷八）例：

　　　　「雞、～、狗、彘之畜，無失其時，七十者可以食肉矣。」（《孟
　　　　子‧梁惠王上》）／「至攘人犬、豕、雞、～者，其不義又甚入人園
　　　　圃竊桃李。」（《墨子‧非攻上》）／「故解之以牛之白顙者，與～之
　　　　亢鼻者，與人有痔病者，不可以適河。」（《莊子‧內篇‧人閒世》）

豚尹

　　【術】楚國官稱。「爲主管畜牧之官。」（石泉：1996：377 頁）例：

　　　　「楚子聞之，使楊～宜告子庚曰：」（《左傳‧襄十八》）／「楚
　　　　莊王欲伐晉，使～觀焉。」（《說苑‧奉使》）

豢

　　【名】《說文》：「豢，以穀圈養豕也。从豕𢆶聲。」（卷九豕部）在楚地的
出土文獻中，「豢」可能指經過圈養的犧牲。例：

　　　　「戠～」（《包》200、203、206、214、240、248）／「一全～」
　　　　（《包》210、227、238、241）／「戠～」（《天‧卜》）／「壘禱北
　　　　子肥～、酉（酒）飤（食）。」（《望》1‧116）

貓（腊）

　　【名】「貓」从豕昔聲，是「腊」的楚方言形體，特指「豕腊」，犧牲名。
例：

　　　　「罷禱於夫人戠～。」（《包》200）／「褙於新父鄝公子豪（家）
　　　　戠牛、～、酉（酒）飤（食）。」（《包》202）／「壘（趣）禱社一
　　　　全～。」（《包》210、248）／「賽禱新母戠～，饋之。」（《包》214
　　　　～215）／「壘（趣）禱於繼無逡（後）者各肥～，饋之。」（《包》
　　　　250）

案：原篆隸定作「貓」，或謂讀作「腊」（湖北省荊沙鐵路考古隊：1991a：54 頁）。
　　不如直接釋爲「腊」，也就是《說文》所載之「昔」。《說文》云：「昔，乾肉

也。从殘肉，日以晞之，與俎同意。腊，籀文从肉。」（卷七日部）稍後的馬王堆竹簡仍作「昔」：「右方卵、羊、兔昔笥三合。」（李正光：1988：261頁）又：「羊昔一笥。」（李正光：1988：270 頁）楚簡所載从「豕」，當特指「豕之乾肉」。《周禮·天官冢宰》云：「腊人，掌乾肉，凡田獸之脯腊膴胖之事，凡祭祀，共豆脯，薦脯膴胖凡腊物。」據此可知古代亦以乾肉作祭祀之用，楚簡用如此。或以為「俎」（滕壬生：1995：742 頁）〔註 82〕。殆非確解。

豨

【古】【名】豬。《方言》：「豬，北燕朝鮮之間謂之豭。關東西或謂之彘；或謂之豕。南楚謂之豨；其子或謂之豚；或謂之豯。吳、揚之間謂之豬子。」（卷八）例：

> 「子夏之徒日：『狗、～猶有鬪，惡有士而無鬪矣。』」（《墨子·耕柱》）／「猰貐、鑿齒、九嬰、大風、封～、修蛇皆為民害。」（《淮南子·本經訓》）

案：杭世駿引《淮南子·本經訓》許慎注云：「楚人謂豕為豨。」（《續方言》卷下葉十六）徐乃昌引《初學記》二十九引《纂文》云：「梁州以豕為羉（之涉切）。河南謂之彘。吳、楚謂之豨（火豈切）。」（《續方言又補》卷下）今本《初學記》作：「梁州以豕為豬，河南謂之彘，吳、楚謂之豨。」（卷二十九頁十九引何承天《纂文》。亦見《太平御覽》、《淵鑒類函》以及《詩傳名物集覽》等）「豨」或作「豨」。☞本章「豨」。

豭

【名】雄豬。《說文》「豭，牡豕也。从豕叚聲。」（卷九豕部）

案：劉賾所考（1934：182 頁）。☞本章「豰（豭）」。

豰

【名】小豬。《說文》：「豰，小豚也。」（卷九豕部）例：

> 「蹢胡～蜼。」（《史記·司馬相如列傳》）

案：劉賾所考（1930：164 頁）。

〔註 82〕 後來滕先生已放棄此釋。參滕壬生（2008：847 頁）。

豯

　　【名】小豬；豬崽。《方言》：「豬，北燕、朝鮮之間謂之豭。關東西或謂之彘；或謂之豕。南楚謂之豨；其子或謂之豚；或謂之豯。吳、揚之間謂之豬子；其檻及蓐曰橧。」（卷八）例：

　　　　「藪曰～養。」（《漢書・地理志》卷二十八上）

豭（膳）

　　【名】「豭」，當从豕善聲，爲「膳」的楚方言形體，特指豕肉之「膳」。《說文》：「膳，具食也。从肉善聲。」（卷四肉部）《周禮・天官冢宰上・膳夫》鄭玄注云：「膳，牲肉也。」楚語用如此。例：

　　　　「鬻（蒸）～一筥（籠）。庶（炙）～一筥（籠）。」（《包》257）

案：或作「豬」（湖北省荊沙鐵路考古隊：1991a：37頁）。細審字形，當以《楚系簡帛文字編》所隸爲是（滕壬生：1995：743頁）。筆者認爲，雖然楚地出土文獻有「膳」（集中見於郭店楚簡，與《齊侯敦銘》所載同），但是，它們全都通作「善」（《郭・語叢一》15、84、92、《郭・語叢三》25、38、46、49），令人懷疑「膳」實際上是「善」的楚方言形體，而「豭」纔是表「牲肉」義的本字。

6. 貝部（9）

貴鼎

　　【名】通作「饋鼎」，一種用於祭祀的楚式鼎。例：

　　　　「六～，有蓋。」（《望》2・46）／「二～。」（《包》265）

案：望山簡爲「貴鼎」合文（湖北省文物考古研究所、北京大學中文系：1995：124頁）。☞本章「饋鼎」。

賜施

　　【形】簡慢；欺侮。《方言》：「眠娗、脈蝎、賜施、茭媞、讂譇、憚他，皆欺謾之語也。楚郢以南、東揚之郊通語也。」（卷十）

賴

　　【形】仇視；敵視。《方言》「予、賴，讎也。南楚之外曰賴。秦、晉曰讎。」（卷二）

僤豭（家）

    【術】卜具。例：

        「……以～爲嗯固貞：」（《望》1·14）／「……～爲嗯固〔貞〕」

    （《望》1·15）

賸（賸）

    【名】原篆作「賸」，或隸定爲「賸」（張守中：1996：96 頁），或隸定爲

「賸」（滕壬生：2008：609頁）。當以後者嚴謹。爲「賸」的楚方言形體。《說

文》：「賸，物相增加也。」（卷六貝部）在楚地出土文獻中，「賸」用爲「贈（物）」，

例：

        「……與仔門之里人一～，告僕言謂」（《磚》370·1）／「……

    組之～十又（有）八。」（《望》2·7）／「黃金且（組）之～八。」

    （《望》2·10）／「苛臘訟聖冡之夫＝（大夫）軚竪以～田。」（《包》

    94）／「采膇（脰）尹之人蓝悬（愆）告絅多命以貽～。」（《包》

    278 反）／「～」（《分域》1096）

案：字从貝从乘，據「乘」作聲符等同於「媵」的規律，字當釋爲通語的「賸」，

    爲方言形體[註83]。☞本文第六章三，綀／繃／繼（滕）（附論賸）。

償（辥）

    可能是「辥」的楚方言形體。在楚地出土文獻中，「償」有以下用法：

    1. 【專】姓名。例：

        「大（太）帀（師）～」（《包》52、55）／「郮（越）異之大

    （太）帀（師）郮（越）～。」（《包》46）／「郝倀糤（邀）馬於

    下鄰，李～之于陽城。」（《包》120）／「新迅黃～」（《包》174）。

    2. 【動】通作「孽」，造孽；作孽。例：

        「歔臥田，疛（妨）於償。骨（禍）～之。」（《包》152）

案：☞本文第六章十，償、償／癀。

賽

    【古】【術】祭祀用語。《說文》：「賽，報也。從貝塞省聲。」（卷六貝部新

[註83] 楚地出土文獻有通語「賸」字，集中見於《曾》簡。參滕壬生（2008：601 頁）。

附）例：

「～行一白犬」（《包》208）／「既禱未～」（《望》1・135）／「既～卓公」（《天・卜》）

案：據《望》1・135，「賽」和「禱」可能為不同的祭祀儀式。不過，在楚地出土文獻中，「賽」通常與「禱」連用，因此，也可能為「賽禱」的簡略形式。☞本章「賽禱」。

賽禱

【術】《說文》：「禱，告事求福也。从示壽聲。」（卷一示部）「賽禱」合言，相當於「祠」。例：

「～東陵連囂豠（豬）、豕、酉（酒）飤（食），蒿之。」（《包》211）／「～大備（佩）玉一環」（《包》213）／「～宮矦（后）土一羖（羖）」「～卲（昭）王戠牛，饋之。～文坪夜君、郚公子春、司馬子音、鄰（蔡）公子家各戠豢，饋之。～新母戠豬（腊），饋之。」（《包》214～215）／「～䆗一白犬」（《包》219）／「～五祼（世）以至新父母肥豢」（《秦》13・1）／「～宮陛（地）宔」「～行一白犬」（《秦》99・1）／「～行一白犬」（《秦》99・2）／「～於五祼（世）王父王母」（《秦》99・11）／「聖王、卲（昭）王既～」（《望》1・88）／「～王孫喿」（《望》1・89）／「乙丑之日～先……」（《望》1・90）／「～宮陛（地）宔……」（《望》1・109）／「～於柬大王……」（《望》1・108）／「～裳（裳）尚戠豢」（《天・卜》）／「～白朝戠犝（犝）樂之」（《天・卜》）／「～大水一犆（牲）」（《天・卜》）／「～大水一犆（牲）」（《天・卜》）／「～卓公」（《天・卜》）／「～宮陛（地）宔一羖（牂）」（《天・卜》）／「～惠公」（《天・卜》）／「～祆一犆（牲）」（《天・卜》）

案：「賽禱」一語，最早見於《史記》：「冬賽禱祠。」裴駰〔索隱〕云：「賽音先代反，賽謂報神福也。」（《史記・封禪書》卷二十八）「賽」或作「塞」，而且有著更早的文獻例證：「桓公踐位，令釁社塞禱。」（《管子・小問》卷第十六）又：「一日秦襄王病，百姓為之禱。病愈，殺牛塞禱。」（《韓非子・外儲說右下》卷十四）。顏師古注《漢書・郊祀志》「冬塞禱祠」云：「塞，謂報其所祈

也。」（卷二十五上）顯然，前賢是把「賽」、「禱」分爲二事的。然而，「冬賽禱祠」有一「祠」字，《說文》解釋說：「祠，春祭曰祠。」（卷一示部）分明與句中的「冬」存在矛盾。於是，宋人重新解釋道：「賽禱之祭曰祠。」（王昭禹《周禮詳解》卷二十二）把「賽禱」視爲一詞兒。就今天楚地的出土文獻所見而言，我以爲有一定的道理。

貪惏（貪婪）

【形】貪婪。《方言》：「虔、劉、慘、惏，殺也。今關西人呼打爲惏。秦、晉、宋、衛之閒謂殺曰劉。晉之北鄙亦曰劉。秦、晉之北鄙、燕之北郊、翟縣之郊謂賊爲虔。晉、魏、河內之北謂婪曰殘。楚謂之貪。南楚江湘之閒謂之欺。」（卷一）例：

　　　　「眾皆競進以～（惏，或本作婪）兮，憑不猒乎求索。」（《楚辭・離騷》）

案：李翹有考（1925）。

7. 赤部（1）

赨

【古】【名】赤色。《說文》：「赨，赤色也。从赤蟲省聲。」（卷十赤部）例：

　　　　「其種大苗、細苗，～莖，黑秀，箭長。」（《管子・地員》）

案：劉蹟所考（1930：167頁）。

8. 走部（6）

越

【古】【形】遠離；遙遠。《方言》：「伆、邈，離也。楚謂之越；或謂之遠。吳、越曰伆。」（卷六）例：

　　　　「公使厚成叔弔於衛曰：『寡君使瘠，聞君不撫社稷，而～在他竟，若之何不弔？以同盟之故，使瘠敢私於執事。』」（《左傳・襄十四》）

赻

【名】赴事緩滯不急者。《說文》:「趖,留意也。从走里聲。讀若小兒孩。」
（卷二走部）

案:劉賾所考（1934:186頁）。

趙

【名】牀前橫木。《方言》:「牀,齊、魯之間謂之簀。陳、楚之間或謂之第。
其杠,北燕、朝鮮之間謂之樹;自關而西秦晉之間謂之杠;南楚之間謂之趙;
東齊、海岱之間謂之樺。其上板,衛之北郊、趙、魏之間謂之牒;或曰牖。」
（卷五）

趌

【形】走路直頓或氣象軒昂的樣子。《說文》:「趌,行也。」（卷二走部）
典籍或作「蹎」。例:

　　　「沛艾赳～仡以佁儗兮。放散畔岸,驤以孱顏。」（司馬相如
　　　《大人賦》,見《漢書·司馬相如傳》卷五十七下）

案:劉賾所考（1934:184頁）。

趨趨

【形】小心謹慎的樣子。《說文》:「趨,行聲也。一曰不行貌。从走異聲,
讀若敕。」疊用當取後一義項。例:

　　　「敢嬰（畏忌）～。」（《王孫誥編鐘銘》）／「敢期（畏忌）～。」
　　　（《王子午鼎銘》）／「敢嬰（畏忌）～。」（《王孫遺者鐘銘》）

案:「趨趨」也見於秦雍十碣之車工石:「遄（吾）驅其特,其來趨趨。」因此,
　　此重疊詞可能并非楚語所獨有。當然也有可能秦人受楚人所影響。此外,「趨
　　趨」也許相當於典籍中的「翼翼」,例:「維此文王,小心翼翼。」（《毛詩·
　　大雅·大明》）鄭玄箋云:「小心翼翼,恭慎兒。」又:「乘其四騏,四騏翼
　　翼。」（《毛詩·小雅·采芑》）鄭玄箋云:「翼翼,壯健貌。」但「翼翼」在
　　楚地文獻中似乎別有意義,例:「鳳皇翼其承旂兮,高翱翔之翼翼。」（《離
　　騷》）王逸注:「翼翼,和貌。」舒展悠然的樣子。因此,「趨趨」可能才是
　　表謹小慎微貌的本字。

趨

【形】輕輕行走的樣子；躡手躡腳的樣子。《說文》：「趬，行輕貌。一曰：
趬，舉足也。从走堯聲。」（卷二走部）例：

> 「或輕趻～悍，廈疏嶁，領犯歷嵩巒，陵喬松，履脩橢，踔婦
> 枝。」（《後漢書・馬融列傳》）

案：劉賾所考（1930：165 頁）。

9. 足部（10）

跂

【古】【動】登；登上。《方言》：「躡、郅、跂、㳘、隮、蹸，登也。自關
而西，秦、晉之間曰躡。東齊海岱之間謂之隮。魯、衛曰郅。梁、益之間曰㳘，
或曰跂。」（卷一）例：

> 「～者不立，跨者不行。」（河上公本《老子》二十四章）／「吾
> 嘗～而望矣，不如登高之博見也。」（《荀子・勸學篇》）

案：「跂」，甲骨文作「企」。河上公本《老子》「跂者不立」，諸本皆作「企者不
立」。嚴學宭所考，以爲湘西苗語詞（1997：402 頁）。今粵語作「企」，與
甲骨文同。

跰

【動】跳。《方言》「蹃、蹻、踊，跳也。楚曰跰。陳、鄭之間曰蹻。楚曰
蹅。自關而西，秦、晉之間曰跳；或曰蹃。」（卷一）

案：錢繹注云：跰，《史記・賈誼傳》作「遷」；《漢書》或作「逝」（〈賈誼傳〉），
或作「迣」（〈禮樂志〉）；《樂書》、《吳都賦》作「鰐世」。（《方言箋疏》卷一）

跛

【形】（走路）兩腳不能輪番向前跨。

案：杭世駿引《穀梁傳・昭二十八》云：「兩足不能相過，齊謂之綦，楚謂之跛，
衛謂之輒。」（《續方言》卷上葉六）

踦

【古】【形】肢體不全；殘缺。《方言》：「倚、踦，奇也。自關而西，秦、
晉之間凡全物而體不具謂之倚。梁、楚之間謂之踦。雍、梁之西郊凡嬰支體
不具者謂之踦。」（卷二）例：

「其獄，一～腓一～屨而當死。」（《管子・侈靡》）／「亡王之
機，必其治亂其強弱相～者也。」（《韓非子・亡徵》）

案：「踦」的這個義項今天作「畸」。

跨

【動】蹲。《說文》：「跨，踞也。」（卷二足部）

案：劉賾所考（1930：158～159頁）。

蹇產

【形】（思慮）縈回盤曲。王逸注：「蹇產，詰屈也。言己乘船蹈波，愁
而恐懼，則心肝縣結，思念詰屈，而不可解釋也。」（《楚辭・九章章句》卷
四）洪興祖云：「山曲曰巑岏。義與此同。」（《楚辭・九章章句補注》卷四）
例：

「思～之不釋兮，曼遭夜之方長。」（《楚辭・九章・抽思》）／

「心絓結而不解兮，思～而不釋。」（《楚辭・九章・悲回風》）

案：岑仲勉以為古突厥語詞（2004：195～196頁）。

蹟

【動】仆倒。例：

「萬人之～，愈於一人之隧。」（《淮南子・說山訓》）／「以一
～之難，輟足不行。」（《淮南子・修務訓》）

案：杭世駿引《淮南子・說山訓》許慎注云：「楚人謂躓為蹟。」（《續方言》卷上
葉三）又：「蹟，躓。楚人謂躓也。」（《淮南子・修務訓》）

蹠

【動】跳。《方言》：「蹠、躍、跳，跳也。楚曰跖。陳、鄭之間曰躍。楚曰
蹠。自關而西，秦、晉之間曰跳；或曰踊。」（卷一）《說文》：「蹠，楚人謂跳
躍曰蹠。」（卷二足部）例：

「以韓卒之勇，被堅甲，～勁弩，帶利劍，一人當百，不足言
也。」（《戰國策・韓策一》）／「棄由、聃之所珍兮，～彭咸之所
遺。」（《漢書・揚雄傳》）

案：杭世駿有考（《續方言》卷上頁八）。《曾》175 有「跖」，《莊子》有〈盜跖〉

篇，「跖」可能是「蹠」的另一個形體。

蹷

【古】【形】狡黠。《方言》：「剝、蹷，獪也。秦、晉之間曰獪。楚謂之剝；或曰蹷。楚、鄭曰蒍；或曰姡。」（卷二）例：

「侯王無以貴高，將恐～。」（《老子》三十九章）／「孔成子曰：『是謂～其本，必不有其宗。』」（《左傳·襄十九》）

蹸

【動】《說文》：「蹸，轢也。从足粦聲。」（卷二足部）例：

「草木塗地，山淵反覆，蹂～其十二三，乃拗怒而少息。」

（《後漢書·班彪列傳》）

案：「蹸」，《文選》作「躪」。李善注：「躪與蹸同。」（《文選》卷一）劉賾有考（1934：180頁）。

10. 車部（17）

軍正

【術】軍中之長（吳永章說：1982）。或謂「其職掌當為主管軍法」（石泉：1996：170頁）例：

「魯施氏有二子，其一好學，其一好兵。……好兵者之楚，以法干楚王，王悅之，以為～。」（《列子·說符》）

軍計

【術】楚國官稱。「當是軍隊中負責軍營糧食、採用出入的計會之官。」（石泉：1996：170頁）例：

「～之鈴」（《古璽》0210）／「太祖善之，拜諫議大夫，與夏侯尚並掌～。」（《三國志·魏書·賈逵傳》卷十五）

軋

【形】不順暢的樣子；不順從。《方言》：「䜌、極，吃也。楚語也。或謂之軋；或謂之澀。」（卷十）例：

「～洋洋之無從兮，馳委移之焉止。」（《楚辭·悲回風》）／「秦四世有勝，諰諰然，常恐天下之一合而～己也。」（《荀子·議

兵篇》）／「名也者，相～也；知也者，爭之器也。」（《莊子・內篇・人閒世》）

軑

【名】輪子。《方言》：「輪，韓、楚之間謂之軑；或謂之軧。關西謂之輨。」「輨、軑，鍊鏽。關之東西曰輨。南楚曰軑。趙、魏之間曰鍊鏽。」（卷九）例：

「屯余車其千乘兮，齊玉～而并馳。」（《楚辭・離騷》）

案：湖北方言猶用爲「輪子」（邵則遂：1994：62～64 頁）粵語中則引申爲「（車、船等的）方向盤」，寫爲「軑」或「舵」。

軖

《說文》：「軖，紡車也。一曰『一輪車』。从車㞷聲。讀若狂。」（卷十四車部）「軖」在楚地出土文獻中有三種用法：

1. 【名】車名。例：

「乘～之右轎番女反馭之」（《天・策》）／「乘～左」（《天・策》）／「审（中）畬（獸）敏（令）麤所馭少（小）～」（《曾》18）／「馭鄅君一乘～」（《曾》42）／「凡～車十乘又（有）二乘」「工差（佐）坪所賠（造）行～五乘」（《曾》120）／「审（中）畬（獸）敏（令）麤馭少（小）～」（《曾》126）／「行～」（《曾》154、155、156、157、158）／「乘～」（《曾》167）／「少（小）～」（《曾》169）／「鄅君之～車」（《曾》197）

2. 【專】人名。例：

「越客左尹～。」（《包》145）

3. 【術】占卜用具。☞本章「軖惻」。

案：或以爲《說文》所無（滕壬生：1995：1024～1025 頁）。誤。從楚地出土文獻的用例看，「軖」用爲車名無可疑，但到底是什麼車，還有待考證。

軖惻

【術】占卜用具。例：

「以～爲𢄉固……」（《望》1・19）

舫（轒）

　　【量】「軬」可能是「轒」的楚方言形體。《說文》：「轒，淮陽名車穹隆『轒』。从車賁聲。」（卷十四車部）在楚地出土文獻中，「軬」用為車輛的量詞，義近「乘」。例：

　　　　「一～正車。」（《包》牘1）／「一～車。」（《包》牘1反）

案：「軬」當从車分聲，「分」、「賁」古音接近：「賁」上古音幫母文韵；「分」并
　　母文韵。那「軬」釋作「轒」應無問題。在楚簡中，「軬」的量詞用法無庸
　　置疑。試比較：「一乘正車。」（《包》271）可見「軬」作量詞與「乘」同義。

軝

　　【古】【名】輪子。《方言》：「輪，韓、楚之間謂之軑；或謂之軝。關西謂
之轑。」（卷九）例：

　　　　「約～錯衡，八鸞鏘鏘。」（《毛詩‧小雅‧采芑》）

輈

　　【名】轅。引申為「車」。《方言》：「轅，楚、衛之間謂之輈。」（卷九）
例：

　　　　「諸公子入朝，馬蹄踐霤者，廷理斬其～，戮其御。」（《韓非
　　　　子‧外儲說右上》）／「駕龍～兮乘雷，載雲旗兮委蛇。」（《楚辭‧
　　　　九歌‧少司命》）

輑鞥（楚絭）

　　【名】「輑鞥」即「楚絭」的楚方言形體。「輑鞥（楚絭）」大概就是類似於
《儀禮‧鄉射禮》所載的「楚撲」，一種刑具。例：

　　　　「白金大（鈦），赤金之鈷，綊組鑐（圉）之大（鈦），～。」
　　　　（《包》牘1）／「一～。」（《包》牘1反上）／「白金之鈦，赤金
　　　　之銍（桎），綊組之鑐（圉）之鈦，～。」（《包》276）

案：☞本文第六章四，輑鞥（楚絭）。

轄（轄）

　　【名】「轄」可能是「轄」的楚方言形體。《說文》：「轄，車聲也。从車害
聲。一曰轄鍵也」（卷十四車部）竹簡所用殆同。例：

　　　　「臾～」（《曾》10）

案：原篆或隸定作「轙」，疑爲「轄」異體（裘錫圭、李家浩：1989：508頁）。☞
本文第六章三十，與轙（轄）／鎋（轄）（附論鐧）。

氊（犛）

【名】「氊」疑即「犛」的楚方言形體。《說文》：「犛，西南夷長髦牛也。
从牛𠩺聲。」（卷二犛部）楚語用爲車的皮飾。例：

　　　　　「冑緅聯滕之～冑。」（《望》2・2）／「丹厚緅之～冑。」（《望》
　　2・6）／「丹緅之～。」（《望》2・8）

案：從上下文意可知，「氊」用爲車具，故形體从車；其質爲髦牛皮，故从「犛」
　　省，「犛」亦聲。古代車輛通常用皮革覆蓋包裹，從而起到保護和裝飾車輛
　　的作用（參看《周禮・春官宗伯（下）・巾車》）。「氊冑」當亦起此作用。或
　　以爲《說文》所無（滕壬生：1995：1027頁）。不失爲審愼的態度。

轈

【名】戰車，有瞭望臺，可用以觀察敵情。《說文》：「轈，兵高車，加巢
以望敵也。《春秋傳》曰：『楚子登轈車。』」（卷十四車部）

轓（藩）

【名】「轓」，可能是「藩」的楚方言形體。大概是車輛用來遮風蔽雨的屏
障。例：

　　　　　「刑～之輪。」（《曾》75）

案：原篆作「轓」。《康熙字典》引《說文》云：「轓，車之蔽也。」今本《說文》
　　無此字，不知其所出。前賢以爲「轓」同「較」。《廣雅・釋器》：「轓，謂之
　　較。」王念孫《疏證》云：「《說文》：『較，車耳反出也。』較、轓聲近義同。」
　　據《集韻・阮韻》：「轓，車蔽。」又據《說文》：「藩，屏也。」（卷一艸部）
　　《周禮・春官宗伯（下）》：「漆車，藩蔽。」「轓」既爲車具，故楚簡簡文从
　　車，恐怕也就是「藩」的孳乳字，是楚方言的特有形體。

轂（轂）

【名】「轂」是「轂」的楚方言形體。《說文》：「轂，輻所湊也。从車𣪊聲」
（卷十四車部）在楚地的出土文獻中，「轂」殆用如「車」。例：

　　　　　「南■陵連譴（敔）韋馭楮～」（《曾》73）／「楮～」（《曾》
　　74）／「端～」（《曾》176）

案：或隸定爲「轂」，以爲《說文》所無（滕壬生：1995：1026 頁）。略有未逮。「轒」從車得義，从毃得聲至爲明顯（裘錫圭、李家浩：1989：519 頁）。《說文》有「毃」字，釋云：「乳也。从子毃聲。一曰：毃，嘼也。」（卷十四子部）。「轂」「毃」兩字均从毃得聲。換言之，其讀音完全相同。那麼，從毃得聲者應是楚方言的特有形體。

轔

　　【名】門檻。例：

　　　　「雖欲謹亡馬，不發戶～。雖欲豫就，酒不懷蔴。」（《淮南子・說林訓》）

案：杭世駿引《淮南子・說林訓》許慎注云：「轔，戶限。楚人謂之轔。」（《續方言》卷上葉十二）

䡅

　　【名】「䡅」大概是「佾」的楚方言形體。《說文》：「佾，舞行列也。从人㑌聲。」（卷八人部新附）「䡅」從車，大概表示「車行列」的意思。例：

　　　　「宮廐令所馭乘～。」（《曾》4）／「黃孛所馭～軒。」（《曾》28）／「黃㷸馭～軒。」（《曾》128）／乘～。」（《曾》170）／「～軒。」（《曾》172）／「～軒之馬甲。」（《曾》簽 1、2）

案：☞本文第六章二十九，䡅／隢。

11. 辛部（2）

辟

　　【古】【名】農夫之貶稱；商人之貶稱。《方言》：「僆、罷，農夫之醜稱也。南楚凡罵庸賤謂之田僆；或謂之罷；或謂之辟。辟，商人醜稱也。」（卷三）

案：文獻中，「辟」有「邪辟」的意義，例：「民之多辟，無自立辟。」（《毛詩・大雅・民勞》）楚語所用，是其引申義。

辣子

　　【名】食茱萸。

案：李時珍云：「（食茱萸），楚人呼爲辣子。」（《本草綱目》卷三十二）

12. 辵部（辶同）（35）

辻（上）

在楚方言中，「辻」是方位詞「上」的動詞形體。在楚地出土文獻中，「辻」有兩種用法：

1. 【動】上溯；上沖。例：

「～灘（漢），商（適）厭……」「～江，內（入）湘……」「～江，商（適）木關，商郢。」（《鄂君啓舟節銘》）

2. 【專】人名；地名。例：

「（貸）～繭之王金不賽」「～繭之客苛明內（入）之。」（《包》150）

案：在楚地的出土文獻中，用如動詞的「上」通常作「辻」，《楚辭·九章·惜誦》：「乘舲船余上沅兮，齊吳榜以擊汰。」洪興祖《補注》云：「上，謂溯流而上也。上，上聲。」可以推想，這裏的「上」可能也是「辻」。現代粵語，動詞的「上」和方位詞的「上」沒有詞形上的差異，但存在語音上的屈折變化，前者念上聲，後者念去聲。「辻」或作「走」。☞本章「走」。

迟（起）

【動】「起」的楚方言形體。興起；起來。例：

「人多智（知）天（而）戟（奇）勿（物）慈（滋）～。」（《郭·老子甲》31）／「朝～而夕法（廢）之。」（《上博八·志書乃言》6～7）

案：《說文》「起」古文作「迟」。楚地出土文獻本有「起」（見《新蔡》簡）字，可見楚人既用通語文字，又用方言文字。

迅尹

【術】楚國官稱。當地方官員（石泉：1996：175 頁）例：

「新佁～不爲其謝，不懋。」（《包》15 反）／「（子左尹）詎之新佁～丹」「新佁～不爲僕剴（斷）」「不瞀新佁～，不敢不告見日。」（《包》16～17）／「成昜～成以告子司馬」（《包》145）／「陵～」（《包》149）／「邔～之人舒余善」（《包》191）／「佁～」

（《常》1）

案：又有「大迅尹」，則「迅尹」當爲「大迅尹」的輔佐。☞本章「大迅尹」。

迅史

【術】楚國官稱。職掌不詳。例：

「～啓之鼴（黶）爲左驌（服）」（《曾》155）／「～伐之騏爲
右驌（服）」（《曾》156）

案：「迅史」或作「迅弁」（裘錫圭、李家浩：1989：498 頁）。

迅敏（令）／迅命（令）

【術】楚國官稱。職掌不詳。例：

「～人周甬」（《包》77）／「～弁狀」（《包》194）

「迅敏（令）」或作「迅命（令）」。例：

「集～登嘉」（《包》164）

迅缶

【名】楚地一種盛酒器。「應即尊缶之異稱。」（劉彬徽：1995：182 頁）
例：

「一～」（《信》2·014）／「一～」（《望》2·54）

案：廣瀨熏雄別釋爲「卜缶」〔註84〕。「迅缶」或作「尊缶」。☞本章「尊缶」。

徙

【動】遷徙。《說文》：「徙，迻也。从辵止聲。」（卷二辵部）例：

「使民重死而不遠～。」（《老子》八十章）／「楚人謀～於阪
高。」（《左傳·文十六》）／「海運則將～於南冥。」（《莊子·內篇·
逍遙遊》）

案：劉賾有考（1934：179 頁）。

迆（過）

〔註84〕 參氏著《釋「卜缶」》，載《古文字研究》28 輯，中華書局，2010 年 10 月第 1
版。步雲案：從字形上看，廣瀨熏雄所說頗爲牽強，從字義考慮，也遠未如「迅
缶」圓通。

「迱」是「過（度也）」的楚方言形體，有以下幾種用法：

1. 【動】超過。例：

「～期不賽金」（《包》105、106、108、109、110、112、113）
／「夜～分又閒」（《天・卜》）／「而（富）貴已～也」（《郭・緇衣》
20）／

2. 【專】人名。例：

「黃～」（《天・卜》）／「尹～」（《天・卜》）

3. 【名】過失；過錯。例：

「〔其〕～十氫（舉），其心必才（在）安（焉）。」（《郭・性自
命出》38）／「凡～，正一以遊（失）其迱（它）者也。」（《郭・
語叢二》40）

4. 【動】犯……過失；犯……過錯。例：

「教不教，遉（復）眾之所～」（《郭・老子甲》12）／「學不
學，遉（復）眾之所～」（《郭・老子丙》13）

5. 【名】通作「禍」，禍殃；灾禍。例：

「～如蟾」（《信》1・04）

從……以至……

【組】表示一段時間的介詞＋連詞結構。例：

「義懌〔以〕長剌爲邸陽君番勳貞：從七月以至來歲之七月？」
（《天・卜》）／「晵（侍）王從十月以至來歲之十月」（《天・卜》）

案：在古漢語中，這類介詞＋連詞結構十分罕見，相反地，與現代漢語倒相當接
　　近。

迷／趚（趎）

「迷」可能就是《莊子・庚桑楚》中所提及的（楚人）南榮趎的「趎」字
異體〔註85〕。《說文》無「趚」字。大概許慎未及見。也許就是「趣」的楚地
形體。「朱」「取」上古音分別爲章紐侯韵和清紐侯韵，通用爲聲符應沒有問

〔註85〕　南榮趎，《漢書・古今人表》作「南榮疇」，疇或作儔，又作壽。《淮南子》作
　　　　　「南榮㠵」。恐怕都是「趎」的通假字。

題。《說文》:「趣,疾也。」(卷二走部)楚簡用如此。例:

> 「君命～爲之劃(劗)。」(《包》135 反)／「命～爲之劃(劗)。」
> (《包》137 反)／「志事～得,皆～賽之。」(《包》200)／「～
> 害之厭一䝤(貚)於地宝。」(《包》219)／「疠(病)～瘩(瘥)。」
> (《包》220)／「尙(當)～瘩(瘥)。」(《包》236 等三例)／
> 「至新父句,囟紫之疾～瘩(瘥),紫牌(將)罜(擇)良月良日,
> 牌(將)～賽。」(《秦》1·3 等三例)／「獸遚返,遲～。」《天·
> 卜》／「～賽禱惠公戠㲋。」(《天·卜》)／「疾～又瘳。」(《天·
> 卜》)／「尙(當)～得事。」(《望》1·22)

案:或隸定爲从辵从兼(湖北省荊沙鐵路考古隊:1991a:字表;滕壬生:1995:
　　155 頁)。曾侯乙墓簡見「兼」字,細加比較自見其異。或徑作「速」(張守
　　中:1996:22 頁;張新俊、張勝波:2008:43～49 頁;湯餘惠:2001:94
　　頁)。古文字見「速」字,形體與此相去頗遠。☞本文第六章二十四,迷／遬
　　(趚)。

御士

【古】【術】國君御車者。其職守主管王之車馬,王出則爲王駕車,與後世
太僕之官相似(石泉:1996:411 頁)。周、宋也設有「御士」一職。例:

> 「(令尹)子南之子棄疾爲王～。」(《左傳·襄二十二》)／「單
> 公子愆期爲靈王～。」(《左傳·襄三十》)

案:吳永章有考(1982)。

御龜／御霝

【術】占卜用具。例:

> 「～」(《天·卜》)

「御龜」或作「御霝」。例:

> 「～」(《天·卜》,凡三例)

逾(路)公

【術】楚國官稱,殆主事刑法。例:

> 「嬴～角戠(識)之,義得」(《包》18)／「羕～」(《包》41)

／「郊～蟲（蛙）戠（識）之」（《包》81）／「嬴～角、宵陕爲李
（理）」（《包》86）／「邡～壽、義得爲李（理）」（《包》94）／「白
～繇、登行」（《包》150）

按：楚地的出土文獻，「路」作「迲」。例如：「而相弁（辯）：棄之大迲（路）。」
（《包》121）或通作「輅」。例如：「大迲（輅）」（《天・策》）「迲（輅）車二
乘」（《曾》115）「戎迲（輅）」（《曾》177）。或以爲「可能是負責各地道路交
通之官」（石泉：1996：308 頁）。

迲（路）尹

【術】楚國官稱，殆主事地方事務。例：

「郊～屖」（《包》128）／「郊～屖」（《包》141）／「郊～屖」
「鄙～憍執小人於君夫人之故愴」（《包》143）／「所逗于郊～屖」
（《包》179）

迹迹

【形】不安的樣子。《方言》「迹迹、屑屑，不安也。江、沅之間謂之迹
迹。秦、晉謂之屑屑；或謂之塞塞；或謂之省省。不安之語也。」（卷十）

徨／徥（逆）

「逆」的楚方言形體。在楚地出土文獻中，「徨／徥」有以下用法：

1. 【動】迎接。《說文》：「逆，迎也。从辵屰聲。關東曰逆，關西曰迎。」
（卷二辵部）例：

「大司馬卓滑～楚邦之師徒以救郙之歲。」（《包》226 等，凡
十一例）

2. 【動】會同。例：

「不～襲倉以廷。」（《包》19）／「不～邻大司敗以盟。」（《包》
23）／「越涌君嬴～其眾以歸楚之歲。」（《常》1）

3. 【動】通作「失」。例：

「亞（惡）～＝道於脂（嗜）谷（欲）。」（《上博七・武王踐阼》
9）／「立（位）難尋（得）而惕（易）～。」（《上博七・武王踐阼》
10）

案：原篆作「𨒅」、「𨒗」，通常隸定為「迬」和「徎」。或引徐中舒說讀作「將」（湖北省荊沙鐵路考古隊：1991a：42 頁）。劉信芳則認為字當分別讀為「詳」、「將」和「祥」（1996a：78～86、69 頁）。或讀為「將」（黃德寬：2002）。都祇能切合部分文例。甲骨文已經有表將來時間的「將」字〔註 86〕，但金文卻迄今未見。因此，春秋戰國以後的出土文獻通常用「牁（醬）」為「將」，例如：「州人牁（將）敓（捕）小人。」（《包》144）顯然，再把「徎」和「迬」讀為「將」就不是那麼合適了。大概因為楚簡已有「逆」字（例如《包》271、275），所以學者們不再把「迬」和「徎」釋為「逆」。其實，除了多了一匸外，兩字形體實在是非常接近的。再結合「逆」字的另一種隸定形體「迁」考慮，實在有理由相信楚簡的這兩個形體就是「逆」。最關鍵的是，帛書有「𨖊」這麼一字。「𨖊」一般隸定為「遴」，學界比較一致的意見是釋為「逆」（曾師憲通：1993b：96 頁）。我以為「𨒅」、「𨒗」，尤其是「𨒗」（《包》228）也就是「𨖊」的另一種寫法。當然，何以存在兩種形體，筆者目前還無法作出合理的解釋。☞本文第六章十五，迬／徎。

遾（衕）

【名】「遾」是「巷」的楚方言形體。「衕」即「巷」。《正字通》：「衕，同巷。」（卷九行部）《說文》：「𧗸，里中道。从𨛜从共。皆在邑中所共也。巷，篆文从𨛜省。」（卷六𨛜部）楚地出土文獻用如此。例：

> 「小人逃至州～，」（《包》144）／「夫子曰：『好媺（嫩）女（如）好《茲（緇）衣》，亞亞（惡惡）女（如）亞（惡）《～白（伯）》，則民臧旎（它）而型（刑）不屯。』」（《郭·緇衣》）

案：在《郭》簡面世之前，「遾」字是不認識的〔註 87〕。好在《緇衣》有傳世文獻可供對讀。相對應的文字如下：「子曰：『好賢如《緇衣》，惡惡如《巷伯》，則爵不瀆而民作願；刑不試而民咸服。』」（《禮記·緇衣》）《緇衣》是《詩經·

〔註 86〕 請參譚步雲《武丁期甲骨文時間修飾語研究》，載《2004 年安陽殷商文明國際學術研討會論文集》，社會科學文獻出版社，2004 年 9 月第 1 版。

〔註 87〕 或祇摹出原形（湖北省荊沙鐵路考古隊：1991a：27 頁）。或作「存疑字」（張守中：1996：244 頁）。《戰國文字編》出，諸字就都收入「巷」字條目下了。參湯餘惠等（2001：453 頁）。

鄭風》的篇名，《巷伯》是《詩經‧小雅》的篇名。可知「遜」就是「巷」。
又因爲楚簡有「街」這個形體，纔讓我們瞭解「街」原來源自「街」，而「遜」，
則是「街」的異體。☞本章「街」。

連尹

【術】射官。例：

「～襄老」（《左傳‧宣十二》）／「屈蕩爲～。」（《左傳‧襄十
五》）／「（費無極）喪大子建，殺～奢。」（《左傳‧昭二十七》）／
「～之鉨」（《分域》1037，即《古璽》0145）

按：吳永章有詳考（1982）。

連囂（敖）／連翾（敖）

【術】楚國官稱。「其職掌或以爲『典客』，或以爲『司馬』。」（石泉：
1996：191頁）例：

「新官～郚遣、犨得」（《包》6）／「鄝戠上～」（《包》10）／
「鄙～競忬」（《包》110）／「～」（《包》112）／「～」（《包》118）
／「～」（《包》127）／「～」（《包》163）／「～」（《包》170）／
「～」（《包》180）／「～」（《包》191）／「～」（《包》211）／「～」
（《包》225）／「～」（《包》243）／「～」（《秦》13‧8）／「～
之鉨」（《古璽》0318）／「袼於新父蔡公子家戠牛、豮（臘）、酉（酒）
飤（食），饋之；袼新母肥豵（豬）、酉（酒）飤（食）；舉禱東陵～
肥豵（豬）、酉（酒）飤（食）。」（《包》202～203）

「連囂（敖）」或作「連翾（敖）」。例：

「鄰～東臣所馭政車」（《曾》12）／「陵～悼馭楄轂」（《曾》
73）

案：「連囂／連翾」，在傳世典籍中作「連敖」。

逞

【形】快。《方言》：「速、逞、搖扇，疾也。東齊海岱之間曰速。燕之外
鄙、朝鮮、洌水之間曰搖扇。楚曰逞。」（卷二）又：「逞、曉、恔、苦，快
也。自關而東或曰曉；或曰逞。江、淮、陳、楚之間曰逞。宋、鄭、周、洛、

韓、魏之間曰苦。東齊海岱之間曰恔。自關而西謂之快。」（卷三）《說文》：
「逞，通也。楚謂疾行爲逞。《春秋傳》曰：『何所不逞欲。』」（卷三辵部）
例：

「～志究欲，心意安只。」（《楚辭・大招》）

案：杭世駿（《續方言》卷上葉九）、李翹（1925）均有考。

透

【形】驚。《方言》：「遄、獡、透，驚也。自關而西，秦、晉之間凡蹇者
或謂之遄，體而偏長短亦謂之遄。宋、衛、南楚凡相驚曰獡；或曰透。」（卷
二）例：

「騰趠飛超，爭接縣垂，競游遠枝，驚～沸亂，牢落翬散。」
（左思《吳都賦》）

遄

【形】跛。《方言》「遄、騒、㿱，蹇也。吳、楚偏蹇曰騒。齊、楚、晉曰
遄。」（卷六）在文獻中引申爲「遲暮」、「蹇滯」。例：

「春秋～～而日高兮，然惆悵而自悲。」（《楚辭・九辯》）／「舒
并節以馳騖兮，～絕垠乎寒門」（《楚辭・遠遊》）

案：今粵語沿用。

遳／邆（迻）

【動】「遳／邆」是「迻」的楚方言的形體，「移易」的意思。《說文》：
「迻，遷徙也。从辵多聲。」（卷二辵部）

「凡此籍也，既津（盡）～。」（《包》204）／「～廊合之祝。」
（《包》210、214）／「～古（故）籍。」（《包》213）／「～石被
裳之祝。」（《包》214）

「遳」或作「邆」。例：

「～吝（文）君之祝。」（《新蔡》甲三：99）／「～……」（《新
蔡》甲三：169）／「～暊……」（《新蔡》甲三：209）／「～鹽脂之
祝」（《新蔡》甲三：212）／「～亓（其）疋（正）祝。」（《新蔡》
甲三：300）／「～彭定之祝。」（《新蔡》乙二：30）

案：「遻」，學者謂「逡字異體」（湖北省荊沙鐵路考古隊：1991a：54頁）。考察相關文例，無疑是正確的。楚地出土文獻中有「逡」字，或用如本字：「又（有）德者不逡」（《郭．語叢二》48）或用如人名：「妾婦逡」（《包》173）可見楚人在使用方言用字的同時也使用通語文字。

遠

【古】【形】遠離；遙遠。《方言》「伆、邈，離也。楚謂之越；或謂之遠。吳、越曰伆。」（卷六）例：

「公使厚成叔弔於衛曰：『寡君使瘠聞，君不撫社稷而～在他竟。若之何不弔以同盟之故，使瘠敢私於執事。』」（《左傳．襄十四》）／「曰：『子不聞夫～之流人乎？去國數日，見其所知而喜；去國旬月，見所嘗見於國中者喜；及期年也，見似人者而喜矣。不亦去人滋久，思人滋深乎？』」（《莊子．雜篇．徐無鬼》）

案：李翹有考（1925）。

遠柰之月／遠栾之月／遠柰

【術】楚月名，相當於秦曆十二月。例：

「～癸卯之日」（《包》207）／「～」（《天．卜》，六例）

「遠柰之月」或作「遠栾之月」。例：

「～之月丁酉……」（《新蔡》甲三：34）

「遠柰之月」或略作「遠柰」。例：

「𩠹月、～、顕（夏）柰才（在）北。」（《九》56．77）／「～內（入）」（《九》56．85）／「〔冬〕柰、屈柰、～，不可以北遷（徙）……」（《九》56．91）

案：「遠柰之月」又作「覞柰之月」；「遠柰」又作「覞栾」、「援夕」。☞本章「覞栾之月／覞栾」、「援夕」。

遙1

【形】速度快。《方言》：「汩、遙，疾行也。南楚之外曰汩；或曰遙。」（卷六）例：

「願～赴而橫奔兮，覽民尤以自鎮。」（《楚辭．九章．抽思》）

案：李翹有考（1925）。

遙₂

　　【形】遠。《方言》：「遙、廣，遠也。梁、楚曰遙。」（卷六）例：

　　　　「路貫廬江兮左長薄，倚沼畦瀛兮～望博。」（《楚辭・招魂》）

遙₃

　　【形】淫佚。《方言》：「遙、窕，淫也。九嶷、荊郊之鄙謂淫曰遙。沅、湘

之間謂之窕。」（卷十）

遙₄

　　【古】【形】同「媱」，徜徉；漫遊。例：

　　　　「二矛重喬，河上乎逍～。」（《毛詩・鄭風・清人》）／「折

　　　　若木以拂日兮，聊逍～以相羊。」「欲遠集而無所止兮，聊浮遊以

　　　　逍～。」（《楚辭・離騷》）

案：「逍遙」，學界通常認爲是連綿詞。☞本章「媱」。

遄（踵）

　　可能爲「踵」的楚方言形體。

　　1.【動】走；前往。例：

　　　　「期中將～去處不爲友」（《天・卜》）

　　2.【動】通作「動」。例：

　　　　「不可以～思」（《望》1・13）／「復天旁～」（《帛・甲》）／

　　　　「凡～民必訓（順）民心。」（《郭・尊德義》39）／「虛而不屈，

　　　　～而愈出」（《郭・老子甲》23）

案：古文字从辵从足可無別，如《說文》「远」，又作「跟」；「迹」，又作「蹟」。

　　是其證。

遭

　　【動】轉；轉向。例：

　　　　「～吾道夫昆侖兮，路修遠以周流。」（《楚辭・離騷》）／「駕

　　　　飛龍兮北征，～吾道兮洞庭。」（《楚辭・九歌・湘君》）

案：王逸注：「遭，轉也。楚人名轉曰遭。」（《楚辭章句・離騷》）杭世駿引同（《續

方言》卷上葉二）。李翹有考（1925）。駱鴻凱謂同「展（僵）」（1931：17～20頁）。

邊候

　　【術】檢查出入邊境的行人和偵察敵情的官吏。與「候人」相類。例：

　　　　「子胥出走，～得之。」（《韓非子‧說林上》）

案：吳永章有說（1982）。

遱（趣）

　　【專】曾族之名。例：

　　　　「曾矦～之行戟。」（戟文，《集成》11180、11181）／「曾矦
　　～之用戟。」（《集成》11178、11179）／「曾矦～之行簠」（簠文，
　　《集成》4488、4489）／「曾矦～之行缶。」（缶文，《集成》9996）

案：☞本章「趯（趣）」。

遱（趣）禱

　　【術】同「趯（趣）禱」，祭祀儀典。例：

　　　　「～大夫之厶（私）晉（巫）。～槀白犬」（《望》1‧119）／
　　「爲剋固～東大王、聖王……」（《望》1‧10）／「～太葡（服）
　　玉一環，矦（后）土、司命各一少（小）環，大水備（服）玉一環」
　　（《望》1‧54）／「～于宮……」（《望》1‧127）

案：☞本章「趯（趣）禱」。

遳（躋）

　　【動】「遳」可能是「躋」的楚方言形體。《說文》：「躋，登也。從足齊
聲。《商書》曰：『予顛躋。』」（卷二足部）在楚地出土文獻中均用爲人名。
例：

　　　　「正易莫囂～」（《包》111）／「易陵連囂～」（《包》112）／
　　「新都□夜公～」（《包》113）

案：古文字從辵從足可無別，如《說文》「迟」，又作「踟」；「迹」，又作「蹟」。
　　是其證。

13. 邑部（右阝同）（16）

邑公

【術】楚國官稱。「當爲負責一邑行政事務的基層行政官員。」（石泉：1996：195頁）例：

「鄗～遠忻」（《包》28）／「上臨～」（《包》79）

邧（鄖）

【專】楚地名。例：

「～司馬之州加公李瑞」（《包》22）／「～司馬」（《包》24）／「～司馬之州加公李瑞」（《包》30）／「坐馭番成飼於～……」（《包》151）／「～迅尹之人舒余善」（《包》191）／「適夏，內（入）～。」（《鄂君啓舟節銘》）

按：在楚地的出土文獻中，「云」每每作「員」。例如「《詩》云」作「《詩》員」（《上博》簡）；「圓」作「囩」（見包山等地所出竹簡）。準此，「邧」當是「鄖」的楚方言形體。「邧」亦見於傳世文獻，如《左傳・宣四》：「初，若敖娶于邧，生鬭伯比。若敖卒，從其母畜於邧，淫於邧子之女。」杜預注：「邧本作鄖。」可知「邧」作爲方言形體，早就爲史家所接受。而在楚地的出土文獻中，也衹見「邧」而不見「鄖」。《說文》：「鄖，漢南之國。从邑員聲。漢中有鄖關。」（卷六邑部）據其所釋義，可以相信「邧」也就是「鄖」。許氏之所以采「鄖」而捨棄「邧」，可能以「鄖」爲正體。

郘

【專】楚人姓氏。例：

「邸昜君之人～公番申」（《包》98）／「～己之述」（《新蔡》甲三：343-1）／「楚叔〔之〕孫～〔子〕倗之〔簋〕。」（《楚叔之孫郘子倗簋銘》）／「～子倗之尊缶。」（《郘子倗缶銘》）／「楚叔之孫～子倗之浴（浴）缶。」（《楚叔之孫郘子倗缶銘》）

案：「郘」，或以爲即「鄬」（李零：1981；劉彬徽：1984；趙世綱：1991）。或作同「薳」（河南省文物考古研究所：2003：199頁）。

扈

【動】被；披。例：

「～江離與辟芷兮，紉秋蘭以爲佩。」（《楚辭・離騷》）

案：王逸注：「楚人名被爲～。」（《楚辭章句・離騷》）杭世駿（《續方言》卷上葉
　　十九）、李翹均有考（1925）。駱鴻凱謂「『幠』之假」（1931：17～20頁）。

邴／秛（梁）

　　【專】「邴／秛」是「梁」的楚方言形體，地名，可指代魏國，也可指代魏
國首都「大梁」。例：

　　　　「～人猷慶」（《包》179）

「邴」或作「秛」。例：

　　　　「～人猷慶」（《包》163）／「～人猷宜」（《包》165）／「～
　　人猷慶」（《包》169）

案：「邴」從邑丣聲，「秛」從邑秫（楚方言「梁」字）聲。魏人「梁」作「邶」
　　（例如《梁廿七年鼎銘》），可以視爲正體。楚人所用，則爲異體。或以爲「秫」
　　「秛」有別，前者指魏大梁，後者指楚梁縣（劉信芳：1996a：80頁）。蓋不
　　明通假本字之別耳，《包》163、169、179可證，三簡之「猷慶」，當同一人。

郔（越）

　　1.【專】「郔」是「越」的楚方言形體，用爲國名，可能就是指春秋時的
越地。例：

　　　　「一～鎬劍」（《仰》25・27）

　　2.【專】曾侯之名。例：

　　　　「曾庚～乍（作）旹（持）。」（戈文，《集成》11094、11095）
　　／「曾庚～之用戈。」（戈文，《集成》11174）／「曾庚～乍（作）
　　旹（持）。」（戟文，《集成》11097）／「曾庚～之行戟。」（戟文，
　　《集成》11175、11176、11177）／「曾庚～之戟。」（戟文，《集
　　成》11098）／「曾庚～」（戟文，《集成》10981）／「曾庚～之用
　　殳」（殳文，《集成》11567）／「曾庚～乍（作）旹（持）。」（簠
　　文）〔註88〕

〔註88〕湖北省文物考古研究所編《曾國青銅器》375～376頁，文物出版社，2007年
　　　　7月第1版。

案：事實上，用爲國名的「越」，在出土文獻中是沒有的，甚至連越國人自己也不
　　使用「越」爲國名。或作「戉」，或作「邧」。後者可能是前者的後起形體。楚
　　地出土文獻的「邧」，恐怕是沿用越人的形體。

邧（越）異

【專】楚地名。例：

　　　　「～之司敗番覤受期」（《包》46、64）／「～之大（太）帀（師）
　　邧價」（《包》46、64）／「～之司敗番豫受期，」「～之大（太）帀
　　（師）價」（《包》52）／「～之司敗番追」（《包》55）／「～之黃
　　金」（《包》103、105、106、107、108、109、110、111、112、113、
　　114）／「～之鉾（釆）金」（《包》115）／「～之金」（《包》116、
　　117、118、119）／「～之人周睿」（《包》165）

郊尹

【術】楚國官稱。治郊境大夫（杜預注），是管理國都郊區行政事務的官員
（石泉：1996：253頁）。例：

　　　　「奪成然邑而使爲～。」（《左傳・昭十二》）
案：吳永章有考（1982）。

郎中

【術】楚國官稱。「爲楚王侍從警衛之官，疑爲郎尹屬員。管理楚王的車騎
飲食，充任侍衛，隨從於王左右。」（石泉：1996：266頁）或謂保護國君的衛
士（吳永章：1982）。例：

　　　　「朱英謂春申君曰：『君先仕臣爲～。……』」（《戰國策・楚策
　　四》）

郎尹

【術】楚國官稱。主郎官之尹（高誘注）或謂「主管郎官之官……即楚王
身邊侍從武官之首，負責楚王的安全警衛」（石泉：1996：266頁）。例：

　　　　「（令尹子國）伏～而笞之三百。」（《淮南子・人間訓》）
案：吳永章有考（1982）。

鄀公子春／鄀公子芚／鄵公子春

【專】左尹舵之先祖，祭祀的對象。例：

> 「罷禱文坪夜君、～、司馬子音、鄴（蔡）公子豪（家）各戠
> 豢、酉（酒）飤（食）。」（《包》200）／「賽禱文坪夜君、～、司
> 馬子音、鄴（蔡）公子豪（家）各戠豢，饋之。」（《包》214）／「壨
> （趣）禱文坪蚩君子良、～、司馬子音、鄴（蔡）公子豪（家）各
> 戠豢，饋之。」（《包》240～241）

「邵公子春」或作「邵公子芚」。例：

> 「罷禱文坪奈君、～、司馬子音、鄴（蔡）公子豪（家）各戠
> 豢、酉（酒）飤（食）。」（《包》203）

「邵公子春」或作「鄴公子春」。例：

> 「罷禱于文坪夜君、～、司馬子音、鄴（蔡）公子豪（家）各
> 戠豢，饋之。」（《包》206）

案：「邵公子春」又作「吾公子春」。☞本章「吾公子春」。

郢

1. 【專】楚國首都。《說文》：「郢，故楚都，在南郡江陵北十里。」（卷六
邑部）例：

> 「以逅～」（《包》128反）

2. 【專】別都名。例：

> 「藍～」（《包》7、《新蔡》甲三：297等）／「蔡（栽）～」（《包》
> 126）／「腜～」（165、172）／「挪（邧）～」（《包》169）／「鄳
> （鄴）～」（《新蔡》甲一：3等）

案：楚地出土文獻，既有「郢」，又有「某郢」，或以爲「當有正式都城與別都」（湖
北省荊沙鐵路考古隊：1991a：41頁）。

鄀尹

【術】楚國官稱。例：

> 「～之陸薾倚、邵寅」（《包》184）

按：「『青』從邑，是表示某種職掌還是地名用字，待考。」（石泉：1996：222頁）
在包山所出楚簡中，「鄀」爲邑名無可疑，《包》179明言「鄀邑」，是其證。

因此，所謂「郚尹」，也就是郚地之尹。

郰尹

【術】楚國官稱。例：

「～之人敓兮」（《包》164）

案：「复從邑旁，是表示某種職掌還是地名用字，待考。」（石泉：1996：300頁）

《包》165 云：「郰敔（令）之州加公苛睧」「郰」用爲邑名無可疑。因此，所謂「郰尹」，筆者傾向於視之爲一邑之長。

鄭舞

【專】舞蹈名稱。例：

「二八齊容，起～些。」（《楚辭・招魂》）

案：李翹有考（1925）。

鄳（蔡）

「鄳」爲「蔡」的楚方言形體。

1. 【專】地名，可能指春秋時蔡地。例：

「下～」（《包》120、163、182）／「中厩馭～臣」（《包》175）／「二～釶」（《仰》25・28）

2. 【專】姓氏；人名。例：

「～齮之驈爲右驌（服）」（《曾》142）／「～遺」（《包》18）／「～串」（《包》66）／「～觠」「～瀼」（《包》102）／「～逯」（《包》130）／「～惑」「～冒」（《包》138）／「～得」（《包》166）／「～軛」（《包》167）／「～叡」（《包》170）／「～己」（《包》183）／「～郗」（《包》184）／「～丙」（《包》191）／「～齊」（《包》192）／「～膽」（《包》193）／「～步」（《包》194）／「戠～」（《包》142）／「馨（鄅）～」（《包》180）／「登～」（《包》187）

鄳（蔡）公子彖（家）

【專】左尹舵已故的父親，祭祀的對象。例：

「罷禱文坪夜君、邵公子春、司馬子音、～各戠彖、酉（酒）飤（食）。」（《包》200）／「祒於新（親）父～戠牛、豵（臘）、

酉（酒）歙（食），饋之。」（《包》202）／「罷禱文坪柰君、邸公
子芚（春）、司馬子音、～各戠豬（豢）、酉（酒）歙（食）。」（《包》
203）／「罷禱於文坪夜君、鄯公子春、司馬子音、～各戠豢，饋
之。」（《包》206）／「賽禱文坪夜君、邸公子春、司馬子音、～
各戠豢，饋之。」（《包》214）／「趩（趣）禱文坪星君子良、邸
公子春、司馬子音、～各戠豢，饋之。」（《包》240～241）／「趩
（趣）禱吾公子春、司馬子音、～各戠豢，饋之。」（《包》248）

陸

　　【專】通作「陸」，車行列。例：

　　　　「黃淡所馭～軒。」（《曾》26）

案：☞本文第六章二十九，陸／陸。

14. 酉部（14）

奠（甕）

　　【名】原篆象雙手捧酉之形，可以隸定爲「奠」，可能就是「甕」的楚方言
形體。在楚地的出土文獻中，「奠」有兩個義項：

　　1. 容器。例：

　　　　「酓（熊）肉酭（醢）一～、菣（菣）酐（醢）一～、鯖一～、
醢一～、麇一～、螞粒一～。」（《包》255～256）

　　2. 度量衡單位。例：

　　　　「邸姬府所造，重十～四～釡（格）朱（銖）。」（《擲陵君王子
申攸豆銘》）

案：☞本文第六章二，奠（甕）。

酓忎

　　【專】楚王的名字。「忎」從心干聲，是「悍」的楚方言形體。「酓忎」，就
是文獻所載楚幽王熊悍。例：

　　　　「楚王～戰獲兵銅，」（《楚王酓忎鼎銘》、《楚王酓忎盤銘》）

酓前

　　【專】楚王的名字。例：

「楚王～乍（作）鑄金甬（鎬）鼎」（《楚王酓前鎬鼎銘》）／「楚王～乍（作）鑄鈍（匜）鼎」（《楚王酓前匜鼎銘》）／「楚王～乍（作）鑄金臣（簠）」（《楚王酓前簠銘》）／「楚王～乍（作）爲鑄盤」（《楚王酓前盤銘》）

案：「前」，原篆作𩰫，諸家考釋不一：或作「資」；或作「䏙」；或作「肯」；或作「𦙫」；或作「肎」；或作「胄」；或作「前」。於是便有了楚文王、楚王負芻、楚考烈王熊元、楚哀王熊猶諸說〔註89〕。

酓㤈

【專】楚王的名字。例：

「楚王～乍（作）寺（持）。」（《楚王酓㤈匜銘》）／「楚王～乍（作）寺（持）盥盤。」（《楚王酓㤈盤銘》）

案：「㤈」字還見於《包》95、185，均用爲人名。原隸作「㤈」（湖北省荊沙鐵路考古隊：1991a：23、31頁），後來或作「㤈」（張守中：1996：165頁）。楚王酓㤈諸器的出現證明後者是正確的。不過，「㤈」字《說文》所無。因此，「酓㤈」，或以爲即文獻所載楚平王熊居〔註90〕，或以爲楚悼王熊疑〔註91〕，或以爲楚簡王熊仲〔註92〕，或以爲楚昭王熊珍〔註93〕。迄無定論。

酓章

【專】楚王的名字。即典籍所載楚惠王熊章。例：

「楚王～乍（作）曾侯乙宗彝。」（《楚王酓章鎛銘》）／「楚王～爲趑□士鑄劍。」（《楚王酓章鎛銘》）

〔註89〕 參劉彬徽《楚系青銅器研究》357頁，湖北教育出版社，1995年7月第1版。

〔註90〕 參看吳鎮烽《競之定銅器群考》，載《江漢考古》2008年1期。張光裕《新見楚式青銅器器銘試釋》，載《文物》2008年第1期。李學勤《論「景之定」及有關史事》，載《文物》2008年第2期。

〔註91〕 參黃鳳春《新見楚器銘文中的「競之定」及相關問題》，載《江漢考古》2008年第2期。鄔芙都與之，參氏著《「楚王酓㤈考」》，載《紀念徐中舒先生誕辰110周年國際學術研討會論文集》，巴蜀書社，2010年12月第1版。

〔註92〕 參許全勝《楚王、秦戎與洛之戎：新見先秦西戎史料初探》，載2008年03月09日《文匯報》。

〔註93〕 參王輝《也說崇源新獲楚青銅器群的時代》，載《收藏》2007年第11期。

酓璋

【專】楚王的名字。或以爲典籍所載楚威王熊商〔註94〕。例：

「楚王～嚴糞寅作戈。」（《楚王酓璋戈銘》）

酓鹿（麗）

【專】楚人先祖，即熊麗。在楚地出土文獻中，「酓麗」已神格化，成爲祭祀的對象。例：

「㘴（趎）禱畑（荊）王，自～以商武王五牛、五豕。」（《包》
246）

案：「鹿（麗）」原篆作「」。考釋者謂其形近《汗簡》所載「澤」字，考定爲「睪」，通作「繹」（湖北省荊沙鐵路考古隊：1991a：58 頁）。楚簡「睪」字多見，作「」（《包》121 等），與「」相去甚遠。所以後出的文字編多作「鹿」（張守中：1996：155 頁；滕壬生：2008：861 頁）。不過，楚王「酓鹿」史書不載，且《包》簡中數見人名爲「酓鹿」（179、181、190）者。因此，「」可能不是「鹿」。或讀爲「麗」，「酓麗」即鬻熊之孫熊麗〔註95〕。可能是正確的。武王則爲熊麗的第十四代孫。昭王爲武王的第十一代孫。聖（聲）王爲昭王之曾孫。這裏有個疑問：學術界傾向於「惡王」即「昭王」，然而聖（聲）王卻位居惡王之前，不大合乎「父父、子子」之道，除非「惡王」不是「昭王」。因此，或以爲「惡」讀如「悼」，「惡王」即「悼王」（湖北省文物考古隊、北京大學中文系：1995：90～91 頁）。也許是對的。

酷佫／酷官

【名】暴虐的小臣。例：

「郖昜（陽）之～黃齊、黃鼃皆以甘臣（簠）之〔歲〕爨月死於小人之敬邵戊之笑邑。」（《包》125）

「酷佫」或作「酷官」。例：

「司豊之壄邑人桯甲受泟昜（陽）之～黃齊、黃鼃」（《包》124）

〔註94〕 參李家浩《楚王酓璋戈與楚滅越的年代》，載《文史》第 24 輯，中華書局，1985 年 4 月。

〔註95〕 參何琳儀《楚王熊麗考》，《中國史研究》2000 年第 4 期，第 13～16 頁。

／「既發笄，廷正易（陽）之～之客。里（往）倚爲李（理）。」
（《包》125 反）

案：《釋名》：「酷，虐也。」（卷第八）《說文》：「倌，小臣也。从人从官。《詩》曰：『命彼倌人。』」（卷八人部）所謂「酷倌」，恐怕就是指暴虐的小臣。

酪尹

【術】楚官稱。例：

「囂～之州加公馱瞿（貍）」（《包》165）／「大室～猞」（《包》177）

案：或謂「所司何職未詳。」（石泉：1996：480 頁）

酪差（佐）

【術】楚官稱，可能是「酪尹」的輔佐。例：

「～鄝惑」（《包》138）

案：「當爲酪尹之副職。具體職司不詳。」（石泉：1996：480 頁）

醯（醯）

【名】根據楚方言「糸」作「奚」的規律，「醯」當作「醯」，也就是「醯」的楚方言形體。《說文》：「醯，酸也。作醯以鬻以酒，从鬻酒，並省，从皿。皿，器也。」（卷五皿部）楚語用如此。例：

「～一翼（瓮）。」（《包》256）

案：或以爲通「腏」（湖北省荊沙鐵路考古隊：1991a：60 頁）。不確。《包》簡中別有「脯」，因此不必通作「腏」。《說文》：「腏，脯也。」（卷五肉部）原篆作「醯」，分明从酉糸（奚）聲，可知其意義與醬醋類相關。迄今爲止，切合許氏關於「醯」的說解的形體祇見於睡虎地秦簡。可能地，楚簡所見的「醯」正是古體。在古代的飲食及祭祀禮儀中，醬、醋與食物的配置非常重要，所以《周禮·天官冢宰（下）》載有司職其事的小吏醯人。「醯」古音曉紐支韵，「奚」則匣紐支韵。兩者讀音相近可通。《包》簡中「醯」與「醯」並舉，而《周禮》則「醯人」「醯人」同列，恐怕不是巧合吧。因此，原篆當釋爲「醯」。☞本章「糸（奚）」。

醭

【形】發黴。《說文》:「醭,麴生衣也。」(卷十四酉部)

案:劉賾所考(1930:165 頁)。

酓(熊)

【名】「熊」的楚方言形體。《說文》:「獸似豕,山居,冬蟄。从能炎省聲。」(卷十熊部)楚語用如此:

「～肉醢一瓮。」(《包》255)

案:原篆作「酓」,無釋。細審字形,實從三今從酉,即「酓」的繁構,亦即典籍之「熊」。字增繁,殆與作姓氏之「酓」區別開來。《酓審盞》之「酓」下有專名號,證明作姓氏之「酓」與作動物名之「酓」均用同一字表示。熊爲古人的珍羞,許多典籍都有提及。例如:《孟子‧告子(上)》:「孟子曰:『魚,我所欲也,熊掌亦我所欲也;二者不可得兼,捨魚而取熊掌者也。』」楚人嗜食熊肉,則見《左傳‧文公元年》:「(楚成)王請食熊蹯而死。」此事亦見於《史記‧楚世家》:「成王請食～蹯而死。」或作「醹」(袁國華:1994:第五章第二十八字考釋)。未確。

醨

【形】酒盡;水盡。《說文》:「醨,飲酒盡也。从酉嚼省聲。」(卷十四酉部)例:

「魯人有自喜者,見長年飲酒不能～,則唾之,亦效唾之。」

(《韓非子‧外儲說左上》卷十一)/「文侯受觴而飲,～而不獻。」

(《淮南子‧道應訓》)

案:劉賾所考(1930:166 頁)。

15. 里部(1)

釐孳

【名】孿生。《方言》:「陳、楚之間凡人、獸乳而雙產謂之釐孳。秦、晉之間謂之僆子。自關而東,趙、魏之間謂之孿生。」(卷三)

八畫（凡70）

1. 金部（29）

鈦

　　【名】刑具。《說文》：「鈦，鐵鉗也。从金大聲。」（卷十四金部）《史記・平準書》載：「敢私鑄鐵器、煮鹽者，鈦左趾。」楚地出土文獻所用，當其本義。例：

> 「釾（牝）～」（《天・策》）／「悳（直）～」（四例。《天・策》）
> ／「白金之～。」（六例。《天・策》）／「赤金之～，……縈組之鑲
> （圉）～。」（《包》272）／「白金之～，……縈組之鑲（圉）之～。」
> （《包》276）

案：劉信芳讀爲「軚」（1996b：186～187 頁）。可備一說。不過，據典籍所載，「鈦」爲枷鎖殆無可疑。「鎖」，今天廣州話音「塔」，其本字可能就是「鈦」。「鈦」從「大」得聲，「大」上古爲入聲字，定紐月部。而「塔」則从「荅」得聲，「荅」上古音端紐緝部。二字音近。況且，「鈦」字所从「大」，部分正象桎梏加於人手之上之形（見《天・策》）。《天・策》又云「釾（牝）鈦」（應有「牡鈦」，與之爲一對兒）、「德（直）鈦」，《包》簡又云「鑲（圉）鈦」，可知「鈦」當用如本字。包山墓主人爲司法官員，以刑具同葬亦頗合情理。我們發現，墓葬中有稱之爲「環」的數種器物〔註96〕，其中可能就有「鈦」。「鈦」或省金作「大」。☞本章「大」。

鉐（砳）

　　【名】「鉐」可能是「砳」的楚方言形體。「砳」同「磔」。《集韻・陌韻》：「磔，陟格切。《說文》：『辜也。』通作『砳』。」《漢書・刑法志》：「諸死刑皆磔於市。」相當於棄市。《禮記・月令》：「命國難，九門磔攘，以畢春氣。」宋・陳澔注：「裂牲謂之磔。」（《禮記集說》卷三）《爾雅・釋天・星名》：「祭風曰磔。」郭璞注：「今俗當大道中磔狗。云以止風。此其象。」在楚簡中，「鉐」可能用以指肢解的刑具。例：

〔註96〕　參湖北省荊沙鐵路考古隊《包山楚墓》圖版七五，文物出版社，1991 年 10 月
　　　　第 1 版。

「赤金之～」(《包》牘1)

按：劉信芳讀爲錯（1996b：187 頁）。存此備考。原篆作「鈦」，是因爲它用「赤金」製造，所以從金。竹簡文例與「銍（桎）」對舉，可知「鈦」當爲刑具。今粵方言猶用「砧」，意思是「用石重壓」。

鉗

【形】凶惡。《方言》：「鉗、痰、懣，惡也。南楚凡人殘罵謂之鉗；又謂之痰。」（卷十）

案：或以爲瑤族語詞（嚴學宭：1997：400 頁）。

鉤格

【名】鉤。《方言》「鉤，宋、楚、陳、魏之間謂之鹿觡；或謂之鉤格。自關而西，謂之鉤；或謂之鐷。」（卷五）

鋆（盌）

【名】「鋆」是「碗」的楚方言形體。《說文》：「盌，小盂也。從皿夗聲。」（卷五皿部）例：

「一～」(《信》2・01) ／「二深～、一淺（淺）～」(《信》2・08) ／「一深～、一柔（承）然之～」(《信》2・014)

案：「鋆」從金，如同木豆作「梪」金豆作「鋀」一樣，器殆以青銅鑄造。

鉈

1. 【名】矛。《說文》：「鉈，短矛也。從金它聲。」（卷十四金部）例：

「藏～於人，去戚自閭。家有鶴膝，戶有犀渠。」（左思《吳都賦》）／「……一矛，□金之～。」(《仰》25・18)

案：徐乃昌引《類篇》云：「江、淮、南楚之間謂矛爲鉈。」(《續方言又補》卷上)

2. 【名】「匜」的楚方言形體。例：

「一盤，一～。」(《包》266) ／「一～」(《信》2・08) ／「一～」(《仰》25・34) ／「二～，卵盞」(《望》2・46)

鋞（圣）

【量】字書不載，可能就是「圣」的後起字。《說文》：「圣，汝、潁之間致

力於地曰圣。」（卷十三土部）。楚簡用爲量詞，義爲「塊」。例：

「爱屯二儋之飤（食）金～二～。」（《包》147）

案：《說文》所釋爲方言義無疑。按照楚地文獻表示數量的慣例，前一鋥當是十鋥之省。（西漢）泥質冥版云：「……金十兩二兩折作黃金斤半兩」〔註97〕「斤」便是「一斤」之省略。正如「百」表示「一百」（《包》140）一樣，有時卻又明確書以「一百」（《包》115）。「圣」的讀音，宋人標爲「苦骨切」，這是今日廣州話「窟」（塊，例如：一岩一窟）字之所本。楚文字「鋥」從金，表明「鋥」用作版金的度量衡。我們知道，楚國的版金上有用於切割的分隔標識，所以「鋥」當指一小塊一小塊的度量。☞本文第六章二十六，鋥（圣）。

銍（桎）

【名】「銍」爲「桎」的楚方言形體。《說文》：「桎，足械也。從木至聲」（卷六木部）楚地出土文獻用如此。例：

「白金之～」（《包》272）／「赤金之～」（《包》276）／「白金之～」（《仰》25・18）／「鐘～」（《天・策》）

案：「銍」字見《說文》，云：「銍，穫禾短鐮也。從金至聲。」（卷十四金部）包山楚墓出有一鐮〔註98〕。儘管不排除簡文的「銍」就是指這件鐮，然而，「銍」既然與「釱」并舉，筆者以爲也是刑具之一。墓葬中出土了稱之爲環的數種器物〔註99〕，也許就有所謂的「銍」。況且，《包》143～144云：「甲辰之日，小人取愴之刀以解小人之桎（桎）。」分明有「桎」。可見當時有木制之「桎」，也有金制之「銍」。簡文云「白金之銍」、「赤金之銍」，可知「銍」確爲金屬器械無疑，乃楚方言的特有形體，無意之中與《說文》所載的「銍」構成了同形關係。

銖

〔註97〕 轉引自周世榮《湖南出土黃金鑄幣研究》，載湖南省楚史研究會編《楚史與楚文化研究》（《求索》增刊）173～184頁，1987年12月。

〔註98〕 參湖北省荊沙鐵路考古隊《包山楚墓》223頁，圖一四六，文物出版社，1991年10月第1版。

〔註99〕 參湖北省荊沙鐵路考古隊《包山楚墓》圖版七五，文物出版社，1991年10月第1版。

【形】刀刃不鋒利。例：

「其兵戈～而無刃。」（《淮南子・齊俗訓》）

案：杭世駿引《淮南子・齊俗訓》許愼注云：「楚人謂刃頓爲銕。」（《續方言》卷
　　上葉十六）

鋏

【名】劍。例：

「長～歸來乎，食無魚。」（《戰國策・齊策四》）

案：杭世駿引《楚辭・九章章句》王逸注云：「長劍，楚人名曰長鋏。」（《續方
　　言》卷上葉十六）駱鴻凱以爲乃「劍」之聲轉（1931）。不過，據《戰國策・
　　齊策四》所云：「齊人有馮諼者……」，則「鋏」應是齊語，除非馮諼是僑居
　　齊國的楚人，或是在楚國成長的齊人。李翹以爲「長鋏」乃楚劍名（1925）。

鞎（靲）

【名】大概是「靲」的楚方言形體。《說文》：「靲，繫牛脛也。从革見聲。」
（卷三革部）楚地出土文獻用爲馬具無疑。例：

「二馬之～」（《包》276）／「……絑纓馬之～纓」（《天・策》）

案：或云「借作靮」（湖北省荊沙鐵路考古隊：1991a：66頁）。不知何據。

鋗人

【術】同「涓人」，侍從之官。例：

「靈王於是獨仿偟山中，野人莫敢入王，王行，遇其故～。」
（《史記・楚世家》）

案：☞本章「涓人」。

鍂

【動】承受；容納。《方言》：「鍂、龕，受也。齊、楚曰鍂。揚、越曰龕。
受，盛也。猶秦、晉言容盛也。」（卷六）

錡

【古】【名】鍑；鬲；釜。《方言》：「鍑，北燕、朝鮮、洌水之間或謂之
錪；或謂之鉼。江、淮、陳、楚之間謂之錡；或謂之鏤。吳、揚之間謂之鬲。」

（卷五）《說文》：「錡，鉬鏻也。从金奇聲。江、淮之間謂釜曰錡。」（卷十四金部）例：

> 「于以湘之？惟～及釜。」（《毛詩・召南・采蘋》）／「苟有明
> 信，澗溪沼沚之毛，蘋蘩蘊藻之菜，筐筥～釜之器，潢污行潦之水，
> 可薦於鬼神，可羞於王公。」（《左傳・隱三》）

鉇

【名】矛。《方言》：「矛，吳、揚、江、淮、南楚、五湖之間謂之鏦；或謂
之鉇；或謂之縱。其柄謂之矜。」（卷九）例：

> 「苗山之～，羊頭之銷，雖水斷龍舟，陸剸兕甲，莫之服帶。」
> （《淮南子・脩務訓》）

鍵

【名】門戶開關；鎖。《方言》：「戶鑰，自關而東陳、楚之間謂之鍵。自關
而西謂之鑰。」（卷五）例：

> 「審閭閈，愼筦～。」（《管子・立政》）／「五寸之～制開闔。」
> （《淮南子・主術訓》）

錘

【古】【量】度量單位，八銖。引申爲「一點點」。《說文》：「錘，八銖也。」
（卷十四金部）例：

> 「凡人主之與其大官也，爲有益也。今割國之錙～矣。」（《呂
> 氏春秋・審應覽・應言》）／「雖割國之錙～以事人，而無自恃之道，
> 不足以爲全。」（《淮南子・詮言訓》）

案：劉賾所考（1930：143 頁）。

鏦

【古】【名】矛。《方言》：「矛，吳、揚、江、淮、南楚、五湖之間謂之
鏦；或謂之鉇；或謂之縱。其柄謂之矜。」（卷九）典籍「鏦」或作「鈗」。
例：

> 「宛鉅鐵～，慘如蜂蠆。」（《荀子・議兵篇》）

鏦

【名】矛。《方言》：「矛，吳、揚、江、淮、南楚、五湖之間謂之鏦；或謂之鋋；或謂之鍦。其柄謂之矜。」（卷九）例：

　　　　「東越即絤吳王，吳王出勞軍，使人～殺吳王。」（《漢書・荊、

　　燕、吳傳》）

鏨

【名】鑿穿。《說文》：「鏨，小鑿也。从金从斬，斬亦聲。」（卷十四金部）例：

　　　　「圜～而方枘兮，吾固知其鉏鋙而難入。」（《楚辭・九辯》）

按：劉賾所考（1930：171 頁）。

鏤

【名】鍑；鬲；釜。《方言》：「鍑，北燕、朝鮮、洌水之間或謂之錪；或謂之鉼。江、淮、陳、楚之間謂之錡；或謂之鏤。吳、揚之間謂之鬲。」（卷五）《說文》：「鏤，剛鐵可以刻鏤。从金婁聲。《夏書》曰：『梁州貢鏤。』一曰：『釜也。』」（卷十四金部）典籍或作「鎦」。例：

　　　　「堯、舜采椽不刮，茅茨不翦，飯土～，啜土形。」（《史記・

　　秦始皇本紀》）

鎋（鐭）

【名】「鎋」可能是「鐭」的楚方言形體，車轄。例：

　　　　「輿～」（《曾》4）

按：或「疑簡文『鎋』、『轄』即『鐭』、『轄』二字異體」（裘錫圭、李家浩：1989：508 頁）。《經典釋文》云：「鐭，字又作轄。」「轄」不見《說文》而見《玉篇》，云：「轄，車轄也。」（卷十八金部）視之為異體。☞第六章三十，輿轄（轄）／鎋（鐭）（附論馭）。

鎘／鎘鼎

【名】一種楚式長足鼎。《說文》：「鎘，似鼎而長足者。」（卷十四金部）例：

　　　　「鄧子午之飤～。」（《鄧子午鼎器銘》）／「盅子𦥑自乍（作）

　　食～。」（《盅子𦥑鼎蓋銘》）

「鐈」或作「鐈鼎」。例：

> 「窒鑄～之盍（蓋）」（《楚王酓前鐈鼎銘》）

按：迄今爲止，名爲「鐈／鐈鼎」的器皿僅見於楚地。黃錫全有說（1990：102頁）。「鐈／鐈鼎」或作「喬鼎」、「**匒**鼎」。☞本章「喬鼎」、「**匒**鼎」。

鐵菱角

【名】蔆根。李時珍云：「蔆根，亦曰金剛根。楚人謂之鐵菱角，皆狀其堅而有尖刺也。」（《本草綱目》卷十八）

鑄

【古】【動】冶鑄。《說文》：「鑄，銷金也。从金壽聲。」（卷十四金部）
例：

> 「譬之猶臨難而遽～兵，噎而遽掘井，雖速亦無及已。」（《晏子春秋·內篇·雜上》）／「今大冶～金，金踴躍曰：『我且必爲鏌鋣。』」（《莊子·內篇·大宗師》）／「鄴（蔡）遺受～鏇之官宋強。」（《包》18）

按：劉賾所考（1934：185頁）。

鑄客／鑄冶客

【術】官府裏的鑄造工匠。例：

> 「～爲大（太）句（后）脰（厨）官爲之」（《太后脰官鼎銘》）／「～爲王句（后）小（少）府爲之」（《王后少府鼎銘》）／「～爲王句（后）六室爲之」（《王后六室簠銘》）／「～爲集脰（厨）爲之」（《集脰鼎銘》）／「～爲集脮（餳）、造脮（餳）、䍇腋脮（餳）爲之」（《集脮大鼎銘》）／「～爲集糈（糈）爲之」（《集糈鼎銘》）／「～爲集䤉爲之」（《集䤉鼎銘》）／「～爲集既（餼）鑄爲之」（《集既甗銘》）／「～爲御室爲之」（《御室匜銘》）

「鑄客」或作「鑄冶客」。例：

> 「～爲集糈（糈）〔少府爲之〕」（《集糈甗銘》）

案：「楚國官府手工業中的鑄造工匠。也稱『鑄冶客』。」（石泉：1996：407頁）

鑄巽客

【術】鑄幣工匠。例：

「～釾」（《古璽》0161）

案：「『巽』疑讀爲『錢』，鑄巽客即鑄錢客，爲楚國官府手工業中主管鑄造蟻鼻
　　錢的基層職官或技術工匠。」（石泉：1996：407 頁）「巽」即楚國貨幣蟻鼻
　　錢上的「艿」，以「巽」指代蟻鼻錢，是古漢語常見的以局部代替整體的修辭
　　法。所謂「鑄巽」，也就是「鑄幣」。

鎛（籩）

【名】楚器名。《說文》：「籩，竹豆也。从竹邊聲。匲，籀文籩。」（卷五
竹部）《爾雅·釋器》：「竹豆謂之籩。」簡文「鎛」从金算聲，當指金屬之豆，
爲楚方言特有形體。例：

「二錸、四～、一～盍（蓋）。」（《包》254）

案：出土文獻未見「籩」，釋者讀此爲「籩」（湖北省荊沙鐵路考古隊：1991a：
　　59 頁）。至確。不過，釋者以爲指墓中所出之「淺腹盒」〔註100〕。或有可商。
　　☞第六章二十七，算／鎛／榜（籩）

鑼

【術】炊釜。《說文》：「鑼，銼鑼也。」（卷十四金部）

案：劉賾所考（1930：144 頁）。

2. 長部（6）

長保

【術】占卜用具。例：

「～」（《天·卜》）

長刺

【術】占卜用具。例：

「～」（《天·卜》）

長則

【術】占卜用具。例：

〔註100〕參湖北省荊沙鐵路考古隊（1991b：108 頁）。

「苛嘉以～爲左尹訑貞。」（《包》216）

長惻

　　【術】占卜用具。例：

　　　　「苛光以～爲左尹邵訑貞。」（《包》207、220）

長箽／長韋

　　【術】占卜用具。例：

　　　　「～」（《天・卜》）／「～」（《新蔡》乙三：7）

　　　　「長箽」或作「長韋」。例：

　　　　「～」（《新蔡》乙四：105）

長霝／長黽

　　【術】占卜用具。例：

　　　　「觀繃以～爲左尹訑貞。」（《包》230、242）／「～」（《天・卜》。凡四例）

　　　　「長霝」或作「長黽」。例：

　　　　「～」（《天・卜》）

3. 門部（11）

門

　　【專】門戶鬼神，楚人的祭祀對象。例：

　　　　「享祭～一……」（《天・卜》）

案：或謂「護門之神。」（石泉：1996：21 頁）「門」或作「大門」。☞本章「大門」。

門尹

　　【古】【術】司法官員。例：

　　　　「湯得其司御，～登恒爲之傅之。」（《莊子・雜篇・則陽》）

案：《左傳・哀十六》：「石乞尹門。」杜預注云：尹門，「爲門尹」。春秋時，宋也有「門尹」一官：「宋人使門尹般如晉師告急。」（《左傳・僖二十八》）吳永章有考（1982）。

閈

　　【名】村；家鄉。例：

　　　　「縮自同～，鎮我北疆。」（《漢書・魏豹田儋韓王信傳》）

　　「閈」，典籍或作「干」。例：

　　　　「去君之恒～，何爲乎四方些？」（《楚辭・招魂》）

案：王逸注：「或曰：『去君之恒閈。』閈，里也。楚人名里曰閈也。」（《楚辭章
　　句・招魂》）程先甲引《文選》班孟堅《史述贊》注云：「南楚、汝、沛名里
　　門曰閈。」（《廣續方言》卷二）所釋略有不同。駱鴻凱以爲「『閭』之轉」（1931：
　　17～20 頁）。今湖北方言用如此，字寫作「關」。村名有「張關」、「劉關」，
　　等（邵則遂：1994：62～64 頁）。岑仲勉以爲古突厥語詞（2004b：201 頁）。

間

　　【古】【形】痊愈。《方言》：「差、間、知，愈也。南楚病愈者謂之差；或
謂之間；或謂之知。知，通語也。或謂之慧。或謂之憭。或謂之瘳。或謂之蠲。
或謂之除。」（卷三）例：

　　　　「（孔子）病～，曰：『久矣哉，由之行詐也！無臣而爲有臣。
　　　　吾誰欺？欺天乎？且予與其死於臣之手也，無寧死於二三子之手
　　　　乎？且予縱不得大葬，予死於道路乎？』」（《論語・子罕》）

案：如果《論語》這段話的記錄者不是楚人，那麼就說明「間」很可能是古語詞
　　而爲楚人所沿用。

閜

　　【形】大開的樣子。《說文》：「閜，大開也。从門可聲。大杯亦爲閜。」
（卷十二門部）例：

　　　　「坑衡～砢。」（司馬相如《上林賦》）／「谽呀豁～。」（《史
　　記・司馬相如傳》）

案：劉賾所考（1930：142 頁）。

閟

　　【動】關閉。《說文》：「閟，閉門也。从門必聲。《春秋傳》曰：『閟門而
與之言。』」（卷十二門部）例：

「～其門」（《郭・老子乙》13）／「口不誓（愼）而戶之～」
（《郭・語四》4）／「〔朝〕～夕啓，凡五子朝」（《九》56・60）
／「朝啓夕～，凡五……」（《九》56・61）／「〔朝〕～夕啓，凡
五寅」（《九》56・62）／「朝啓夕～，凡五辰」（《九》56・64）／
「朝啓〔夕〕～，凡五酉」（《九》56・69）／「朝～夕啓，凡五丑」
（《九》56・71）

案：迄今爲止，閔字祇見於楚地出土文獻。也許就是楚方言用字。順便一提，郭
　　店簡的整理者均在「閔」字下括注「閉」，似乎多此一舉。

闡（關）

【動】「關」的楚方言形體。關隘。例：

　　「商木～。」（《鄂君啓舟節銘》）／「不量其～金。」（《包》149）
　　／「左～尹」（《包》138）／「徒自～至（致）命。」（《上博八・王
　　居》2）／「亓有成悳，閔言自～。」（《上博六・用曰》2）

案：字從門串聲。串，貫穿之貫之古體，金文作「𢎘」（《串爵銘》）。

閽

【名】負責開啓關閉門戶的小隸。《說文》：「閽，常以昏閉門，隸也。從門
從昏，昏亦聲。」（卷十二門部）例：

　　「以韓起爲～。」（《左傳・昭五》）／「……無宇之～入焉。」
　　（《左傳・昭七》）

案：吳永章有考（1982）。

閶闔

【古】（天）門。《說文》：「閶，天門也。從門昌聲。楚人名門曰閶闔。」
又：「闔，門扇也。一曰閉也。從門盍聲。」（卷十二門部）因此，楚方言中的
閶闔可能是通過同義連用修辭法所構成的複合詞。例：

　　「吾令帝閽開關兮，倚～而望予。」（《楚辭・離騷》）／「命天
　　閽其開關兮，排～而望予。」（《楚辭・遠遊》）

案：王逸：「楚人名門曰閶闔。」（《楚辭章句・離騷》）程先甲有考（《廣續方言》
　　卷二）。或以爲「閶」是分布於川黔滇的苗、布努瑤等少數民族語詞（嚴學宭：

1997：401 頁）。

闓

　　【古】【動】開。《方言》：「闓、笘，開也。東齊開戶謂之闓、笘。楚謂之闓。」（卷六）例：

　　　　「惠主豐賞厚賜以竭藏，赦姦縱過以傷法。藏竭則主權衰，法傷則姦門～。」（《管子・七臣七主》）／「今欲與漢～大關，取漢女爲妻。」（《漢書・匈奴傳》）

案：戴震云：「案《廣雅》：闓、苦，開也。本此。今《方言》各本苦訛作笘。若笘字，不應郭璞、曹憲皆不注其音。苦、開亦一聲之轉。據《廣雅》訂正。」（《方言疏證》卷六）或以爲壯族、傣族等少數民族語詞（嚴學宭：1997：400 頁）。

闚

　　【動】偷看。《方言》：「睽、䀩、闚、貼、占，伺視也。凡相竊視南楚謂之闚；或謂之睽；或謂之貼；或謂之占；或謂之䀩。䀩，中夏語也。闚其通語也。自江而北謂之貼；或謂之覷。凡相候謂之占。占猶瞻也。」（卷十）《說文》：「闚，閃也。從門規聲。」（卷十二門部）又：「窺，小視也。從穴規聲。」（卷七穴部）例：

　　　　「登巑岏以長企兮，望南郢而～之。」（《楚辭・九歎・惜賢》）／「愚以爲誠得天下之勇士，使於秦，～以重利。」（《史記・刺客列傳》）

案：李翹有考（1925）。

4. 阜部（左阝同）（9）

阰（墜、隓）門又（有）敗

　　【組】法律成語，出庭即告敗訴。通常作「阰門又（有）敗」，凡 55 例：

　　　　《包》19、20、21、23、24、25、26、27、28、29、30、31、32、33、35、36、37、38、39、42、43、44、45、46、47、48、49、50、51、52、53、54、55、56、57、58、59、60、61、62、63、65、66、67、68、69、70、71、72、73、74、75、77、78、79。

其次作「陞門又（有）敗」，凡六例：

　　《包》22、34、40、41、48、76。

再次作「陞門又（有）敗」，祇有一例：

　　《包》128。

這六十餘例的「阩（陞、陞）門又（有）敗」，均見於《包山楚簡》之「受期」及「疋獄」類簡。其句式多作「不遲（逆）……以廷，阩（陞、陞）門又（有）敗。」個別句子作「不對……，阩（陞、陞）門又（有）敗。」或「不以……，阩（陞、陞）門又（有）敗。」「不（＋動詞）……，阩（陞、陞）門又（有）敗。」通過《包》23，我們可以知道這都是些假設複句，意謂「如果不……，開庭審訊即敗訴。」《包》23 云：「九月癸丑之日不逆邻大司敗以枭（盟）邻之檝里之敚，無又（有）李（理）亲，凶陞門又（有）敗。」大意是「九月癸丑日不會同邻地大司敗與邻的檝里的敚簽訂盟約，無理，恐怕開庭審訊即敗訴。」「凶」用如「斯」，是表示轉折的連詞（參看本文第六章二十八，凶）。原釋大概因「凶」後有句讀標識，所以在其後斷句。事實上，簡上的句讀標識可能是誤點。「阩」字異體作「陞」，所從升或綴加「止」作「𢺩」。結合「譅」字分析，「𢺩」恐怕祇是「升」字繁構。因此，「陞」同「陞」。「阩（陞）」字從「升」得聲，從「阜」得義，或附加「止」義符強調「上陞」的意義，即都是「陞」字的楚方言形體。「陞」、「登」同義。所謂「陞門」，就是「登門」。這是比喻用法，指「上庭」，「出庭」。「有敗」，即「被擊敗」。《郭‧語叢四》也有此語：「女（如）（將）又（有）敗，豻（雄）是爲割（害）。」「有」是表被動的標識〔註101〕。「阩（陞、陞）門又（有）敗」爲法律術語無疑。或釋爲「徵問有害」（湖北省荊沙鐵路考古隊：1991a：42 頁），或釋爲「茅門有敗」（夏淥：1993：77～85 頁）。容有可商。

案：☞本文第三章第四節。

阰

　　【專】楚山名。例：

　　　　「朝搴～之木蘭兮，夕攬洲之宿莽。」（《楚辭‧離騷》）

〔註101〕譚步雲《古漢語被動句「有」字式管窺》，中山人文學術論叢編審委員會《中山人文學術論叢》第一輯，（臺灣）高雄復文圖書出版社，1997 年 10 月。

案：李翹有考（1925）。

陂

1. 【古】【形】傾斜；不平坦。《方言》：「陂、傜，衰也。陳、楚、荊、揚曰陂。自山而西，凡物細大不純者謂之傜。」（卷六）例：

「導水潦，利～溝，決潘渚，潰泥滯，通鬱閉，愼津梁，此謂遺之以利。」（《管子‧五輔》）／「夏瀆冬～，因高爲山，因下爲池，非吾所爲也。」（《文子‧自然》）

2. 【名】山坡。例：

「青青之麥，生於陵～。」（《莊子‧雜篇‧外物》）

案：李翹有考（1925）。

陶（阿）

傳世文獻的「阿」，楚地出土文獻作「陶」。「陶（阿）」有兩個用法：

1. 【名】山之彎曲處。《說文》：「阿，大陵也，一曰曲𨸏也。从𨸏可聲。」（卷十四𨸏部）楚人或用如此。例：

「若有人兮山之～，被薜荔兮戴女羅。」（《楚辭‧九歌‧山鬼》）

2. 【專】地名。例：

「䣱昜君之萊～邑人紫」（《包》86）

案：作爲聲符，「夸」在楚方言用字中往往可替代「可」，如「舸」作「𦨶」，「柯」作「㭏」。更重要的是，迄今爲止，楚地出土文獻中祇有「陶」而無「阿」。因此，「陶」很可能就是「阿」的楚方言形體，儘管楚地傳世文獻中有「阿」字。這裏順便說一說例中的「萊」字。字亦見於《信》1‧024。或釋爲「蘭」（劉雨：1986：125頁）。是很正確的。☞本章「萊」。

除

【形】痊愈。《方言》：「差、間、知，愈也。南楚病愈者謂之差；或謂之間；或謂之知。知，通語也。或謂之慧。或謂之憭。或謂之瘳。或謂之蠲。或謂之除。」（卷三）例：

「五味子湯，治小兒傷寒，病久不～瘥，後復劇瘦，瘠骨立方。」（孫思邈《千金要方》卷十一）

陶陶

【形】悠長。例：

「（屈原）乃作《懷沙》之賦，其辭曰：『～孟夏兮，草木莽莽。』」（《史記・屈原、賈生列傳》卷八十四）

案：《楚辭・懷沙》作「滔滔孟夏兮，草木莽莽」。今鄂方言用如此。湖北天門俗語云：「長三月，四滔滔。」洪湖諺云：「一月長長，二月滔滔，三月四月……」（邵則遂：1994：62～64頁）

陵尹

【術】楚國官稱。例：

「～之人黃紊（奚）」（《包》179）／「～、聱（鼇）尹皆絧（絧）丌（其）言以告太剌（宰）」「太剌（宰）胃（謂）～」（《上博四・柬大王泊旱》19、20）／「楚子狩於州來，次於潁尾，使蕩侯、潘子、司馬督、囂尹午、～喜帥師圍徐以懼吳。」（《左傳・昭十二》）

案：「或以為掌管山陵之官，或以為是陵縣縣令。」（石泉：1996：354頁）

隆屈

【名】車蓋。《方言》：「車枸簍，宋、魏、陳、楚之間謂之筱；或謂之篷籠。其上約謂之笭；或謂之簨。秦、晉之間自關而西謂之枸簍。西隴謂之梜。南楚之外謂之篷；或謂之隆屈。」（卷九）

陸公

【術】楚國地方官員。例：

「正昜～□」（《包》111）

案：或謂「具體職守不明」（石泉：1996：457頁）。「陸」可能就是「要塞」的「塞」的楚方言形體，如此說不誤，那「陸公」就是負責要塞事務的官員。

5. 隹部（7）

雁頭

【名】芡。《方言》：「蓤、芡，雞頭也。北燕謂之蓤。青、徐、淮、泗之間謂之芡。南楚、江、湘之間謂之雞頭；或謂之雁頭；或謂之烏頭。」（卷三）

案：戴震云：「案：茷，各本多訛作葰。曹毅之本不誤。《廣雅》：茷、芡，雞頭也。
　　本此。曹憲音釋：茷，悅樂反。《玉篇》引《方言》：茷，芡，雞頭也。北燕謂
　　之茷。《廣韻》引《方言》：南楚謂之雞頭。北燕謂之茷。青、徐、淮、泗之閒
　　謂之芡。」（《方言疏證》卷三）

集歲

　　【名】一年。相當於傳世文獻中的「朞年」，例：

　　　　「自罰𦎫之月以商～之罰𦎫之月，盡～竆（躬）身尙（當）毋
　　　　又（有）咎。」（《包》226、228、230、232、234）／「……以商
　　　　～之罰……」（《望》1・30）／「……商～之……」（《望》1・34）
　　　　／「爲～貞」（《新蔡》零：135）

案：或據《包》211 簡「三歲無咎」而謂「集歲」即三歲（湖北省荊沙鐵路考古
　　隊：1991a：55 頁）。然而，由於有「天星觀」簡的反證，就可肯定此結論不
　　能成立。曾師憲通（1993b：421～416 頁）和李零（1993：425～448 頁）均
　　主「一歲」說。應該是正確的。或以爲：「『集歲』當讀爲『匝歲』，猶言『周
　　歲』。」（湖北省文物考古研究所、北京大學中文系：1995：93 頁）《天》簡
　　所謂「期中」，亦即「朞中」，可證周歲說可信。因此，「集歲」相當於傳世
　　文獻的「朞」或「朞年」。「集歲」或作「𥽥歲」。☞本章「𥽥（集）歲」。

罜

　　【名】用以覆物之蓋。《說文》：「罜，覆鳥令不飛走也。从网、隹。讀若
到。」（卷四隹部）

案：劉賾所考（1930：166 頁）。

蒦

　　【名】法度。《說文》：「蒦，規蒦商也。一曰視遽兒。一曰蒦度也。彠，
蒦或从尋，尋亦度也。《楚詞》曰：『求矩蒦之所同。』」（卷四萑部）典籍通
常作「彠」。例：

　　　　「故通於禮樂之情者能作音，有本主於中而以知矩～之所周
　　　　者也。」（《淮南子・氾論訓》）／「不量鑿而正枘兮，恐矩～之不
　　　　同。」（東方朔《七諫・哀命》）

案：許慎注：「榘，方也。蒦，度法也。」（《淮南鴻烈解·氾論訓》卷第十三）

䧾（鵒）

【名】「䧾」是「鵒」的楚方言形體。《說文》：「鵒，鴝鵒也。从鳥谷聲。古者鴝鵒不踰泲。䧾，鵒或从隹从臾。」（卷四鳥部）楚地出土文獻僅一見，通作「欲」。例：

「化而～作」（《郭·老子甲》13）

案：字原隸定為「䧾」，無釋（張守中等：2000：68 頁）。在古文字階段，从鳥从隹可以不別，則是形當釋為「鵒」。

雞頭／雞毒

【名】芡。《方言》：「蔆、芡，雞頭也。北燕謂之蔆。青、徐、淮、泗之間謂之芡。南楚、江、湘之間謂之雞頭；或謂之雁頭；或謂之烏頭。」（卷三）例：

「狸頭愈鼠，～已瘻。」（《淮南子·說山訓》）

「雞頭」，典籍或作「雞毒」。例：

「天下之物莫凶於～。」（《淮南子·主術訓》）

案：許慎注：「雞毒，烏頭。」（《淮南鴻烈解·主術訓》）

離騷

【專】楚辭篇名，屈原所作。

案：關於《離騷》的命名意義，眾說紛紜。岑仲勉以為古突厥語詞（2004b：204～205 頁）。

6. 雨部（8）

雲之君

【專】雲神。即雲神豐隆。「雲君」的派生詞形。例：

「霓為衣兮風為馬，～兮紛紛而來下。」（李白《夢遊天姥吟留

別》詩）

案：☞本章「雲君」、「雲中君」。

雲中君

　　【專】雲神。即雲神豐隆。「雲君」的派生詞形。例：

　　　　「～」（《楚辭・九歌》篇名）／「巫祠五帝、東君、～、巫社、

　　　　巫祠、族人炊之屬。」（《漢書・郊祀志（上）》卷二十五上）

案：王逸：雲中君，「雲神豐隆也。」（《楚辭章句・九歌》）☞本章「雲君」、「雲

　　之君」。

雲君

　　【專】雲神。即雲神豐隆。例：

　　　　「解於二天子與～以璊（服）珥。」（《天・卜》）

案：☞本章「雲之君」、「雲中君」。

雷師

　　【專】雷神。例：

　　　　「鸞皇爲余先戒兮，～告余以未具。」（《楚辭・離騷》）

案：洪興祖云：「《春秋合誠圖》云：軒轅，主雷雨之神。一曰：雷師，豐隆也。」

　　（《楚辭章句補注・離騷》）

霜

　　【名】寡婦。

案：杭世駿引《說文》云：「楚人謂寡婦爲霜。」（《續方言》卷上葉三）。今本《說

　　文》未見。又孔穎達疏云：「許慎曰：楚人謂寡婦爲霜。」（《毛詩注疏・桃

　　夭》）檢《淮南子・原道訓》：「童子不孤，婦人不孀。」許慎注云：「無父曰

　　孤。寡婦曰孀也。」（《淮南鴻烈解・原道訓》）「霜」當作「孀」。《一切經音

　　義》引作：「楚人謂寡婦爲孀。」可證。

霝／靈

　　【專】鬼神名。例：

　　　　「舉禱巫，豬；～，酉（酒）。鋪鐘樂之。」（《天・卜》）

　　「霝」，典籍作「靈」。例：

　　　　「～連蜷兮既留，爛昭昭兮未央。」「～皇皇兮既降，焱遠舉兮

　　　　雲中。」（《楚辭・九歌・雲中君》）

靈子

　　【專】同「巫」。

案：王逸注：「靈，巫也。楚人名巫靈子。……一本『靈』下有『子』字。」（《楚
　　辭章句・九歌・雲中君》）杭世駿（《續方言》卷上葉十一）、李翹（1925）
　　均有考。據《天》簡，「霝／靈」與「巫」可能是不同的鬼神。岑仲勉以爲
　　「靈」、「靈子」是古突厥語詞（2004b：200 頁）。

霹

　　【形】小雨。《說文》：「霹，小雨財（小徐本作裁──引者按）零也。从雨
鮮聲。讀若斯。」（卷十一雨部）例：

　　　　　　「雨前雨～雨，雨後雨～晴。」（楚諺）

案：劉賾所考（1930：151 頁）。

九畫（凡 39）

1. 革部（6）

革

　　【形】老。《方言》：「㦧鰓、乾都、耇、革，老也。皆南楚江湘之間代語
也。」（卷十）例：

　　　　　　「老～荒悖，可復道邪？」（《三國志・蜀書・彭羕傳》）

案：或以爲壯、布依等少數民族語詞（嚴學宭：1997：400 頁）。

革园（圓）

　　【名】「园」是「圓」的楚方言形體。所謂「革园」，大概是皮革質地的圓
形器皿。《說文》：「园，回也。从口云聲。」又：「圓，全也。从口員聲。」（卷
六口部）例：

　　　　　　「～一」（《五》406・3）／「二～」（《包》264）

案：「疑『园』、『圓』本爲一字。……長沙五里牌竹簡有『革园』，或疑『葦园』
　　當讀爲『韋园』，猶言『革园』，指皮革製成的盛物圓器。」（湖北省文物考
　　古研究所、北京大學中文系：1995：126 頁）

鞅（鞅）

　　【名】「鞅」是「靰」的楚方言形體。《說文》：「靰，頸靼也。」（卷三革部）
楚簡所用也許如此。例：

　　　　　「紫靰～」（《包》268）／「靰～」（《包》273）

案：「鞅」從革英聲。「靰」從革央聲。而「英」則從央得聲。因此，「鞅」是「靰」
　　的別體當無問題。不過，楚簡別有「靰」字（滕壬生：1995：221～222頁）。
　　事實上原篆從革從束，恐怕非「靰」。

韠（褘）

　　【名】「韠」可能是「褘」的楚方言形體，祭祀時保護膝蓋和衣物的用品，
通常用皮革製成。《說文》云：「褘，蔽厀也。」（卷八衣部）例：

　　　　　「觓（貂）～」（《曾》7）／「貚（豻）～」（《曾》3）

案：「韠」從革從卒。革、韋義近可通，《說文》「鞞」或作「鞞」，即其例。卒和
　　衣也因形近而互相通用，楚簡每每有用卒為衣的例證〔註102〕。當然，原篆
　　也許是個會意字。《左傳·桓元》：「袞冕黻珽。」孔穎達疏云：「經傳作黻，
　　或作韍，或作芾，音義同也。徐廣《車服儀制》曰：古者韍，如今蔽膝，戰
　　國連兵以韍，非兵飾去之。漢明帝復製韍，天子赤皮蔽膝。蔽膝，古韍也。
　　然則漢世蔽膝猶用赤皮。魏晉以來用絳紗為之，是其古今異也。以其用絲，
　　故字或有為紱者。」曾簡所見，可以證明戰國的「褘」為皮製品。滕壬生將
　　「韠」和「韠」視為同一字（1995：223頁）。是正確的。☞本章「韠」。

鞠（穀）

　　【古】【動】「穀」的通假字。生育；養育；哺育。《方言》：「台、胎、陶、
鞠，養也。晉、衛、燕、魏曰台。陳、楚、韓、鄭之間曰鞠。秦或曰陶。汝、
穎、梁、宋之間曰胎；或曰艾。」（卷一）例：

　　　　　「父兮生我，母兮～我。拊我畜我，長我育我。」（《毛詩·小
　　雅·蓼莪》）

案：在睡虎地所出秦簡中，見「穀」。《說文》云：「穀，乳也。从子殼聲。一曰：
　　『穀，瞀也。』」（卷十四子部）秦簡用如「養育」義。例：「乙亥生子，穀而
　　富」（《睡·日書甲》一四一正壹）／「壬午生子，穀而武」（《睡·日書甲》

〔註102〕詳參滕壬生（2008：768～769頁、772～773頁）。

一四八正壹）／「乙酉生子，穀好樂」（《睡‧日書甲》一四一正貳）／「辛卯生子，吉及穀」（《睡》一四七正貳）／「癸巳生子，穀」（《睡‧日書甲》一四九正貳）／「己亥生子，穀」（《睡‧日書甲》一四五正三）／「甲辰生子，穀，且武而利弟」（《睡‧日書甲》一四○正肆）／「己酉生子，穀有商」（《睡‧日書甲》一四五正肆）／「丁巳生子，穀而美，有敀」（《睡‧日書甲》一四三正伍）根據漢字的造字原理分析，「穀」應是本字，而「鞠」和「穀」都是通假字。因此，《睡》簡在後括注「穀」實在沒有必要。「穀」的這個意義，還保留在今天的廣州話中，一般寫成「鞠」。例如：「鞠肥啲雞（把這些雞養肥）。」／「催鞠（利用藥物等促進身體機能發達。引申則指不擇手段地推波助瀾）。」「鞠」或作「穀」。☞本章「穀」、「穀（穀）」。

鞄（鞄）

　　【名】盛物而稱之之器。《說文》：「鞄，量物之鞄。一曰抒井。鞄，古以革。从革冤聲。鞄，或从宛。」（卷三革部）

案：劉賾所考（1930：148頁）。

2. 韋部（4）

軓（鞶）

　　【名】「軓」可能是「鞶」的楚方言形體。《說文》：「鞶，車衡三束也。鞶，鞶或从革贊。」（卷三革部）楚地出土文獻中用如此。例：

　　　　　　「犴貘之～、鞍。」（《包》271）

按：原篆作「?」，可隸定為「軓」。古文字从革从韋同義可通。《說文》「鞏」或作「韏」，即其例。「炏」同「爨」（曾師憲通：1980）。那麼，原篆可釋為「鞶」。

鞍（鞍）

　　【名】「鞍」是「鞍」的楚方言形體。例：

　　　　　　「犴貘之鞍（鞶）、～。」（《包》271）

案：《包》271 的「鞍」當可釋為「鞍」。《楚系簡帛文字編》正是這樣做的，但偏偏漏收此例（滕壬生：1995：220頁）。令人遺憾。☞本文第六章「鞍」。

韓（褌）

【名】同「韠」，亦即「褘」，祭祀時保護膝蓋和衣物的用品。例：

「龃（豣）～」（《曾》11）

案：原篆作「韓」。古文字卒、衣形近而每每通用，楚簡多有用卒爲衣的例證〔註 103〕。因此，原篆可能就是「褘」的楚文字形體。☞本章「韠」。

韇（揪）

【動】以手斂物。《說文》：「韇，收束也。从韋糤聲。讀若酋。」（卷五韋部）又：「揪，束也。从手秋聲。《詩》曰：『百祿是揪。』」（卷十二手部）

案：劉賾所考（1930：162～163 頁）。

3. 音部（1）

詛（柷）

【名】「詛」當「柷」的楚方言形體〔註 104〕，樂器名。《說文》：「柷，樂木，空也，所以止音爲節。从木祝省聲。」（卷六木部）例：

「羽～」（《上博四・采風曲目》4）／「邝～弋虎（敔）」（《上博四・采風曲目》5）

案：所謂「羽柷」，是指此「柷」屬於「羽」音；「邝詛弋虎」應讀爲「置柷載敔」，指「柷敔」在樂器群中所應處的位置。

4. 頁部（11）

須捷

【形】襤褸。《方言》：「褸裂、須捷、挾斯，敗也。南楚凡人貧衣被醜弊謂之須捷；或謂之褸裂；或謂之襤褸。故《左傳》曰：『蓽路襤褸，以啓山林。』殆謂此也。或謂之挾斯。器物弊亦謂之挾斯。」（卷三）

頓湣

【形】惑亂。《方言》：「悃、憝、頓湣，惛也。楚、揚謂之悃；或謂之憝。江、湘之間謂之頓湣；或謂之氐惆。南楚飲毒藥懑謂之氐惆；亦謂之頓湣。

〔註 103〕詳參滕壬生（2008：768～769、772～773 頁）。

〔註 104〕「詛」，原作「讙」，或改釋爲「詖」，或改釋爲「詛」。當以釋「詛」爲是。詳參譚步雲《釋「柷敔」》，載《古文字研究》26 輯，中華書局，2006 年 11 月第 1 版。

猶中齊言眠眩也。」（卷十）

頟

　　【動】把頭浸沒在水中。《說文》：「頟，內頭水中也。」（卷九頁部）

案：劉賾所考（1930：154頁）。

碩頟

　　【名】「碩頟」通作「礧䣛」，一種球形深腹、細足外撇的楚式鼎。例：

　　　　「鄧尹疾之～」《鄧尹疾鼎銘》

案：「碩頟」又作「嗇沱」、「沰盗」。☞本章「嗇沱」、「沰盗」、「礧䣛」。

頮

　　【古】【形】「頮」是「媄」的楚方言形體，可能為「㜴」的異體。例：

　　　　「又（有）～又（有）膳（善）」（《郭・語叢一》15）／「～此

　　　　多也。」（《郭・六德》24）

按：「頮」或作「媄」、「敉」、「甹」。☞本文第六章二十五，媄／敉／頮／甹。

頷

　　【古】【名】下巴頦。《方言》：「頷、頤，頜也。南楚謂之頷。秦、晉謂之

頜。頤其通語也。」（卷十）。例：

　　　　「夫馴烏，斷其下～焉。斷其下～，則必恃人而食焉。得不馴

　　　　乎？」（《韓非子・外儲說右上》）／「夫千金之珠，必在九重之淵，

　　　　而驪龍～下。」（《莊子・雜篇・列禦寇》）

頯（色）

　　【名】容顏之色的「色」的楚方言形體，同「頷」。例：

　　　　「飤（食）與～與疾。」（《郭・語叢一》110）

案：「頯」，原篆作𩒦。可能是個從頁疑省聲的形聲字。如果判斷不錯，那真是研

　　究方音的絕好材料。音韻學者認為：「色」生紐職部，「疑」疑紐之部。二字

　　讀音相去甚遠。如果按照許慎的說解，「疑」可能是從「矢」得音的。《說文》：

　　「疑，惑也。從子、止、匕，矢聲。」（卷十四子部）那麼，「矢」書紐脂部，

也與「色」的讀音有不少距離〔註 105〕。

顕屍之月／顕屍／顕屎

　　【術】楚月名，相當於秦曆二月。「顕」是「夏」的楚方言形體。例：

　　　　「～」（《包》12）／「～癸卯之日」（《包》126）／「～己酉之

　　日」（《包》128）／「～」（《包》129）／「～癸亥之日執事人爲之墨

　　□，凡二百人十一人。」（《包》136～137）／「～乙丑之日」「自～

　　以商槀（集）歲之～」（《包 209》）／「～乙丑之日」「自～以商槀（集）

　　歲之～」（《包》212）／「～乙丑之日」「自～以商槀（集）歲之～」

　　（《包》216）／「～」（《磚》370・2、3）／「～」（《天・卜》三例）

　　／「～乙亥之日」（《鄂君啓舟、車節銘》）

　　「顕屍之月」或略爲「顕屍」。例：

　　　　「～甲寅」（《包》162、179、187）／「以爲～遐返獸遲遴（赾）」

　　（《天・卜》）／「～」（《九店》56・77、78、88）

　　「顕屍」或作「夏屎」。例：

　　　　「二月楚～」（《睡・日書甲》六四正三）

　　「顕屍」或作「夏夷」。例：

　　　　「～、九月、中夕，歲在南方。」（《睡・日書甲》六五正壹）

案：從數量上考慮，「顕屍之月」似乎更爲規範。

顕欒之月／顕欒／顕㝈

　　【術】楚月名，相當於秦曆四月。「顕」是「夏」的楚方言形體。例：

　　　　「～乙丑之日」（《包》19、20）／「～庚午之日」（《包》115）

　　／「～癸丑之日」（《包》131）／「～」（《包》135 反）／「～」（《天・

　　卜》二例）。

　　「顕欒之月」或簡略爲「顕欒」。例：

　　　　「～癸丑」（《包》156）／「～己亥」（《包》172、182、187）

　　／「宫月、～又（有）熹。」（《包》200）／「～」（《九店》56・77、

〔註105〕參唐作藩《上古音手冊》114、119、154 頁，江蘇人民出版社，1982 年 9 月第 1
　　　　版。

78、81）

「顕孯」或作「顕襟」例：

「**釆**（卒）歲或至～」（《新蔡》甲二：8、甲三：87）／「……
～……」（《新蔡》甲二：9）／「……～之月以至坴（來）歲之～，」
（《新蔡》甲三：117、120）／「……之～，」（《新蔡》甲三：151）
／「～之月」（《新蔡》甲三：159-2、甲三：204）／「……歲或至
～之月」（《新蔡》零：221、甲三 210）／「～之月」（《新蔡》甲
三：225、零：332-2）／「**釆**（卒）歲國（或）至坴（來）歲之～……」
（《新蔡》甲三：248）／「～之月」（《新蔡》乙一：4、10、乙二：
12）／「～之月」（《新蔡》乙一：5）／「～之月」（《新蔡》乙一：
12）／「屈～之月」（《新蔡》乙一：14）／「～之月」（《新蔡》乙
一：17）／「～之月」（《新蔡》乙一：18）／「自～之月以至坴（來）
歲～，尚毋又（有）大咎。」（《新蔡》乙一：19）／「～……」（《新
蔡》乙一：20）／「～之月」（《新蔡》乙一：28）／「自～之月以
至冬～之月」（《新蔡》乙一：31、25）／「～之月」（《新蔡》乙三：
49、乙二：21）／「～……」（《新蔡》零：27）／「～之月……」
（《新蔡》零：96）／「……～之月……」（《新蔡》零：182）／「……
～之月，」（《新蔡》零：275）／「～……」（《新蔡》零：360）／
「～……」（《新蔡》乙四：15）／「……遠～」（《新蔡》零：248）
／「屈～之〔月〕……」（《新蔡》零：414）

案：據《包》簡「文坪夜君」或作「文坪孯君」，可知「夏孯」也就是「夏夜」。
　　既然「夜」从夕亦（省）聲，那麼，「孯」當然也就是从示亦聲了，而「襟」，
　　則是从示夜聲。

額

　　【名】額。《方言》「額、頜、顏，顙也。湘、江之間謂之額。中夏之謂頜。
東齊謂之顙。汝、潁、淮、泗之間謂之顏。」（卷十）

案：郭璞注：「今建平人呼額爲額。」

顕

【形】白的樣子。《說文》：「顥，白皃，從頁从景，《楚詞》曰：『天白顥顥。』南山四顥，白首人也。」例：

「天白～～，寒凝凝只。」（《楚辭・大招》）

顥

【形】雙。《方言》「顥、鑠、盰、揚、膡，雙也。南楚、江、淮之間曰顥；或曰膡。」（卷二）

5. 飛部（1）

飛廉

【專】風神。例：

「前望舒使先驅兮，後～使奔屬。」（《楚辭・離騷》）／「（武帝）還，作甘泉通天臺，長安～館。」（《漢書・武帝紀》）

案：「飛廉」或作「蜚廉」。☞本章「蜚廉」。

6. 食部（飠同）（15）

食閻

【動】鼓動。《方言》：「食閻、慫慂，勸也。南楚凡己不欲喜而旁人說之，不欲怒而旁人怒之，謂之食閻；或謂之慫慂。」（卷十）

飤桱

【名】食几。例：

「一～，金足。」（《包》266）

案：「飤桱即食几，用於放食物，其下有銅足。」（湖北省荊沙鐵路考古隊：1991a：64頁）

飵

【動】食，喫。《方言》：「饁、飵，食也。陳、楚之內相謁而食麥饘謂之饁。楚曰飵。凡陳、楚之郊、南楚之外相謁而飧或曰飵；或曰飵。秦晉之際、河陰之間曰饘。饁，此秦語也。」（卷一）《說文》：「飵，相謁食麥也。」（卷五食部）

飵

【動】食；喫。《方言》：「餥、飵，食也。陳、楚之內相謁而食麥饘謂之餥。楚曰飵。凡陳、楚之郊、南楚之外相謁而飧或曰飵；或曰餂。秦晉之際、河陰之間曰䭊。餥，此秦語也。」（卷一）《說文》：「飵，楚人相謁食麥曰飵。」（卷五食部）

案：杭世駿有考（《續方言》卷上葉廿一）。或以爲源於毛南語、黎語等少數民族
　　語言（嚴學宭：1997：399頁）。

餥

【動】食；喫。《方言》：「餥、飵，食也。陳、楚之內相謁而食麥饘謂之餥。楚曰飵。凡陳、楚之郊、南楚之外相謁而飧或曰飵；或曰餂。秦晉之際、河陰之間曰䭊。餥，此秦語也。」（卷一）

餲

【名】飴糖。《方言》：「餳謂之餦餭。飴謂之餲。䬧謂之䬬。餳謂之䭫。凡飴謂之餳，自關而東陳、楚、宋、衞之通語也。」（卷十三）

餦餭

【名】餳，一種甜食，沾上飴糖的油炸薄面片。《方言》：「餳謂之餦餭。飴謂之餲。䬧謂之䬬。餳謂之䭫。凡飴謂之餳，自關而東陳、楚、宋、衞之通語也。」（卷十三）例：

　　　　「粔籹蜜餌，有～些。」（《楚辭·招魂》）

案：典籍或作「張皇」，或作「粻程」。☞本章「張皇」、「粻程」。

餧

【古】【形】魚腐敗。《說文》：「餧，飢也。从食委聲。一曰：『魚敗曰餧。』」（卷五食部）例：

　　　　「雖窮困凍～，必不以邪道爲貪。」（《荀子·儒效篇》）／「驥
　　不驟進而求服兮，鳳亦不貪～而妄食。」（《楚辭·九辯》）

案：劉賾所考（1934：179頁）。

鬉

【形】（小兒）懶惰。《說文》：「鬉，楚謂小兒懶鬉。从臥食。」（卷八臥部）

案：杭世駿有考（《續方言》卷上葉六）。或謂不樂食；或謂爲「臥食」二字合文。

餳

　　【名】即「餦餭」，一種甜食，沾上飴糖的油炸薄面片。《方言》：「餳謂之餦餭。飴謂之餃。䬡謂之䬮。餳謂之醣。凡飴謂之餳，自關而東陳、楚、宋、衞之通語也。」（卷十三）

案：從語音方面考慮，「餳」當作「餳」。

䬮

　　【名】即「䬡」，豆屑雜糖。《方言》：「餳謂之餦餭。飴謂之餃。䬡謂之䬮。餳謂之醣。凡飴謂之餳，自關而東陳、楚、宋、衞之通語也。」（卷十三）

醣

　　【名】同「餳」（當作「餳」），一種甜食，沾上飴糖的油炸薄面片。《方言》：「餳謂之餦餭。飴謂之餃。䬡謂之䬮。餳謂之醣。凡飴謂之餳，自關而東陳、楚、宋、衞之通語也。」（卷十三）

案：當「糖」之本字。

餯

　　【名】溲飯。蒸飯或蒸粉肉，在半熟之際稍稍加水溲沃。《說文》：「餯，滫飯也。從食𡴭聲。饙，餯或從賁。饙，餯或從奔。」（卷五食部）

案：劉賾所考（1934：181～182頁）。

饋祭／饋

　　【術】祭名。例：

　　　　「……聖王、昭王、東石公各戠牛，～之。」（《望》1·110）

　　「饋祭」通常作「饋」。例：

　　　　「～之」（《包》200、202、203、205、206、214、215、222、224、240、248、250）／「罷禱惠公戠豢，𦤐～」（《天·卜》）／「……豢，𦤐～」（《天·卜》）／「冬柰至（致）嘗於社，戠牛，～之。」（《天·卜》）／「賽禱惠公，戠豢，～之。」（《天·卜》）／「……折（晢）王各戠牛，～之。」（《望》1·112）

案：或以爲：「『饋祭』即《酒誥》『饋祀』。」（湖北省文物考古研究所、北京大

學中文系：1995：100 頁）不過，李善注《文選・祭顏光祿文》云：「饋，祭名也。」（卷六十）而簡文中「饋」也多獨用，可證「饋祭」本是同義連用。

饋鼎

　　【名】楚式鼎，用於祭祀或饗客。例：

　　　　「卲王之諻（媓）之～。」（《卲王鼎銘》）

案：器形學上稱爲「子口鼎」，「是用於祭祀和宴享賓客的重要禮器。」（劉彬徽：1995：117、119 頁）

7. 首部（1）

戜（馘）

　　【名】「戜」可能是「馘」的楚方言形體。《說文》：「聝，軍戰斷耳也。《春秋傳》曰：『以爲俘聝。』从耳或聲。馘，聝或从首。」（卷十二耳部）楚地出土文獻殆用如此。例：

　　　　「～遺」（《天・策》）／「～羽」（《天・策》）

案：或隸定爲从首从戈一（滕壬生：1995：878 頁），或隸定爲从首从戈（湯餘惠：2001：822 頁），均作未識字處理。金文「聝」或从戈作「✕」（《虢季子白盤銘》），則「戜」也應是「聝」。

十畫（凡 25）

1. 馬部（14）

馬尹

　　【術】楚地官稱。例：

　　　　「～之□」（《曾》52）／「𤰈～之駰爲左驂」（《曾》153）／「使監～大心逆吳公子，使居養莠尹然、左司馬沈尹戌城之，取於城父與胡田以與之。」（《左傳・昭三十》）

案：或謂：「當是管馬之官。」（石泉：1996：24 頁）

馬韭

　　【名】天門冬。

案：杭世駿引《爾雅疏》引《本草》云：「天門冬，一名顛勒麥門冬。秦名羊韭。

齊名愛韭。楚名馬韭。越名羊蓍，一名禹葭，一名禹餘糧。」（《續方言》卷下
葉六）

馮

　　【形】憤怒。《方言》：「馮、齘、苛，怒也。楚曰馮。小怒曰齘。陳謂之
苛。」（卷二）例：

　　　　　「康回～怒，地何故以東南傾？」（《楚辭・天問》）／「獨歷年
　　　而離滑兮，羌～心猶未化。」（《楚辭・九章・思美人》）

案：陳士林以爲彝語同源詞（1984：15～16頁）。

駍（騇）

　　【古】【名】「駍」可能就是「騇」的楚方言形體，特指母馬。《爾雅・釋
畜》：「（馬）牡曰騭，牝曰騇。」例：

　　　　　「平夜君之兩駍～朱夜爰以乘復君之敏（畋）車。」（《曾》160）
　　　／「平夜君之兩駍～石芫贛以乘其敏（畋）車。」（《曾》161）

案：「駍」見於甲骨文，恐怕楚人祇是沿用古體罷了。或謂「即牝馬之『牝』的
　　專字」（裘錫圭、李家浩：1989：598頁）。態度審愼。或謂同「牝」（湯餘惠：
　　2001：657頁）。可能不是很準確。楊樹達先生有詳論，可參〔註106〕。

駔（駔）

　　【古】【名】「駔」當爲「駔」，雄馬。例：

　　　　　「一黃～左服。」「一驪～爲右服」（《曾》197）／「右服～」
　　　（《曾》203）

案：「駔」所從「土（丄）」實際上是表示性別的符號，早在甲骨文的時代，古人
　　造字即以「丄」表雄性，以「匕」表雌性，如雄牛作「牡」，雌牛作「牝」；
　　雄羊作「羝」，雌羊作「羒」〔註107〕，等等。因此，楚地出土文獻的這個形
　　體，可以看作沿用古體。

〔註106〕甲骨文字用表示性別的形符「土（丄）」、「匕」以區別雌雄。參氏著《釋塵
　　　　羝羒羝駍》一文，《積微居甲文說》卷上，中國科學院，1954年6月第1版。

〔註107〕參楊樹達《釋塵羝羒羝駍》一文，《積微居甲文說》卷上，中國科學院，1954
　　　　年6月第1版。

從字的形體源流分析，「土（上）」與「且」可能是同源的。如果這個推測不誤，「駐」應當就是「駔」的本字。《說文》：「駔，牡馬也。從馬且聲。一曰：『馬蹲，駔也。』」（卷十馬部）許氏視之為形聲字，恐怕已不清楚其造字原始了。《中山王𰯜壺銘》亦見此形，辭云：「三駐汸＝。」《毛詩·小雅·北山》也有類似的文字：「四牡彭彭，王事傍傍。」又《毛詩·大雅·烝民》：「四牡彭彭，八鸞鏘鏘。」可見典籍的「牡」實際上就是「駐」，都應改訂為「駔」。順便一說，此形《戰國文字編》（湯餘惠：2001）失收。

駄（馱）

【名】「駄」可能是「馱」的楚方言形體。《說文》：「馱，負物也。」（卷十馬部）在楚地出土文獻中，「駄」指負重馬。例：

「高～為右驂（服）。」（《曾》167）

案：上古文字，「大」、「夫」每每通用，則從大從夫的形體也往往相同。「駄」迄今僅見於楚地出土文獻。

駟

「駟」可能是「馬匹」的「匹」的專字。楚地出土文獻中有兩個用法：

1. 【量】用為衡定馬甲單位的量詞。例：

「叁～膝甲。」（《曾》129）／「三～畫甲。」（《曾》131）

2. 【動】通「匹」，匹配。例：

「聖趞之夫人曾姬無卹虖**每**茲漾陵蒿閒之無～。」（《曾姬無卹壺銘》）

案：字書或視之為「匹」的異體（滕壬生：1995：882頁）。從《曾姬無卹壺銘》的用例看，當然是可以的。不過，從《曾》簡看，則宜作二字。《曾》二字並見，「匹」用作馬的量詞，例如「晶（叁）匹駒駟」（《曾》179）「三匹駟」（《曾》187），而「駟」祇用作馬甲的量詞。可見兩字的意義、用法都是有區別的。

駮霝

【術】占卜用具。例：

「**謺**吉以～為左尹扡貞。」（《包》234、247）／「～」（《新蔡》乙四：46、63＋147）

駐（騢－騭）

　　【名】雄馬。例：

　　　　「宋司城之～爲左驂。哀臣之～爲左驌（服）。樂君之～爲右驌

　　　　（服）。左尹之～爲右驂。亞邜之～爲右飛（騑）。」（《曾》176）

案：所從「古」實際上是表示性別的符號「土（丄）」的聲化，楚簡可證：「一黄

　　駐左服。」「一騽駐爲右驌（服）」（《曾》197）「右驌（服）駐」（《曾》203）

　　這裏的「駐」同「駐」。前者從「土（丄）」，爲形符；後者從「古」，是聲符。

　　《說文》：「騭，牡馬也。從馬陟聲。讀若郅。」（卷十馬部）意義相符，但

　　讀音有些距離。因此，或「疑讀爲騢」（裘錫圭、李家浩：1989：528 頁）。

　　頗具啓發意義。「駐」可能即「騢」。前者聲符「古」見紐魚部，後者聲符「叚」

　　見紐葉部。兩者似乎有些不同。但是，從「叚」得聲的「瑕」、「葭」、「遐」、

　　「瑕」等字都在魚部。因此，「駐」、「騢」讀音相同應無問題。不過《說文》

　　卻說：「騢，馬赤白雜毛。從馬叚聲。謂色似鰕魚也。」（卷十馬部）我疑心

　　許慎的說解有誤。當然也有可能，「騢」在楚方言中轉義爲「牡馬」了。或

　　以爲同「牡」（湯餘惠：2001：657 頁）。是很正確的。楚簡別見「牯」、「豠」、

　　「羖」，分別指公牛、公猪和公羊，那「駐」指公馬似乎也在情理之中。☞

　　本章「牯」、「豠」、「羖」。

騍（騧）

　　【名】原篆作騍，可能是「騧」的楚方言特有形體。「咼」、「果」上古音

都是見紐歌韵，用爲聲符，可以無別。《說文》：「騧，黃馬黑喙。從馬咼聲。」

（卷十馬部）早期的文獻有此用例：「騧驪是驂。」（《毛詩·秦風·小戎》）

楚語所用相同，祇是形體略有改變，例：

　　　　「蔡齲之～爲右驌（服）。」（《曾》142）

案：或疑即「騧」的異體（裘錫圭、李家浩：1989：524 頁）。不如徑釋爲「騧」。

　　他地出土文獻暫時未見「騍」這個詞形。

騒

　　【形】跛的樣子；行走不便的樣子。《方言》「遻、騒、䫌，蹇也。吳、楚

偏蹇曰騒。齊、楚、晉曰遻。」（卷六）例：

　　　　「欲酌醴以娛憂兮，蹇～～而不釋。」（《楚辭·九歎》）

騩（䭰）

【名】「騩」可能是「䭰」的楚方言形體。《說文》:「䭰，馬淺黑色。从馬鬼聲。」（卷十馬部）楚語殆用如此。例：

「奢牧之～爲左驂。」（《曾》147）／「新造尹之～爲右驂。」（《曾》150）／「鼪夫之～爲右驌（服）。」（《曾》169）

案：或隸定爲从馬从見，疑簡文「讀爲『䮞』」（裘錫圭、李家浩：1989：525 頁）。事實上，原篆應當隸定爲「騩」。原篆確有類似「見」的偏旁，但是「見」下尚有部分構形：。應當是「畏」。我們還可以列舉一個楚文字例證，以說明那是「畏」。「胃」，在楚文字中有兩種形體，其中之一便是从類似「見」的偏旁（參滕壬生：1995：342～343 頁）。「畏」和「鬼」，上古音一爲影紐微韵，一爲疑紐微韵，幾乎相同；則原篆可能是「䭰」的楚方言形體。

駉（騬）

【名】「駉」可能是「騬」的楚方言形體。《說文》:「騬，犗馬也。从馬乘聲。」（卷十馬部）楚地出土文獻用如馬名，例：

「某囿之少～爲左驂。」(《曾》146)／「某囿之大～爲右驌(服)。」（《曾》146）

案：或疑當讀爲「騬」（裘錫圭、李家浩：1989：525 頁）。是很正確的。「乘」上古音船紐蒸韵，「爯」上古音昌紐蒸韵。用爲聲符，大致可通。他地出土文獻迄今未見「駉」這個詞形。

駓（班）

【名】「駓」可能是「班」的楚方言形體，特指斑駁之馬。例：

「恤～爲右驂。」（《曾》171）

案：或讀爲「班」，訓爲「雜色馬」（裘錫圭、李家浩：1989：528 頁）。是很正確的。原篆「駓」，當是「蕭蕭班馬鳴」（李白《送友人》詩）的「班」之專字。《說文》:「班，分瑞玉也。从玨从刀。」（卷一玨部）并無「斑駁」的意義。但是，《禮・王制》上說：「班白者不提挈。」鄭玄注云：「雜色曰班。」而楚地文獻也見此用例：「紛總總其離合兮，班陸離其上下。」（屈原《離騷》）「班」卻有「斑駁」的意義。「班」的這個義項與《說文》所載「辬」的義項正好切合，所以《玉篇》說：「辬，補顏切。《說文》曰：『駁文也。』亦

作斑。」（卷五文部）可能，正是由於「班」「斑駁」義的存在，纔導致「辮」演變爲「斑」。楚方言形體从馬，可能特指雜色馬。他地出土文獻迄今未見「駈」這個詞形。

2. 骨部（2）

骪

【名】骨彎曲；物扭曲。《說文》：「骪，骨耑骪奊也。从骨丸聲。」（卷四骨部）例：

「尊則虧，直則～。」（《呂氏春秋・孝行覽・必己》）／「眾多兮阿媚，～靡兮成俗。」（《楚辭・九思・疾世》）／「樹輪相糾兮，林木茂～。」（《楚辭・招隱士》）

案：劉賾所考（1930：148 頁）。

骽（腴）

【名】「骽」可能是「腴」的楚方言形體。《說文》：「腴，腹下肥也。从肉臾聲。」（卷四肉部）不過，在楚簡中，「腴」用非本義，可能通作「臾」。例：

「金～」（《天・策》）／「素周之～」（《天・策》）

案：原篆作，或作未識字處理（滕壬生：1995：1138 頁；滕壬生：2008：1282 頁）。其實可以隸定爲「骽」。古文从骨从肉或可通作，如「髈」，亦作「膀」，可證。☞本文第六章三十，臾轈（轄）／鎴（轄）（附論骽）。

3. 高部（6）

高丘

1. 【專】地名。例：

「商～」（《鄂君啓舟節銘》）

2. 【專】神祇名，楚人祭祀的對象。例：

「筥之～、下丘各一全豢。」（《包》237、241）

案：李家浩認爲「筥」讀爲「竹」，也就是典籍所載的「竹邑」（《史記・曹相國世家》），「高丘」、「下丘」則在其附近〔註108〕。事實上，「筥」在楚語中爲厚言

〔註108〕參氏著《鄂君啓節銘文中的高丘》，《古文字研究》22 輯 138～140 頁，中華書

之意。☞本章「筥／簸」。

高粱

【名】穀名。

案：明・郝敬云：「故美食曰膏粱。又，穀亦有粱，其秆穗如蘆葦，品最下，楚人謂之高粱。亦以秸長實大得名也。」(《談經》卷六，明崇禎山草堂集增修本)今作「高粱」。

亭公

【名】亭父（捕快）。《方言》：「楚、東海之間亭父謂之亭公。卒謂之弩父；或謂之褚。」(卷三)

喬尹

【術】楚官稱。例：

「乙丑之日不㥽（逆）妳左～秋奠以廷，阩門又敗。」(《包》49)／「鄴陵攻尹快與～黃䴗爲鄴陵貸邭異之黃金卅益二益以翟（糴）糧（種）。」(《包》107)／「鄴陵攻尹快、～䴗爲鄴陵貸邭異之金卅益二益」(《包》117)

案：「楚地方官名。」「具體職掌未詳。」(石泉：1996：142 頁)《包》107「鄴陵攻尹快」的「快」，原釋作「佃」。檢簡影，當統一作「快」。

喬差（佐）

【術】楚官稱。例：

「九月戊申之日，妳～宋加受期。」(《包》49)／「株易莫囂邵壽君與～疧爲株易貸邭異之黃金七益以翟（糴）糧（種）。」(《包》108)

案：「楚地方官名。」「具體職掌不明。」(石泉：1996：142 頁)

喬貞（鼎）

【名】一種楚式長足鼎。例：

「正月吉日，窒（室）鑄～，以共（供）歲棠（嘗）。」(《楚王

局，2000 年 7 月第 1 版。

嗇釓鼎銘》）／「二～」（《包》265）

案：或謂「喬貞（鼎）」「爲籬口鼎。」（劉彬徽：1995：116 頁）「喬貞（鼎）」有
　　時作「鐈」或「鐈鼎」。☞本章「鐈」、「鐈鼎」。

4. 髟部（2）

髻

　　【古】【動】清潔頭髮；束髮。《說文》：「髻，潔髮也。从髟昏聲。」（卷九
髟部）例：

　　　　　　「主人～髮，袒眾。主人免於房。」（《儀禮・士喪禮》）

　　典籍或以「會」通作。例：

　　　　　　「～撮指天。」（《莊子・人間世》）

案：劉賾所考（1930：146 頁）。

髇

　　【名】禿髮。《說文》：「髇，鬢禿也。从髟閒聲。」（卷九髟部）例：

　　　　　　「或赤若禿～，或燻若柴樞。」（韓愈《南山詩》，《韓昌黎詩集
　　　　編年箋注》卷四）

案：劉賾所考（1930：150 頁）。

5. 鬼部（1）

魖

　　【名】惡鬼；害人的鬼。

按：徐乃昌引《集韻》云：「楚俗謂鬼剽輕爲害者。」（《續方言又補》卷下）

十一畫（凡 21）

1. 魚部（2）

鮮

　　【古】【形】好。《方言》：「鮮，好也。南楚之外通語也。」（卷十）例：

　　　　　　「嘉我未老，～我方將，旅力方剛，經營四方。」（《毛詩・小
　　　　雅・北山》）

鰷

　　【名】《說文》:「鰷，文鰷，魚名。」（卷十一魚部）楚語用爲魚名，例：

　　　　「～一奠（瓮）。」（《包》255）

案：原篆未見釋。其左所從「魚」，其右所從稍有漫漶，然亦可辨，當從**攸**。原篆
　　　可釋爲「鰷」。

2. 鳥部（9）

骹（雄）

　　【名】原篆作「骹」，當是「雄」的楚方言形體。例：

　　　　「邦有巨～，必先與之以爲朋。」（《郭‧語叢四》14）／「女

　　　　（如）牀（將）又（有）敗，～是爲害。」（《郭‧語叢四》16）／

　　　　「三～一䳄（雌），三𦫽（瓠）一𥖄（匙），一王母保三殹兒。」（《郭‧

　　　　語叢四》26）／「**堇**敔公若～受期」（《包》70）

案：包山一例，整理者未及釋出；或隸定爲「䲹」（滕壬生：1995：317頁）。後來
　　　學者隸定爲「骹」，謂「通雄」（張守中：2000：70頁）。

䨄（鷃）

　　「䨄」是「鷃」的楚方言形體。《說文》:「雇，九雇。農桑候鳥，扈民不婬
者也。從隹戶聲。……老雇，鷃也。」（卷四隹部）

　　1.【專】人名。例：

　　　　「黃～」（《包》85）

　　2.【名】通「燕」。例：

　　　　「《～～》之情」（《上博一‧孔子詩論》10、16）

案：包山所見，原隸定爲「䨄」（湖北省荊沙鐵路考古隊：1991a：22頁）；滕壬生
　　　作「鸎」（1995：316頁）；湯餘惠等作「鷖」（2001：241頁）。據後出上博簡，
　　　以湯書所作最爲接近。

鵝

　　【名】雁。《方言》:「鴈，自關而東謂之鴚鵝。南楚之外謂之鵝；或謂之
鶬鴚。」（卷八）

鵬鳥

【名】鵩。例：

　　「賈誼爲長沙王傅，～集舍，發書占之曰：『主人將去。』其
　　後遷爲梁王傅。」（漢・王充《論衡・遭虎篇》）／「昔在賈生有志
　　之士，忌茲～，卒用喪己。」（《孔叢子・鵩賦》）

案：徐乃昌據《佛本行集經音義》二十七引《字林》云：「楚人謂鵩鳥亦鶂類也。
　　山東名鶹鵙，俗名巧婦。」（《續方言又補》卷下）程先甲據慧琳《音義》五
　　十四引《字林》云：「梟鵩鶹鵙也。形似鳩而青，出白於山。即惡聲鳥也。
　　楚人謂之鵩鳥。亦鶂類也。」（《廣續方言》卷四）「鵩鳥」，典籍或作「服鳥」。
　　☞本章「服」。

鶻蹄

　　【名】大野鳧。《方言》：「野鳧，其小而好沒水中者，南楚之外謂之鸊鷉，
大者謂之鶻蹄。」（卷八）

鶬鴚

　　【名】鴈。《方言》：「鴈，自關而東謂之鴚鵝。南楚之外謂之鵝；或謂之鶬
鴚。」（卷八）

鷨

　　【名】「鷨」是「翠」的楚方言形體。《說文》：「翠，青羽雀也。出鬱林。
从羽卒聲。」（卷四羽部）在楚地出土文獻中，「鷨」用如「羽飾」。例：

　　　　「～首」（《曾》6、89）／「～絆」「～頸」「～篕」（《曾》9）
　　　　／「～鞪」（《曾》136、138）

案：「鷨」又作「翚／翠」。☞本章「翚／翠」、「翡（翡）」。

鸊鷉

　　【名】雞。《方言》：「雞，陳、楚、宋、魏之間謂之鸊鷉。」（卷八）

鸊鷉

　　【名】小野鳧。《方言》：「野鳧，其小而好沒水中者，南楚之外謂之鸊鷉，
大者謂之鶻蹄。」（卷八）

3. 鹿部（8）

鹿觡

　　【名】鉤。《方言》：「鉤，宋、楚、陳、魏之間謂之鹿觡；或謂之鉤格。自關而西謂之鉤；或謂之鑗。」（卷五）例：

　　　　「或～象鼻，或虎狀龍顏。」（郭景純《江賦》，《文選》卷第十二）

鹿葱

　　【名】萱草。例：

　　　　「水蕉如～，或紫或黃。」（嵇含《南方草木狀》卷上）／「～，《風土記》曰：『宜男草也』。」（北魏・賈思勰《齊民要術》卷第十）

　　案：程先甲引嵇含《宜男花序》云：「萱草，荊楚之土號爲鹿葱。」（《廣續方言拾遺》）

鹿鼉

　　【術】占卜用具。例：

　　　　「……童首以～爲……」（《新蔡》零：234）

麜／纝（鹿）

　　【名】「麜」是「鹿」的楚方言形體。例：

　　　　「一～，北方兄（祝）禱乘良馬、珈〔璧〕……」（《新蔡》乙四：139）／「……一～……」（《新蔡》零：351）

　　「纝」也應是「鹿」的楚方言形體。例：

　　　　「……於成祄～……」（《新蔡》零：352）／「～鳴」（《上搏一・孔子詩論》23）

　　案：「麜」，原釋者括注爲「鹿」（河南省文物考古研究所：2003：209、219頁）。字首見，所釋殆是。在新蔡竹簡中，有「鹿」（《新蔡》零：234），形體與《說文》所載同。如果鹿、麜、纝三字的確是異體，真是很好的語音材料。按照音韵學家的研究，「力」和「錄」或「鹿」的韵部是不相同的〔註109〕，因此，

_____

〔註109〕力，來紐職韵；鹿、彔，來紐屋韵。參唐作藩《上古音手冊》，江蘇人民出版社，1982年9月第1版。步雲案：「纝」的讀音較之「麜」更接近「鹿」。

這裏面也許存在方音的因素。

麀

　　【名】麋鹿。例：

　　　　　「旣有麋～，又且多鹿，其泉青黑，其人輕直，省事少食。」

　　（《管子・地員》）

案：杭世駿引《史記・今上本紀》集解引韋昭云：「楚人謂麋爲麀。」（《續方言》
　　卷下葉十六）

麘（麂）

　　【名】《說文》：「麘，大麋也。狗足。从鹿旨聲。麂，或从几。」（卷十鹿
部）楚語用如此，例：

　　　　　「～一翼（瓮）。」（《包》256）

案：原篆未見釋。細審字形，當是从鹿頭旨聲，即「麘」字。

䵖（黳）

　　【形】「䵖」可能是「黳」的楚方言形體。《說文》：「黳，沃黑色。」（卷
十黑部）楚語用爲「黑馬」。例：

　　　　　「某圄之～爲左驂（服）。」（《曾》151）／「笂斬之～爲左驂。
　　　　迅弁啓之～爲左驂（服）。」（《曾》155）／「赢尹𨛬之～爲左驂。」
　　　　（《曾》157）／「高都之～爲左驂。獻夫之～爲左驂（服）。聖君
　　　　子之～爲右服。鯀甫子之～爲右驂。」（《曾》170）／「殤援之～
　　　　爲左飛（騑）。獏之～爲左驂。卿事之～爲左驂（服）。鄝君之～爲
　　　　右驂（服）。……獏之～爲右飛（騑）。」（《曾》172）／「麗兩～。」
　　　　（《曾》202）

案：裘錫圭、李家浩認爲，字如从會當讀爲「黳」，如从麗則讀爲「驪」（1989：
　　526頁）。很有啓發意義！不過，字却不宜釋爲「驪」。理由很簡單，《新蔡》
　　簡有「驪」字（參張新俊、張勝波：2008：172頁）。筆者曾論述過「麗」與
　　「鷖」等字有同源關係〔註110〕，故「麗」有「黑」義，則楚文字从「麗」从

――――――――――――――――――――

〔註110〕參譚步雲《釋「𤛿」：兼論犬耕》，《農史研究》第 7 輯，農業出版社，1988 年
　　6 月。

「黑」義同，釋之爲「黸」應可相信。《曾大保盆》有从麗从會者，亦應爲「黸」。

纚（纚）

【名】履；草鞋。《方言》「屝、屨、纚，履也。……南楚、江、沔之閒總謂之纚。」（卷四）例：

> 「墨子大有天下，小有一國，將蹶然衣～食惡，憂戚而非樂。」
> （《荀子·富國篇》）

案：杭世駿有考（《續方言》卷上葉十九）。「纚」或作「纚」。《說文》：「纚，艸履也。」（卷一艸部）。沈齡云：「案《說文》云：『纚，艸履也。』作粗者，假借字。」（《續方言疏證》卷上）

4. 麥部（2）

麩

【名】舂不碎的硬屑。《說文》：「麩，堅麥也。从麥气聲。」（卷五麥部）
案：劉賾所考（1934：180～181 頁）。

麯

【名】蠶簿。《方言》：「薄，宋、魏、陳、楚、江、淮之間謂之苗；或謂之麯。自關而西謂之薄。南楚謂之蓬薄。」（卷五）

十二畫（凡3）

1. 黃部（1）

黃霝

【術】占卜用具。例：

> 「～」（《秦》13·3）／「～」（《秦》99·5）／「……痼以～習之」（《望》1·88）／「窜新習之以～」（《望》1·91）

2. 黑部（2）

黔嬴

【專】造化神。或曰水神。例：

> 「召～而見之兮，爲余先乎平路。」（《楚辭·遠遊》）

案：王逸注：「問造化之神以得失。」洪興祖補注：「《大人賦》云：『左玄冥而右
　　黔雷。』注云：『黔嬴也。天上造化神名。』或曰水神。《史記》作含雷。」（《楚
　　辭章句・遠遊》）

黨

　　【動】知；知道。《方言》：「黨、曉、哲，知也。楚謂之黨；或曰曉。齊、
宋之閒謂之哲。」（卷一）例：

> 「文而致實博而～正，是士君子之辯者也。」（《荀子・非相
> 篇》）／「蘇代爲說秦王曰：『臣聞之，忠不必～，～不必忠……』」
> （《戰國策・魏策二》）

案：上引《戰國策》的「黨」，或本作「當」。因此，或以爲「黨」即楚地典籍之
　　「當」字（劉曉南：1994）。錢繹疑是「懂」字之聲轉（《方言箋疏》卷一）。
　　☞本章「當」。

十三畫（凡 15）

1. 黽部（1）

黿蟆之衣

　　【名】長在水邊的植物密布於水中而在水面看不見的根鬚。例：

> 「得水則爲㡑，得水土之際則爲～。」（《莊子・外篇・至樂》）

案：徐乃昌引《莊子・至樂》陸德明《釋文》云：「物根在水土際，布在水中，就
　　水上視不見，按之可得，如張綿在水中，楚人謂之黿蟆之衣。」（《續方言又補》
　　卷下）

2. 鼎部（4）

鼃／鼄

　　【名】一種楚式鼎。「鼃」應是從鼎從于（大也），于亦聲，迄今爲止祇見
於楚地的出土文獻，爲楚方言特有的形體。例：

> 「王子昃擇其吉金自作飤～」（《楚王子昃鼎銘》）／「蔡侯申之
> 飤～」（《蔡侯申鼃銘》）

「鼃」或作「鼄」。例：

「楚叔之孫佣之飤～（《楚叔之孫佣鼄銘》）／「佣之飤～」（《佣
鼄銘》）

案：考古學者確定爲「折沿鼎」（劉彬徽：1995：111 頁）。

鼾

【名】一種楚式鼎。「鼾」應是从鼎升聲，迄今爲止祇見於楚地的出土文
獻，爲楚方言特有的形體。例：

「佣之灜～」（《王子午鼾蓋銘》）／「蔡侯申之飤～」（《蔡侯申
鼾銘》）／「二～」（《望》2・53）

案：考古學者確定爲「束腰平底鼎」（劉彬徽：1995：119 頁）。

碙觛

【名】一種球形深腹、細足外撇的楚式鼎。例：

「裹自（作）飤～」（《裹鼎銘》）

案：黃錫全有說（1990：102 頁）。這種鼎的形制本如匜般有流，甚至有鋬，所
以也叫做「鈍鼎」〔註111〕。或稱爲「匜鼎」〔註112〕。「碙觛」或通作「嗇沱」、
「泹盗」、「碩頷」〔註113〕。「碙觛」可能得讀爲「碩匜」，意思即「大匜」。
字从鼎，則表明其鼎的屬性。☞本章「嗇沱」、「泹盗」、「碩頷」。

鱻

【名】一種深腹帶蓋楚式鼎。或作籠口鼎（劉彬徽：1995：114～115 頁）。
見於春秋以往。例：

「佣之飤～」（《佣之飤鱻銘》）／「鄧公乘自作飤～」（《鄧公乘
鱻銘》）

案：「鱻」可能是「絲鼎」的合文，起碼也是因「繁鼎」而產生的新字。黃錫全
有說（1990：102 頁）。☞「絲」、「絲鼎」、「絤」。

〔註111〕 參馬承源主編《中國青銅器》97 頁，上海古籍出版社，1988 年 7 月第 1 版。
又劉彬徽《楚系青銅器研究》133 頁，湖北教育出版社，1995 年 7 月第 1 版。

〔註112〕 參山西省文物工作委員會《山西出土文物》圖 73，山西省文物工作委員會，
1980 年。

〔註113〕 或以爲「碙觛」即「橐駝」，狀其囊橐之形制。參張世超《「碙觛」「橐駝」考》，
《江漢考古》1992 年 2 期。

3. 鼠部（10）

齫（貂）

　　【名】「齫」是「貂」的楚方言形體。《說文》：「貂，鼠屬，大而黃黑，出胡丁零國。从豸召聲。」（卷九豸部）楚地出土文獻所用如此。例：

　　　　「～镝」（《曾》4）／「屯～镥之聶」「一襜～與紫魚之簚」（《曾》5）／「三～襜紫魚之簚」（《曾》8）／「～定之笐」「～镥之镝」（《曾》10）／「～首之霎」（《曾》11）／「～首之霎」（《曾》15）／「一襜～與紫魚之簚」（《曾》19）／「～镥之镝」（《曾》21）／「一襜～與紫魚之簚」（《曾》29）／「～桜」（《曾》30）／「四襜～與錄魚之簚」（《曾》36）／「～定之镝」（《曾》45）／「～镝」（《曾》50）／「～定之镝」（《曾》53）／「～镝」「～首之霎」（《曾》56）／「一～旂」（《曾》68）／「～鞤」「～首之霎」（《曾》69）／「襜～與紫魚之簚」（《曾》70）／「～镥之镝」（《曾》71）／「～定之頸」（《曾》89）／「二～聶」「襜～與紫魚」（《曾》99）／「襜～與紫魚之簚」（《曾》104）／「襜～與錄魚之鞄」（《曾》106）

案：从「豸」从「犭（犬）」諸字，楚文字往往从「鼠」。因此，楚地出土文獻中的「齫」實際上就是「貂」。目前所見「貂」凡28例，均出自曾侯乙墓竹簡，無一例外作「齫」。典籍「貂」或作「貂」，那麼「齫」可以看做「貂」的簡省，爲楚方言形體。

鼫（豻）

　　【名】「鼫」即「豻」的楚方言形體。《說文》：「豻，胡地野狗。从豸干聲。」（卷九豸部）例：

　　　　「～貜（獏）之軟（韅）、鞍（鞍）。」（《包》271）／「～備（箙）」（《天‧策》）／「……魚靼～镥涉䶄（豹）備（箙）」（《天‧策》）／「……魚靼～翌革紳……」（《天‧策》）／「～琜二緯……」（《天‧策》）／「～靼」（《天‧策》）／「……童彎～……」（《天‧策》）／「～殉之簚」（《曾》1正-2）／「～尾之镝」（《曾》4）／「～首之霎」（《曾》7）／「～鞤（褘）」（《曾》11）／「三～殉之簚」（《曾》16）／「～镝」（《曾》30）／「～尾之镝」「～霎」「～

韐（褘）」（《曾》35）／「～首之靀」（《曾》38）／「～毣」（《曾》
43）／「～韐（褘）」（《曾》47）／「～毣」（《曾》50）／「～韐（褘）」
（《曾》56）／「～篏」（《曾》60）／「～毣」（《曾》61）／「～
篏」（《曾》62）／「黃■～馭鄩君之一乘畋車」（《曾》65）／「～
羕」（《曾》67）／「～鞼」（《曾》71）／「～鞼」（《曾》73）／
「～靀」（《曾》79）／「～鞼」「～加」（《曾》85）／「～靀」（《曾》
89）／「～尾之毣」（《曾》91）／「～韐（褘）」（《曾》95）／「～
緂之畾」（《曾》106）／「～緂之毣」（《曾》113）

豹（豹）

「豹」即「豹」的楚方言形體。《說文》：「豹，似虎圜文。从豸勺聲。」
（卷九豸部）在楚地出土文獻中有兩個用法：

1. 【名】豹子。例：

「一笲～殗之冒」（《包》277）／「～長」「～緅」（《包》268）
／「～備（箙）」（《天・策》）／「……魚羕鼪（豻）、緂涉～備（箙）」
（《天・策》）／「若～若虎」（《上博四・逸詩》2）

2. 【專】人名。例：

「逓～」（《秦》13・2）／「鄲～」（《秦》13・3）／「鄲～」
《望》1・7、1・13）／「逓～」（《望》1・17、1・63、1・94）

案：「鄲豹」與「逓豹」可能是同一人。

貙（狐）

「貙」為「狐」的楚方言形體。《說文》：「狐，獸也。鬼所乘之。有三德，
其色中和，小前大後，死則丘首。」（卷十犬部）「貙」在楚地出土文獻中有兩
個用法：

1. 【名】狐狸。例：

「二～罜。」（《包》259）／「一～青之表。」（《包》262）

2. 【專】人名。例：

「邵無戠之州人鼓跳（韶）張悆訟郊之喟～邑人某戀懇（與）
其蒭大市米堲人杏」（《包》95）／「浧易牒（牒）尹鄏余、婁～」
（《包》164）

案：楚地出土文獻有「狐」字，集中見於《曾》簡。可見楚人既使用通語文字，
　　也使用方言文字。

貉（貉）

　　【名】「貉」即「貉」的楚方言形體。《說文》：「貉，北方豸穜。从豸各聲。
孔子曰：『貉之爲言惡也。』」（卷九豸部）「貉」在楚地出土文獻中用爲人名。
例：

　　　　　「屈～」（《包》87）／「縣～公」（《包》227）

貍（貍）

　　【名】「貍」即「貍」的楚方言形體。《說文》：「貍，伏獸，似貙。从豸里
聲。」（卷九豸部）例：

　　　　　「州加馱～」（《包》165）／「～莫之豪」（《望》2・6）／「～、
　　　　貓（貘）之幬□純」（《望》2・8）／「～、貘」「二～、貓（貘）
　　　　之畾」（《曾》2）／「屯～毯之畾」（《曾》9）／「～毯之畾」（《曾》
　　　　14）／「屯～毯之畾」「一～毯之畾」（《曾》19）／「三～毯之畾」
　　　　（《曾》29）／「屯襦貚（豻）與～」「三～毯之畾」（《曾》32）／
　　　　「～毯之畾」（《曾》55）／「～毯之畾」（《曾》62）／「～籤」（《曾》
　　　　65）／「～韇」（《曾》70）／「一～畾」（《曾》102）

獀猊（狻猊）

　　【名】「獀猊」即「狻猊」的楚方言形體，獅子。例：

　　　　　「～飤（食）虎。」（《上博五・三德》18）

案：原篆釋者隸定爲「豺狽」（馬承源：2005：301 頁）。有學者隸定爲「獀猊」，
　　即「狻猊」，以爲古希臘語音譯詞〔註114〕。典籍或作「狻麑」：「狻麑如虥貓，
　　食虎豹。」（《爾雅・釋獸》）郭璞注：「（狻猊）即師子也。出西域。漢順帝歸
　　疎勒王來獻犎牛及師子。《穆天子傳》曰：『狻猊日走五百里。』」（《爾雅・釋
　　獸》卷下）《說文》：「狻，狻麑，如虦貓，食虎豹者。从犬夋聲。見《爾雅》。」
　　（卷十犬部）

〔註114〕許無咎《騶吾、狻猊與獀猊──淺談上博楚簡〈三德〉篇的重要發現》，簡帛
　　　　研究網站（http://www.jianbo.org），2006 年 3 月 6 日。

鼷（鼷）

　　【名】「鼷」是「鼷」的楚方言形體。《說文》：「鼷，小鼠也。从鼠奚聲。」（卷十鼠部）在楚地出土文獻中，「鼷」用爲人名。例：

　　　　「周～之妻㠥（葬）女。」（《包》91）

案：按照楚方言从鼠的字往往相當於通語从豸从犬，那「鼷」也可能是「貕」的楚方言形體。《方言》：「豬……南楚謂之豨，其子或謂之豚，或謂之貕。」（卷八）「貕」同「貕」。☞本章「豯（奚）」。

鼴

　　【名】動物名。例：

　　　　「二～綏」（《曾》4）

案：或以爲與「獝」同，通作「獡」（裘錫圭、李家浩：1989：509頁）。如前文「獝」字條所述，「獝」應是「獢」的楚語形體。因此，如果兩字相同，那也應是「獢」。不過，筆者以爲兩字可能并非一字之異體，而是兩個截然不同的字。當然，兩字都衹有一個用例，謹愼的態度，不妨暫時存疑。☞本章「獝（獢）」。

鼶（貘）

　　【名】「鼶」即「貘」的楚方言形體。《說文》：「貘，似熊而黃黑色，出蜀中。从豸莫聲。」（卷九豸部）例：

　　　　「鼪（豻）、～之鞥（鞻）、鞍（鞍）。」（《包》271）／「鼲（貍）、～之鞶□純」（《望》2・8）／「……魚鞥鼪（豻）、～涉」（《天・策》）／「……鼪（豻）、～涉」（《天・策》）／「腕～之韅」（《曾》8）／「屯鼲（貍）～之韅」（《曾》9）／「腕～之韅」（《曾》13）／「鼲（貍）、～之韅」（《曾》14）／「屯鼲（貍）、～之韅」「一鼲（貍）、～之韅」（《曾》19）／「屯腕～之韅」（《曾》29）／「屯腕～之韅」（《曾》32）／「腕～之韅」（《曾》42）／「鼲（貍）、～之韅」（《曾》55）／「腕～之韅」「～韅」（《曾》65）／「鼪（豻）、～之韅」「鼦（貂）、～之錘」（《曾》71）／「腕～之錘」（《曾》86）／「鼲（貍）～之韅」「屯鼲（貍）～之韅」（《曾》104）

十五畫（凡1）

1. 齒部（1）

齘

　　【形】小怒。《方言》「馮、齘、苛，怒也。楚曰馮；小怒曰齘。陳謂之苛。」（卷二）例：

案：或以為傣族、布依族等少數民族語詞（嚴學宭：1997：399頁）。

十六畫（凡2）

1. 龍部（1）

龍門

　　【專】楚地名，郢都東門。例：

　　　　「過夏首而西浮兮，顧～而不見。」（《楚辭・九章・哀郢》）

案：王逸注云：「龍門，楚東門也。」（《楚辭章句・九章・哀郢》）洪興祖云：「《水經》云：龍門即郢城之東門。又伍端體《江陵記》云：南關三門，其一名龍門，一名脩門。脩門見《招魂》。」（《楚辭章句補注・九章・哀郢》）李翹有考（1925）。

2. 龜部（1）

龜山

　　【專】大別山。

案：明・宋懋澄云：「楚人呼大別山為龜山，黃鵠山曰蛇山。因形似耳。」（《九籥集・後集楚遊上・遊大別山記》，明萬曆刻本）

結　論

　　先秦楚語的存在是個鐵的事實。它約形成於西周晚期至春秋早期。先秦楚語是多民族（主要是漢族）語言交融的產物，爲古漢語的一支方言。它大致遵循漢語語法、使用漢字（雖然有著楚地的特點）、有著自身的詞彙和方音系統。楚語詞彙研究的材料包括傳世典籍、楚地出土文獻以及與古楚語密切相關的現代漢語方言和少數民族語言。楚語詞彙由獨創的方言詞和方言詞義、古語詞、少數民族語言同源詞和音譯詞所構成。其中數量最大的是獨創的方言詞和方言詞義。楚語詞彙中的少數民族語言同源詞和音譯詞的研究相對滯後，許多研究的空白尚有待塡補。

　　楚語詞的形式有著某些特點。複音節單純詞特別多。以詞根加詞綴方式的合成詞相對較多，其中中綴「之」「中」「里」與詞根組合爲合成詞的形式爲共同語所不見或罕見。詞組中的「之」字結構、「所」字結構、「者」字結構也有著異乎通語的語言現象。尤其值得注意的是楚語詞中的功能轉移現象，有著與通語截然不同的構形取向。

　　楚語中有相當數量的、源自殷周兩代的古語詞。有的從形構到詞義都沒有多少變化，而有的或形構異變、或詞義歧出，更有從形構到詞義都大異於前代者。由於楚人在使用通語詞的同時也使用方言詞，而楚語詞中又有少數民族語言同源詞和音譯詞，所以楚語中同義詞數量很大。由於楚語詞中有獨創的方言詞和方言詞義，所以楚語中的同義詞存在著同詞異形的情況。楚語中有「場合

性（或稱臨時性）反義詞」，它是方言詞義在反義詞上的體現。在古漢語中，存在著不對稱反義詞現象，而楚地出土文獻可提供更多的例證。

　　楚地出土文獻中尚有許多未識字和未能確釋的字，基本上屬於楚語詞或具有楚語詞義的語詞。它們之所以不識、或不能確釋，完全由於受其楚式構形、方義、方音所蔽。本文對「箕（籠）」、「奠（瓮）」、「叔」、「會（合）戁（懂／歡）」、「龶（弁）」、「鬄／鐪／樏（邊）」、「迷／漤（赻）」等三十個字（詞）之考釋，便是突破了楚形、楚音、楚義等障礙的成果。

　　本文第七章，是古楚語詞典的雛形。這部分的內容不但反映了筆者及學者們的研究成果，而且爲未來古楚語詞典的編撰提供了一個藍本。

　　應當指出的是，雖然迄今爲止尚沒有一部對先秦楚語詞彙作出全面描寫的論著，但是，本文卻并非楚語詞彙研究的最終報告，而僅僅是研究的開端。末了，借用董作賓的一句話作爲結語：「大體的輪廓是有了。……希望治此學者，平心靜氣來批評這方案是否可用？是否完備？」〔註1〕

〔註1〕　見氏著《甲骨文斷代研究例》,《慶祝蔡元培先生六十五歲論文集》上冊 424 頁，
　　　　1933 年 1 月。

附錄一　本文徵引之參考文獻

（按著者－出版年之序次）

二畫

丁啓陣，1991，秦漢方言〔M〕，北京：東方出版社。

四畫

王人聰，1972，關於壽縣楚器銘文中「但」字的考釋〔J〕，考古（6）：45～47。

王逸注，洪興祖補注，1994，楚辭章句〔M〕，長沙：嶽麓書社。

王靜如，1998，關於湘西土家語言的初步意見〔C〕//王靜如，民族研究文集，北京：民族出版社：283～331。

中國社會科學院考古研究所，1984～1994，殷周金文集成〔M〕，北京：中華書局。

牛濟普，1992，楚系官璽例舉〔J〕，中原文物（3）：88～95。

孔仲溫，1997，楚簡中有關祭禱的幾個固定字詞試釋〔C〕//張光裕，第三屆國際中國古文字學研討會論文集，香港：香港中文大學－中國文化研究所、中國語言及文學系：579～598。

方述鑫等，1993，甲骨金文字典〔M〕，成都：巴蜀書社。

五畫

石泉，1996，楚國歷史文化辭典〔M〕，武漢：武漢大學出版社。

史樹青，1955，長沙仰天湖出土楚簡研究〔M〕，上海：群聯出版社。

六畫

朱德熙，1954，壽縣出土楚器銘文初步研究〔J〕，歷史研究（1）：99～118。

朱德熙，裘錫圭，1972，戰國文字研究（六種）〔J〕，考古學報（1）：73～89。

朱德熙，裘錫圭，1973，信陽楚簡考釋（五篇）〔J〕，考古學報（1）：121～129。

后俊德，1993，「包山楚簡」中的「金」義小考〔J〕，江漢論壇（11）：70～71。

江林昌，1994，說楚辭「皇之赫戲」和「繁鳥萃棘」：楚辭文化語辭考釋〔J〕，杭州
　　大學學報（2）：130～136。

七畫

杜預等注，1987，春秋三傳〔M〕，上海：上海古籍出版社。

李正光，1988，馬王堆漢墓帛書竹簡〔M〕，長沙：湖南美術出版社。

李守奎，2002，楚簡《孔子詩論》中的《詩經》篇名文字考〔C〕//朱淵清，廖名春，
　　上博館藏戰國楚竹書研究，上海：上海書店出版社：342～349。

李海霞，1994，楚辭的疊音詞〔C〕//劉重來，喻遂生，傳統文化與古籍整理研究，
　　重慶：西南師範大學出版社：225～234。

李家浩，1980，中國𨭉布考〔C〕//古文字研究（3），北京：中華書局：160～165。

李家浩，1986，關於郝陵君銅器銘文的幾點意見〔J〕，江漢考古（4）：83～86。

李家浩，1998，南越王墓車駟虎節銘文考釋〔C〕//廣東炎黃文化研究會，容庚先生
　　百年誕辰紀念文集，廣州：廣東人民出版社：662～671。

李純一，1990，雨臺山 21 號戰國楚墓竹律復原探索〔J〕，考古（9）：855～857。

李敏辭，1994，長沙方言本字考〔J〕，古漢語研究（增刊）：88～91。

李發舜，黃建中，1991，方言箋疏〔M〕，北京：中華書局。

李零，1981，「楚叔之孫佩」究竟是誰〔J〕，中原文物（4）：36。

李零，1993，包山楚簡研究（占卜類）〔C〕//中國典籍與文化論叢（1），北京：中
　　華書局：425～448。

李新魁，1994，廣東的方言〔M〕，廣州：廣東人民出版社。

李裕民，1986，楚方言初探〔J〕，山西大學學報（2）：62～67。

李瑾，1994，論檮杌與楚王之關係兼論其族源〔C〕//楚文化研究會，楚文化研究論
　　集（4），鄭州：河南人民出版社：155～183。

李翹，1925，屈宋方言考〔M〕，夏芬熏館刊行。

吳九龍，1985，銀雀山漢簡釋文〔M〕，北京：文物出版社。

吳永章，1982，楚官考〔J〕，中華文史論叢（2）：157～180。

吳郁芳，1996，《包山楚簡》卜禱簡牘釋讀〔J〕，考古與文物（2）：75～77。

岑仲勉，2004a，楚為東方民族辨〔C〕//岑仲勉，兩周文史論叢（外一種），北京：
　　中華書局：55～61。

岑仲勉，2004b，《楚辭》中的古突厥語〔C〕//岑仲勉，岑仲勉史學論文續集，北京：
　　中華書局：178～209。

何琳儀，1991，楚官肆師〔J〕，江漢考古（1）：77～81。

何琳儀，1993，包山竹簡選釋〔J〕，江漢考古（4）：55～63。

何琳儀，2002，滬簡《詩論》選釋〔C〕//朱淵清，廖名春，上博館藏戰國楚竹書研究，上海：上海書店出版社：243～259。

宋公文，1988，楚史新探〔M〕，鄭州：河南大學出版社。

沈榮森，1994，《楚辭》迭字芻議〔J〕，雲夢學刊（1）：11～14。

邵則遂，1994，《楚辭》楚語今證〔J〕，古漢語研究（1）：62～64。

八畫

杭世駿，〔1772（乾隆九年）〕，續方言〔M〕，北京：四庫全書本。

岳元聲，1920（民國九年），方言據〔M〕，道光刻學海類編本。

周振鶴，游汝傑，1986，方言與中國文化〔M〕，上海：上海人民出版社。

河南省文物研究所，1986，信陽楚墓〔M〕，北京：文物出版社。

孟蓬生，2002，郭店楚簡字詞考釋（續）〔C〕//張顯成，簡帛語言文字研究（1），成都：巴蜀書社：24～34。

九畫

郝本性，1983，壽縣楚器集脰諸銘考釋〔C〕//古文字研究（10），北京：中華書局：205～213。

胡雅麗，1994，包山楚簡所見「爵稱」考〔C〕//楚文化研究會，楚文化研究論集（4），鄭州：河南人民出版社：511～518。

荊門市博物館，1998，郭店楚墓竹簡〔M〕，北京：文物出版社。

俞鹿年，1992，中國官制大辭典〔M〕，哈爾濱：黑龍江人民出版社。

姜亮夫，1940，左徒莫敖辨〔J〕，責善半月刊 1（20）：17～18。

姜亮夫，1984，楚辭學論文集〔M〕，上海：上海古籍出版社。

韋昭注，1987，國語〔M〕，上海：上海書店。

十畫

袁國華，1994，包山楚簡研究〔D〕，香港：香港中文大學研究院中國語言及文學部。

夏淥，1984，三楚古文字新釋〔C〕//張正明，楚史論叢（初編）：269～285，武漢：湖北人民出版社。

夏淥，1993，讀《包山楚簡》偶記：「受賄」「國帑」「茅門有敗」等字詞新義〔J〕，江漢考古（2）：77～85。

莊新興，2001，戰國璽印分域編〔M〕，上海：上海書店出版社。

馬王堆漢墓帛書整理小組，1978，馬王堆漢墓帛書〔叁〕〔M〕，北京：文物出版社。

馬王堆漢墓帛書整理小組，1980，馬王堆漢墓帛書〔壹〕〔M〕，北京：文物出版社。

馬王堆漢墓帛書整理小組，1985，馬王堆漢墓帛書〔肆〕〔M〕，北京：文物出版社。

馬宗霍，1959，《說文解字》引方言考〔M〕，北京：科學出版社。

馬承源，2001，上海博物館藏戰國楚竹書（一）〔M〕，上海：上海古籍出版社。

馬承源，2002，上海博物館藏戰國楚竹書（二）〔M〕，上海：上海古籍出版社。

馬承源，2003，上海博物館藏戰國楚竹書（三）〔M〕，上海：上海古籍出版社。

馬承源，2004，上海博物館藏戰國楚竹書（四）〔M〕，上海：上海古籍出版社。

馬承源，2005，上海博物館藏戰國楚竹書（五）〔M〕，上海：上海古籍出版社。

馬承源，2007，上海博物館藏戰國楚竹書（六）〔M〕，上海：上海古籍出版社。

馬承源，2008，上海博物館藏戰國楚竹書（七）〔M〕，上海：上海古籍出版社。

馬承源，2011，上海博物館藏戰國楚竹書（八）〔M〕，上海：上海古籍出版社。

馬飛海，汪慶正，1984，中國歷代貨幣大系（第一卷）〔M〕，上海：上海人民出版社。

徐乃昌，1900（光緒二十六年），續方言又補〔M〕，徐氏刻鄈齋叢書本。

徐中舒，1984，殷周金文集錄〔M〕，成都：四川辭書出版社。

徐在國，1996，包山楚簡文字考釋四則〔C〕//吉林大學古文字研究室，于省吾教授百年誕辰紀念文集，長春：吉林大學出版社：178～182。

郭若愚，1994，戰國楚簡文字編〔M〕，上海：上海書畫出版社。

郭沫若，1982，郭沫若全集‧歷史編4卷‧屈原研究〔M〕，北京：人民文學出版社。

容庚，張振林，馬國權，1985，金文編〔M〕，北京：中華書局。

陳士林，1984，彝楚歷史關係述略──凉山彝族東來説〔C〕//張正明，楚史論叢（初編），武漢：湖北人民出版社：1～19。

陳秉新，1987，壽縣楚器銘文考釋拾零〔C〕//楚文化研究會，楚文化研究論集（1），武漢：荊楚書社：327～340。

陳秉新，1991，壽縣蔡侯墓出土銅器銘文通釋〔C〕//楚文化研究會，楚文化研究論集（2），武漢：湖北人民出版社：348～364。

陳煒湛，1998，包山楚簡研究（七篇）〔C〕//廣東炎黃文化研究會，容庚先生百年誕辰紀念文集，廣州：廣東人民出版社：573～591。

陳偉，1996，包山楚簡初探〔M〕，武漢：武漢大學出版社。

陳偉武，1997，戰國楚簡考釋斠議〔C〕//張光裕，第三屆國際中國古文字學研討會論文集，香港：香港中文大學－中國文化研究所、中國語言及文學系：637～662。

陳斯鵬，2006，楚簡「圖」字補釋〔C〕//康樂集──曾憲通教授七十壽慶論文集，廣州：中山大學出版社：195～199。

十一畫

曹錦炎，1993，包山楚簡中的受期〔J〕，江漢考古（1）：68～73。

許慎，1963，説文解字（大徐本）〔M〕，北京：中華書局。

章炳麟，1907，新方言〔M〕，杭州：民國浙江圖書館刻章氏叢書本。

商承祚，1995，戰國楚竹簡滙編〔M〕，濟南：齊魯書社。

張正明，1987，楚文化史〔M〕，上海：上海人民出版社。

張正明，1988，楚文化志〔M〕，武漢：湖北人民出版社。

張正明，1995，楚史〔M〕，武漢：湖北教育出版社。

張光裕，黃錫全，滕壬生，1997，曾侯乙墓竹簡文字編〔M〕，臺北：藝文印書館。

張光裕，袁國華，2004，望山楚簡校錄〔M〕，臺北：藝文印書館。

張守中，1994，睡虎地秦簡文字編〔M〕，北京：文物出版社。

張守中，1996，包山楚簡文字編〔M〕，北京：文物出版社。

張守中，2000，郭店楚簡文字編〔M〕，北京：文物出版社。

張振林，1963，「檐徒」與「一儋飤之」〔J〕，文物（3）：48～50。

張新俊，張勝波，2008，葛陵楚簡文字編〔M〕，成都：巴蜀書社。

十二畫

彭浩，1991，包山二號楚墓卜筮和祭禱竹簡的初步研究〔C〕//湖北省荊沙鐵路考古隊，包山楚墓，北京：文物出版社：555～563。

黃綺，1988，解語〔M〕，石家莊：河北教育出版社。

黃德寬，2002，說徸〔C〕//古文字研究（24），北京：中華書局：272～276。

黃錫全，1986，楚器銘文中「楚子某」之稱謂問題辯證〔J〕，江漢考古（4）：75～82。

黃錫全，1990，楚系文字略論〔J〕，華夏考古（3）：99～108。

黃錫全，2000，試說楚國黃金貨幣稱量單位「半鎰」〔C〕//古文字研究（22），北京：中華書局：181～188。

程先甲，1910a（宣統二年），廣續方言〔M〕，程氏刻千一齋全書本。

程先甲，1910b（宣統二年），廣續方言拾遺〔M〕，程氏刻千一齋全書本。

程際盛，1807（嘉慶十二年），續方言補正〔M〕，嘉慶刻藝海珠塵本。

傅舉有，陳松長，1992，馬王堆漢墓文物〔M〕，長沙：湖南出版社。

曾憲通，1980，楚月名初探〔J〕，中山大學學報（1）：97～107。

曾憲通，1996，楚文字釋叢（五則）〔J〕，中山大學學報（3）：58～65。

曾憲通，1993a，長沙楚帛書文字編〔M〕，北京：中華書局。

曾憲通，1993b，包山卜筮簡考釋（七篇）〔C〕//第二屆國際中國古文字學研討會論文集，香港：香港中文大學中文系：412～416。

湖北省文物考古研究所，1995，江陵九店東周墓〔M〕，北京：科學出版社。

湖北省文物考古研究所，北京大學中文系，1995，望山楚簡〔M〕，中華書局。

湖北省文物考古研究所，北京大學中文系編，2000，九店楚簡〔M〕，北京：中華書局。

湖北省荊州地區博物館，1984，江陵雨臺山楚墓〔M〕，北京：文物出版社。

湖北省荊州地區博物館，1985，江陵馬山一號墓〔M〕，北京：文物出版社。

湖北省荊沙鐵路考古隊，1991a，包山楚簡〔M〕，北京：文物出版社。

湖北省荊沙鐵路考古隊，1991b，包山楚墓〔M〕，北京：文物出版社。

湖北省博物館，1989，曾侯乙墓〔M〕，北京：文物出版社。

湖南省常德市文物局等，2010，沅水下游楚墓〔M〕，北京：文物出版社。

湯炳正，1982，「左徒」與「登徒」〔J〕，中華文史論叢（2）：119～126。

十三畫

楊素姿，1996，先秦楚方言韻系研究〔D〕，高雄：國立中山大學中文研究所。

楊啓乾，1987，常德市德山夕陽坡二號楚墓竹簡〔C〕//湖南省楚史研究會，楚史與
　　楚文化研究（《求索》增刊）：335～348。

賈繼東，1995，包山楚墓「見日」淺解〔J〕，江漢考古（4）：54～55。

裘錫圭，1979，談談隨縣曾侯乙墓的文字資料〔J〕，文物（7）：25～33。

裘錫圭，李家浩，1989，曾侯乙墓竹簡釋文與考釋〔C〕//湖北省博物館，曾侯乙墓，
　　北京：文物出版社：487～531。

十四畫

趙世綱，羅桃香，1991，再談淅川下寺2號墓的墓主與年代〔C〕//楚文化研究會，
　　楚文化研究論集（2），武漢：湖北人民出版社：105～142。

蔣驥，1984，山帶閣注楚辭〔M〕，上海：上海古籍出版社。

睡虎地秦墓竹簡整理小組，1990，睡虎地秦墓竹簡〔M〕，北京：文物出版社。

銀雀山漢墓竹簡整理小組，1985，銀雀山漢墓竹簡〔壹〕〔M〕，北京：文物出版
　　社。

十五畫

滕壬生，1995，楚系簡帛文字編〔M〕，武漢：湖北教育出版社

滕壬生，2008，楚系簡帛文字編（增訂本）〔M〕，武漢：湖北教育出版社。

劉大白，1929，楚辭中的雙聲疊韵字〔C〕//劉大白，舊詩新話，上海：開明書店。

劉志一，1992，巽字新考〔J〕，江漢考古（4）：79～80

劉雨，1986，信陽楚簡釋文與考釋〔C〕//河南省文物研究所，信陽楚墓，北京：文
　　物出版社：124～136。

劉雨，盧巖，2002，近出殷周金文集錄〔M〕，北京：中華書局。

劉雨，嚴志斌，2010，近出殷周金文集錄二編〔M〕，北京：中華書局。

劉信芳，1992a，包山楚簡遣策考釋拾零〔J〕，江漢考古（3）：71～78。

劉信芳，1992b，「漸木」之神〔N〕，中國文物報，1992-10-18（4）。

劉信芳，1996a，包山楚簡近似文字辨析〔J〕，考古與文物（2）：78～86，69。

劉信芳，1996b，楚簡文字考釋五則〔C〕//吉林大學古文字研究室，于省吾教授百
　　年誕辰紀念文集，長春：吉林大學出版社：186～189。

劉信芳，1997，雲夢龍崗秦簡〔M〕，北京：科學出版社。

劉彬徽，1984，楚國有銘青銅器編年概述〔C〕//古文字研究（9），北京：中華書局：
　　331～372。

劉彬徽，1995，楚系青銅器研究〔M〕，武漢：湖北教育出版社。

劉曉南，1993，屈辭湘方言小箋〔J〕，古漢語研究（3）：95～96。

劉賾，1930，楚語拾遺〔J〕，武大文哲季刊 1（1）：141～172。

劉賾，1934，楚語拾遺續〔J〕，武大文哲季刊 4（1）：179～187。

十六畫

駱紹賓，1933，楚辭連語釋例〔J〕，湖南大學期刊（8）：30～40。

駱鴻凱，1931，楚辭章句徵引楚語考〔J〕，（北平）師大國學叢刊 1（2）：17～20。

錢繹，1984，方言箋疏〔M〕，上海：上海古籍出版社。

十七畫

戴震，1985，方言疏證〔M〕，北京：中華書局。

十九畫

羅福頤，1981，古璽彙編〔M〕，北京：文物出版社。

二十畫

嚴學宭，1997，論楚族和楚語〔C〕//嚴學宭，民族研究文集，北京：民族出版社：378～403。

二十一畫

饒宗頤，曾憲通，1993，楚地出土文獻三種研究〔M〕，北京：中華書局。

附錄二　本文引書簡稱表

（按簡稱筆劃爲序）

《九》　　　《九店楚簡》，「56」指 56 號墓；「621」指 621 號墓。

《上博》　　《上海博物館藏戰國楚竹簡》，「一」指第一冊，「二」指第二冊，
　　　　　　餘下仿此。

《天》　　　《湖北江陵天星觀竹簡》，據滕壬生《楚系簡帛文字編》。「卜」
　　　　　　指「占卜類簡」；「策」指「遣策」。

《分域》　　《戰國璽印分域編》。

《古璽》　　《古璽彙編》。

《甲》　　　《殷墟文字甲編》，董作賓撰集，商務印書館，1948 年 4 月。

《包》　　　《包山楚簡》。「牘」指該墓所出木牘，「簽」指該墓所出簽牌文
　　　　　　字，見《包山楚墓》（下冊）圖版四六、四七。

《仰》　　　《長沙仰天湖 25 號墓竹簡》，據《戰國楚竹簡匯編》。

《佚》　　　《殷契佚存》，商承祚撰集，金陵大學中國文化研究所，1933
　　　　　　年 10 月。

《范》　　　《湖北江陵天星觀范家坡竹簡》，據滕壬生《楚系簡帛文字編》。

《林》　　　《龜甲獸骨文字二卷》，林泰輔撰集，日本商周遺文會石印本，
　　　　　　1921 年。

《雨》　　　《湖北江陵雨臺山 21 號墓竹律管》，據滕壬生《楚系簡帛文字
　　　　　　編》。

《帛》	《長沙楚帛書》，據饒宗頤、曾憲通《楚地出土文獻三種研究》，「甲」指內層十三行那篇文字，「乙」指內層八行那篇文字，「丙」指外層十二段邊文。
《周原》	《周原甲骨文》，據王宇信《西周甲骨探論》摹本，中國社會科學出版社，1984 年 4 月第 1 版。
《信》	《信陽長臺關 1 號墓竹簡》，據《信陽楚墓》一書所載。「1」指第 1 組竹書簡，「2」指第 2 組遣策簡。
《前》	《殷墟書契前編》，羅振玉撰集，1913 年 2 月。
《秦》	《湖北江陵秦家嘴戰國楚墓竹簡》，據滕壬生《楚系簡帛文字編》，「1」指 1 號墓，「13」指 13 號墓，「99」指 99 號墓。
《馬》	《湖北江陵天星觀馬山竹簽牌文字》，據滕壬生《楚系簡帛文字編》。
《馬王堆》	《馬王堆漢墓帛書》，〔壹〕指第一冊，〔貳〕指第二冊，餘下仿此。
《郭》	《郭店楚墓竹簡》。
《常》	《湖南常德夕陽坡二號楚墓竹簡》，據楊啓乾《常德市德山夕陽坡二號楚墓竹簡》一文以及湖南省常德市文物局等編著《沅水下游楚墓》所載。
《望》	《望山楚簡》，「1」指 1 號墓，「2」指 2 號墓。
《牌》	《長沙五里牌 406 號墓竹簡》，據《戰國楚竹簡匯編》。
《集成》	《殷周金文集成》。
《曾》	《曾侯乙墓竹簡》，據湖北省博物館《曾侯乙墓》，「簽」指簽牌文字。
《楊》	《長沙楊家灣 6 號楚墓竹簡》，據《戰國楚竹簡匯編》。
《楚匯》	《戰國楚竹簡匯編》，「望一」，指望山一號墓；「信一」，指信陽長臺關 1 號墓竹簡第 1 組文章。餘下仿此。
《新蔡》	《新蔡竹簡》，據《新蔡葛陵楚墓》，「甲」指甲區，「乙」指乙區，甲、乙後所繫數字指該區所分組別。「零」則指「殘損嚴重者」。

《睡》　　　　《睡虎地秦墓竹簡》。

《說文》　　　《說文解字》大徐本。

《磚》　　　　《湖北江陵天星觀磚瓦廠 370 號戰國楚墓竹簡》，據滕壬生《楚
　　　　　　　系簡帛文字編》。

《藤》　　　　《湖北江陵藤店 1 號墓竹簡》，據滕壬生《楚系簡帛文字編》。

《鐵》　　　　《鐵雲藏龜》，劉鶚輯，抱殘守缺齋石印本，1903 年 10 月。

後　記

　　時諺云：「傻得像博士。」如我般逾不惑而攻博，不啻給這謠諺加上一個十分有力的注腳。無怪乎周作人先生說：不惑之年，其實是「不不惑」的時候居多（《中年》）。然而，每當我想起瞽目臏足的陳寅恪先生、冰清玉潔的冼玉清女史，以及我們的古文字學界的前輩學者，如容庚先生，如劉節先生……於風雨如晦的日子裏依然躑躅於學術之道而不止步，便坦然，便無悔，一切的迷惘和懊惱於是蕩然無存，於是也就有了這篇也許很稚嫩的論文。

　　我非常感謝鼓勵并推薦我攻讀博士學位的陳師煒湛教授、劉烈茂教授、唐鈺明教授。陳師煒湛教授是我走入古文字學殿堂的引路人。我的學士論文和碩士論文都是在他的指導下完成的。可以說，在陳師煒湛教授那裏，我打下了較為堅實的古文字學基礎。劉烈茂教授是我供職的中國古文獻研究所所長。沒有他的支持和幫助，攻博自然無從談起。唐鈺明教授是位非常熱心地扶掖後進的學者。我從他那兒委實獲益良多。

　　我非常感謝李星橋教授、麥耘學兄、陳偉武學兄。論文中涉及到的楚語形成問題、音韻學上的問題，都是在星橋教授和麥耘兄的幫助下得以解決的。想起星橋教授，心中總是溢出許多感慨。在我著手做論文時，正是星橋教授不幸罹患惡疾的期間。偶爾在古文字研究室、在系所在地、在路上遇見星橋教授，他總是關切地問起我學習的事兒。記得有一回在系門口見到李先生，便向他請教楚語的起源及音韻方面的問題，先生竟陪著我站在路旁，一談就

是幾十分鐘。我就是那會兒從先生那裏知道利用黃綺先生的《解語》一書的。現在想起來，真是愧怍萬分！我怎麼能讓先生拖著病軀給我上課呢！偉武學兄則於我報考始、至論文完成，一直給予方方面面的支持。

我衷心感謝曾師憲通教授！曾師的學風、學識、治學方法以及經驗，足以讓我們這些做學生的終身受用。如果說，這篇論文多少還有點值得稱許的東西，那麼，完全應歸功於曾師的悉心指導；而其中或有不足和謬誤，則說明學業尚未成功，弟子仍需努力！

一九九八年三月於康樂園

修訂後記

自 1998 年獲得博士學位以來，這篇博士論文斷斷續續修訂了十幾年。期間因從古文獻研究所調到中文系而失去了學術研究的良好環境，終日苦於繁重的教學任務以及複雜的人際關係，沒有時間也沒有精力進行新材料的閱讀、研究，乃至一度想放棄修訂！

況且，我為之魂牽夢縈的學術研究恰恰處於中國學術最為困難的境地：儘管可以說，過去的十幾二十年，是中國大陸學術研究最為蓬勃的時期，然而也不必諱言：抄襲、剽竊、學術不端等惡行也是空前的，甚至連正常的刊發論文的渠道也幾乎為之堵塞！而得道者陞天，權傾一方，學術資源亦為之壟斷。在這種狀態下進行學術研究，多麼地令人沮喪！

然而，客觀地說，利用傳世文獻、現代漢語方言以及出土文獻語料重構古楚語詞彙系統，我原來的文章無論多麼粗疏，也畢竟有著草創之功！再說，這篇博士論文也有幸列為曾師主編的叢書之一。若不加修訂，實在愧對老師，也愧對自己。於是，花了近兩年的時間閱讀新的材料及學界的研究，同時著手制定修訂計劃，并付諸實行。

修訂後的論文，可以用「面目全非」四字形容之。不但增加了若干章節，而且對原文進行了大刀闊斧的刪削增訂。從不到二十萬字到接近三十八萬字，差不多增加了一倍的篇幅。好在大體的軀幹還在，否則真可能是另一部

著作了。

十幾年來，大批楚地出土文獻重見天日，為古楚語的研究增添了寶貴的語料的同時，也掀起了這方面的研究熱潮。新的研究可謂汗牛充棟，儘管筆者試圖窮盡字詞方面的研究，然而有所疏漏卻難以避免。倘若本文對相關的研究有所未及，鄙人祇能在此表示深深的歉意了。

感謝上蒼，賜我一個十分健康的家庭，從而得以全身心地投入到論文的修訂工作中。

感謝我的兩位導師——憲通先生和煒湛先生，承蒙不棄，俾不肖忝立門牆，從此有了安身立命之所。三鑒齋夫子俯允賜序，拙論更因之增色。

感謝李如龍、陳師煒湛、張振林、唐鈺明、張桂光五位教授辱臨拙作的答辯會，使拙作得以修正許多譌誤，并在原有的基礎上得以完善。

感謝許寶華、王寧、侯精一三位教授審閱拙論。前輩的寬容與肯定，無疑是對後學最好的提攜與鞭策。

感謝一直以來關注拙論的同道和朋友，那份關注，是促使我完成修訂的動力。

當然還要感謝電腦技術的進步，使得原本難以處理的古文字字形及隸古定成為輕而易舉的操作，修訂工作因而得以高速進行。

當我在鍵盤上敲打這篇後記時，真的有一種如釋重負的感覺：這部我為之殫精竭慮的論文終於完成了！倘若它能為未來的古楚語研究奠定堅實的基礎，從而在古方言研究史上留下不可磨滅的一筆，那麼，作為著者的我也就心滿意足了，而作為學者的我也就無悔無憾了。

南海譚步雲謹識於康樂園之多心齋

二〇一二年三月十四日